Um tambor diferente

William Melvin Kelley

Um tambor diferente

prefácio
Kathryn Schulz

tradução
Heloísa Mourão
Luisa Geisler

todavia

O problema de escrever um livro, sobretudo o primeiro, é que, ao chegar aos vinte e três anos, você se sente em dívida com tantas pessoas que não consegue decidir a quem irá dedicá-lo. É preciso pesar e eliminar. E isso é doloroso, pois muitos foram bondosos e é difícil dizer que uma pessoa foi mais afável que outra.

E assim, embora este livro seja dedicado a três pessoas em particular, gostaria de agradecer a todos os outros que, ao longo dos anos e principalmente desde que comecei este livro, se importaram o suficiente comigo para me dar uma opinião, seja literária ou pessoal, embora eu nem sempre a tenha aceitado.

E todos aqueles que me disseram, num momento ou noutro:

"Por que não vem jantar hoje à noite?"

"Você pode passar algumas noites na minha casa."

"Quer que eu datilografe algumas páginas para você?"

"Tome. Pode me pagar quando receber algum dinheiro."

Mais uma vez, obrigado a todos. Espero que algum dia eu consiga agradecer a todos vocês individualmente.

E as dedicatórias:

Para minha mãe, Narcissa (1906-1957), que, da maneira discretamente corajosa com que se dedicava a tudo, desafiou a morte para que eu pudesse nascer, e venceu.
Para meu pai, William Melvin Sr. (1894-1958), que, quando eu era jovem demais para perceber, sacrificou tanto por mim que é improvável que tenha voltado a ser verdadeiramente feliz.
Para MSL, que, quando mais precisei, me deu suficiente amor, gentileza e incentivo para me encorajar a escrever a sério.

A maior parte do que meus próximos chamam de bom,
acredito em minha alma ser mau, e se me arrependo de algo,
é bem provável que seja de meu bom comportamento.
Que demônio me possuiu para me comportar tão bem?

Se um homem não marcha na cadência de seus
iguais, talvez seja porque ouve um outro tambor.
Que ele siga a música que escuta, em qual
seja seu compasso, ou longor.

Henry David Thoreau

O gigante perdido da literatura americana*

Kathryn Schulz

Havia setas e, portanto, nós as seguimos. Foi numa tarde do último verão; minha companheira e eu tínhamos passado o dia em nossa biblioteca pública local, trabalhando firme ao longo do café da manhã, do almoço e do que os ingleses chamariam de hora do chá, até que de repente a fome nos atacou, e recolhemos as coisas e fomos para o carro. Nossa casa ficava a uns seis quilômetros de distância. Em minha mente, eu já estava construindo enormes sanduíches. As setas apareceram três quilômetros depois, alinhadas à beira da estrada onde, naquela manhã, não havia nada além de grama encharcada. Elas batiam na altura da canela, sem palavras, e eram vermelhas num fundo branco, apontando para longe dos sanduíches. Minha companheira, que geralmente tem mais fome do que eu, mas é sempre mais curiosa, passou o carro para a outra pista e começou a segui-las.

As setas levavam a uma rodovia estadual, cruzavam um trevo, entravam numa estrada menor, passavam por um barracão e alguns celeiros e depois beiravam um dos incontáveis afluentes da baía de Chesapeake. Uma placa nos avisou que estávamos numa zona de alagamentos. Minha parceira, que cresceu num condado ao lado, se lembrou daquele lugar de sua infância — aos sete ou oito anos, ela teve um encontro memorável naquela área com um trailer cheio de calopsitas —, mas

* Artigo publicado originalmente na *The New Yorker*, 19 jan. 2018.

jamais voltara lá desde então. As setas terminavam num grande galpão cinza com telhado vermelho. Uma placa pintada com spray indicava que ele abria duas vezes por mês, aos sábados, apenas no verão. Estacionamos do outro lado da rua, perto de um barco, e nos dirigimos para a porta.

Lá dentro havia caixas de apetrechos de pesca, latas de Rust-Oleum, uma pilha de tinta de interiores/exteriores que alcançava o teto. Meia dúzia de tábuas de lavar roupa, uma máquina de costura de ferro fundido, placas anunciando ovos frescos e cerveja Guinness e limites de velocidade de locais desconhecidos. Batentes de portas e janelas, molduras despidas de suas fotos e quinquilharias empilhadas num canto. Uma parede de placas de carro antigas, uma caixa de lanternas velhas, latas de Chock full o'Nuts cheias de pregos. Serras circulares, pesos de portão, brocas, iscas artificiais, pinças para ostras, inúmeros outros equipamentos de agricultura e pesca que eu, tendo crescido num subúrbio sem litoral, não conseguia identificar. Nada de travesseiros bordados; nenhuma roupa, a não ser alguns impermeáveis; nenhuma porcelana descartada — em suma, não havia muito do que se encontra entre as habituais tralhas de brechó. Algumas caixas de LPs. Algumas bandeirolas esportivas antigas. E, perto da caixa registradora, uma única estante de livros, com uma placa escrita à mão colada no alto: "Brochuras, 50 centavos. Capa dura, 1 dólar".

Livros eu sei identificar. Fui pesquisar e a primeira coisa que localizei foi um volume estreito que estava guardado ao contrário — a lombada para dentro, as páginas para fora. Eu o puxei para baixo, virei-o e me vi segurando uma bela primeira edição encadernada em tecido de *Ask Your Mama* [Pergunte à sua mãe], de Langston Hughes. Eu o abri, e lá no frontispício dizia:

Escrito especialmente para William Kelley ~
em sua primeira visita a minha casa ~ bem-vindo!
Atenciosamente ~
Langston Hughes
Nova York
19 de fevereiro, 1962

Fiquei boquiaberta. Então chamei minha companheira e ficamos boquiabertas juntas. Depois de uma breve e totalmente silenciosa crise moral — resolvida ao me lembrar de que metade do objetivo de visitar brechós é a possibilidade de topar com tesouros inesperados —, fui até a caixa registradora, entreguei um dólar ao jovem atrás dela e comprei o livro. E depois, porque o livro também era uma seta, eu o segui.

Eu não sabia quem era William Kelley quando descobri aquela obra, mas, como milhões de americanos, conhecia um termo que é creditado a ele, como a primeira pessoa a pôr num impresso. "Se você está ligado, você saca", dizia a chamada de um editorial de 1962 que Kelley publicou no *New York Times*, no qual ele apontava que muito do que se considerava gíria "beatnik" ("sacar", "gata", "legal") originou-se com os afro-americanos.

Escritor de ficção e ocasional ensaísta, o próprio Kelley era notavelmente ligado. Meio século antes de a poeta Claudia Rankine usar sua bolsa MacArthur oferecida a "gênios" para fundar um instituto parcialmente dedicado ao estudo da branquitude, Kelley voltou seu intelecto e imaginação consideráveis para a questão do que é ser branco neste país e o que é, para todos os americanos, viver sob as condições da supremacia branca — e não só suas dramáticas manifestações com cruzes queimadas e neonazismo, comuns ao tempo dele e ao nosso, mas também as formas cotidianas endêmicas de nossa cultura nacional.

Kelley se aprofundou nessas questões primeiramente em seu romance de estreia, *Um tambor diferente*. Publicado três semanas depois daquele editorial do *Times*, quando ele tinha 24 anos, o livro logo lhe rendeu comparações com uma impressionante gama de grandes nomes da literatura, de William Faulkner a Isaac Bashevis Singer e James Baldwin. Também fez com que fosse mencionado, ao lado de nomes como Alvin Ailey e James Earl Jones, como um dos mais talentosos artistas afro-americanos de sua geração.

Quando li *Um tambor diferente*, entendi o porquê. Geograficamente, o romance se passa numa pequena cidade chamada Sutton, nos arredores da cidade de New Marsails, num estado sulista imaginário entre o Mississippi e o Alabama. Em termos cronológicos, é ambientado em junho de 1957, quando um jovem fazendeiro afro-americano chamado Tucker Caliban salga seus campos, mata seu cavalo e sua vaca, incendeia sua casa e deixa o estado — seguido por toda a população afro-americana.

É um enredo brilhante. Nossa cultura produziu inúmeras fantasias sobre o que teria acontecido se a Guerra Civil tivesse terminado de outra maneira — principalmente se os Confederados tivessem vencido e a escravidão, continuado. (Vide, por exemplo, *The Guns of the South* [As armas do Sul], *If the South Had Won the Civil War* [Se o Sul tivesse ganhado a Guerra Civil] e *Underground Airlines* [Linhas aéreas clandestinas].) Mas temos uma escassez de arte que opta por imaginar um resultado diferente para o movimento de direitos civis, ou universos alternativos em que os afro-americanos, de qualquer época, exercem não menos poder, e sim mais.

Apropriadamente, essa tomada de poder — a súbita recusa dos afro-americanos em continuar vivendo em condições de subordinação — confunde os cidadãos brancos de Sutton. Na abertura de *Um tambor diferente*, um deles, tentando compreender os acontecimentos recentes, conta uma história angustiante.

Metade narrativa de escravizados, metade fantasia, ela envolve um homem gigantesco, conhecido simplesmente como o Africano, que chega um dia num navio negreiro, embalando um menino na dobra do braço. Preso por correntes seguras por pelo menos vinte homens, o Africano é conduzido à cidade e vendido — quando então ele faz um giro e, com as correntes, derruba seus captores e decapita o leiloeiro: "alguns juram [...] que a cabeça saiu voando como uma bala de canhão no ar por uns quinhentos metros, quicou mais uns quinhentos metros e ainda teve impulso suficiente para aleijar um cavalo sobre o qual um sujeito estava chegando a New Marsails". Recolhendo suas correntes "como uma mulher reúne as saias", o Africano então foge para um pântano próximo e começa a empreender incursões para libertar outros escravos. Por fim, levado ao esconderijo por um traidor, seu dono oficial mata o Africano e reivindica o bebê como seu: o bisavô de Tucker Caliban.

O homem que conta essa história afirma que Caliban estava agindo como agia porque "o sangue do Africano" ressurgiu dentro dele. Nem todos os seus ouvintes concordam, mas têm dificuldade de oferecer uma explicação melhor para o êxodo recente ou imaginar suas prováveis consequências. Alguns se perguntam se os salários serão melhores ou piores com a retirada de um terço da população. Outros, alegando não se importar com Caliban e seus seguidores, ecoam a declaração do governador: "Nunca precisamos deles, nunca os quisemos e passaremos muito bem sem eles". Outros ainda se sentem traídos, de maneiras que não conseguem articular, pela violação de um pacto social cujos termos eles nunca haviam tido o trabalho de estudar com atenção.

Embora o enredo de *Um tambor diferente* dependa da ação autônoma de afro-americanos, a história é contada exclusivamente através dos olhos desses moradores brancos. Essa também é uma ideia astuta — uma espécie de afirmação ficcional da alegação do historiador Lerone Bennett Jr., de que "não há um problema de negros na América. O problema racial na América [...] é um problema branco". Além disso, é executada com mestria. Aos 24 anos, Kelley já era um escritor extraordinariamente confiante, com um senso de humor que lembra Flannery O'Connor em histórias como "Revelação": cáustico, original, eficaz. Ele também era um observador arguto e, embora a história tenha as proporções emocionais de um mito, suas frases consistentemente se assemelham às da vida real. A vaca condenada de Tucker Caliban é "da cor da madeira recém-cortada"; para os homens vendo de fora, o fogo que ele acende parece primeiro galgar um par de cortinas no centro de sua casa, depois está "movendo-se lentamente para as outras janelas como quem inspeciona a casa para comprá-la".

Um tambor diferente termina com pessimismo, menos pelo destino dos negros americanos que pelo potencial moral dos brancos. Ainda assim, graças a isso, a carreira de Kelley começou com tremendo otimismo. Seu livro foi o raro primeiro romance que faz com que os próximos pareçam inevitáveis e emocionantes — e, de fato, ele publicou mais quatro livros em menos de uma década. Mas eu não era a única que não estava familiarizada com eles. Depois de seu início precoce e ardente, Kelley praticamente desapareceu na obscuridade — não apenas antes de nossa era, mas em seu próprio auge. A obscuridade, claro, é um destino bastante comum para escritores. Mas o que é curioso sobre Kelley é que ele raramente é lido hoje, não apenas pelas debilidades de seus livros, mas também devido a seus peculiares e desconcertantes pontos fortes.

William Melvin Kelley nasceu em 1º de novembro de 1937, no Seaview Hospital, um sanatório de tuberculose em Staten Island, onde sua mãe, Narcissa Agatha Garcia Kelley, era paciente. Seu pai, também chamado William Kelley, trabalhou por muitos anos como editor do *Amsterdam News*, um dos jornais afro-americanos mais antigos e influentes do país. O jornal era baseado no Harlem, mas a família vivia numa comunidade ítalo-americana de trabalhadores no Bronx, junto com a avó materna de Kelley, uma costureira que era filha de um escravo e neta de um coronel confederado.

Segundo seu próprio relato, Kelley cresceu numa época em que "negros empenhados queriam transcender" a raça, em vez de politizá-la. Tipificando esse impulso, seu pai "trabalhou duro para erradicar todos os vestígios de negritude em sua voz" e manteve Countee Cullen e Paul Laurence Dunbar nas principais prateleiras de sua biblioteca, enquanto bania Marcus Garvey para as partes mais altas. Kelley, cuja própria voz jamais perdeu o sotaque do Bronx, internalizou esse éthos ainda jovem. Em casa, ele conquistava as crianças do bairro com sua excelente imitação de Sinatra e com sua disposição, ao brincar de caubóis e índios, de assumir o papel de Tonto. Na Fieldston School, a escola composta quase toda de brancos que ele frequentou do primeiro ao último ano, Kelley praticou a estratégia, consagrada pelo tempo, de se destacar: em seu último ano, ele já era presidente do conselho de alunos, capitão da equipe de atletismo, o "menino de ouro" completo e destinado a Harvard. Uma vez lá, Kelley descobriu a literatura — o que, como ele lembrou mais tarde, "me tornou tão feliz que eu não faria mais nada". Ele encontrou mentores no romancista experimental John Hawkes e no poeta modernista Archibald MacLeish e, em 1960, ganhou o Prêmio Dana Reed de melhor redação de um estudante de Harvard.

Foi uma grande honra, mas praticamente a única que Kelley conquistou numa carreira universitária conturbada. Sua mãe morreu durante seu segundo ano; seu pai, quando ele estava no último ano. Kelley mudou de curso quatro vezes, foi reprovado em quase todas as disciplinas, exceto nos cursos de ficção, e largou a faculdade um semestre antes da formatura. Ele voltou para a casa da avó e, com considerável apreensão, confessou que havia abandonado todos os seus ilustres planos de carreira e que, na verdade, queria ser escritor. Ela o escutou e depois disse que não poderia ter passado setenta anos fazendo vestidos se não adorasse seu trabalho. Dois anos mais tarde, Kelley publicou *Um tambor diferente*.

Dois outros livros se seguiram em rápida sucessão: uma reunião de contos, *Dancers on the Shore* [Dançarinos na costa], em 1964, e um romance, *A Drop of Patience* [Um pingo de paciência], em 1965. Os contos variam, mas os melhores do livro — incluindo "The Only Man on Liberty Street" [O único homem de Liberty Street], em que o racismo destrói uma família complicada, e "Not Exactly Lena Horne" [Não exatamente Lena Horne], em que dois viúvos aposentados entram numa pequena e perturbadora briga — são exemplares de sua forma: tensa e contida, mas parecendo ter sido sacada do próprio fluxo da vida. Por outro lado, o romance trata de um músico de jazz cego que ganha destaque nacional, tem uma relação amorosa condenada ao fracasso com uma mulher branca e, na sequência, sofre um colapso nervoso. Isso permitiu que Kelley explorasse não apenas a destrutividade das categorias raciais, mas também um de seus outros interesses de longa data: a primazia do som. Quando criança, Kelley passava horas sentado com sua avó enquanto ela trabalhava, e as histórias que ela lhe contava se mesclavam com o barulho da máquina de costura em sua mente. Na Europa, ele fez amizade com a saxofonista de vanguarda Marion Brown e tomou parte de um contínuo debate sobre som e sentido. "Se as coisas tivessem acontecido de outra maneira", ele disse a Gordon Lish numa entrevista de 1968, "eu teria sido músico."

Em retrospectiva, porém, o aspecto mais notável do trabalho inicial de Kelley é sua dramatis personae. Wallace Bedlow, que encontramos pela primeira vez caminhando em direção à fazenda de Caliban em *Um tambor diferente*, reaparece em *Dancers on the Shore* como um cantor de blues destinado a uma carreira curta porém brilhante em Nova York, sob a orientação de seu irmão, Carlyle. O próprio Carlyle depois desempenha papéis principais nos dois últimos romances de Kelley, nos quais ele encontra Chig Dunford, um aspirante a escritor educado em Harvard que também estreia na coleção de contos. Dezenas de outros personagens também reaparecem de conto em conto; em sua velhice, Kelley disse certa vez que desejava erguer os olhos para suas estantes "e ver que todos os meus livros são na verdade um só grande livro". Como Balzac e Faulkner, ele estava no ramo de construção de mundos — em sua literatura, mas também, naquela época, em sua vida.

Kelley tinha dezessete anos quando conheceu sua futura esposa, Karen Gibson; ela tinha catorze e, segundo me contou, ficou notavelmente desinteressada. Quase uma década mais tarde, os dois cruzaram seus caminhos de novo, na Penn Relays, uma competição integrada de atletismo que durou um fim de semana e atraiu milhares de participantes e espectadores afro-americanos. Naquele momento, Kelley estava terminando *Um tambor diferente*, enquanto Gibson, que estudara artes na Sarah Lawrence, planejava se tornar pintora. Ela se interessava por tipos criativos e, dessa vez, ficou deslumbrada com ele. Em 1962, eles se casaram.

O princípio da vida dos Kelley foi peripatético. Gibson, que mais tarde mudou seu nome para Aiki Kelley, era, como o marido, um produto da burguesia negra e ansiosa por escapar dela; também como ele, ela queria ver mais do mundo antes de começar uma família, e assim o casal logo se mudou para Roma. Após um ano, voltaram aos Estados Unidos para o nascimento de sua primeira filha, Jessica, mas foi uma curta volta ao lar. Três dias depois que ela nasceu, Malcolm X foi assassinado. Kelley, convidado pelo *Saturday Evening Post* para cobrir o subsequente julgamento do assassinato, ficou enojado com o preconceito no sistema judicial e prometeu deixar o país novamente: "Eu não me atribuiria a tarefa de anunciar que nossa pequena rebelião fracassara, que o racismo havia vencido de novo por um tempo. Não com uma jovem esposa e uma bebê dependendo de mim e com toda aquela matança acontecendo".

Em pouco tempo, ele e Aiki fizeram as malas e se mudaram com Jesi para Paris, onde sua segunda filha, Cira, nasceu em 1968. De início, eles planejavam aprender a língua e em seguida se mudar para algum lugar na África francófona para explorar suas raízes. Depois de alguns anos, porém, eles decidiram que queriam ficar mais próximos de seus parentes e se mudaram então para a Jamaica, onde viveram por quase uma década — William escrevendo, Aiki fazendo arte e ambos criando e educando suas filhas em casa.

Foi na Jamaica que Kelley e a família se converteram ao judaísmo. Isso aconteceu porque Kelley começou a fumar maconha com alguns moradores atrás de uma lanchonete do bairro e, todos os dias antes de acenderem o cigarro, eles liam a Bíblia em voz alta. Kelley fora criado como cristão, mas seu interesse pelas Escrituras se tornou mais forte na Jamaica, e ele pediu à esposa que começasse a ler com ele. Os dois buscavam diretrizes morais para ajudá-los a criar as filhas e logo encontraram o que queriam no Pentateuco. Uma por uma, eles começaram a abandonar as antigas tradições — bacon, Natal, domingos — e a adicionar novas: Shabat, Yom Kippur, culinária kosher.

Sempre foi uma fé autoconduzida; nem Kelley nem ninguém de sua família jamais frequentou uma sinagoga, e eles observavam um calendário religioso em desacordo com o convencional judaico. Kelley era excelente em autodireção, na verdade. Ele era meticuloso em todos os seus hábitos — a disposição dos sapatos, a ordem das canetas —, e escrever não era exceção. Trabalhava com a regularidade de quem bate o cartão, num escritório onde sua mesa ficava voltada para a parede para que o único mundo que pudesse ver fosse aquele que estava criando. Kelley escrevia seus primeiros rascunhos a lápis, fazia correções com tinta e depois datilografava o resultado numa máquina de escrever manual, cujo ritmo ele amava. Fazia isso todos os dias, semana após semana, mês após mês, até que publicou mais dois romances. Depois disso, continuou fazendo o mesmo todos os dias — ainda que, após o lançamento do segundo daqueles romances, o mundo o houvesse ignorado por completo.

A epígrafe do terceiro romance de Kelley, *dem*, está escrita no alfabeto fonético internacional — escrita, na verdade, para capturar a maneira como as pessoas realmente falam, embora, ao fazê-lo, frustre a maneira como as pessoas costumam ler. "Næʊ, ləmi təljə hæʊ dəm foks lɪv": essas palavras marcam uma nova vontade da parte de Kelley de dificultar as coisas para seus leitores, linguisticamente ou não. Traduzidas, elas dizem: "Agora, deixa eu te contar como esse pessoal vive".

O "pessoal" em questão são os brancos e, como em *Um tambor diferente*, o romance se concentra num personagem branco: Mitchell Pierce, funcionário mediano de uma agência de publicidade que se distancia cada vez mais, entre outras coisas, de seu trabalho, sua esposa grávida, seu senso de autoestima e realidade. Como tal, Mitchell é um clássico anti-herói branco de meados do século, o tipo que pode ser encontrado em obras que vão de *The Secret Life of Walter Mitty* [A vida secreta de Walter Mitty] a *O complexo de Portnoy*, exalando mediocridade profissional, fugindo da responsabilidade, humilhando-se sexualmente e se acovardando diante de seus supostos inferiores: mulheres, crianças, empregados domésticos, membros de todos os tipos das chamadas classes baixas.

Apropriadamente para um livro sobre um anti-herói, *dem* desenvolve sua trama não pela ação, mas pela passividade. Logo no início, Mitchell rompe um tendão da coxa e fica preso à cama por várias semanas, durante as quais desenvolve um vício embaraçoso por uma novela e uma poderosa paixão pela heroína. Kelley nos prepara para pensar sobre melodrama, algo de que *dem* não é feito, mas sobre o qual versa: a substituição da ética por sentimentos, das experiências custosas por emoções baratas e da realidade pelo simulacro. De fato, quando Mitchell encontra por acaso a atriz que interpreta sua paixão, fracassa em entender que ela não é realmente a personagem de TV que ele adora, e depois fracassa ainda mais, quando surge a oportunidade, em dormir com ela.

Enquanto Mitchell conduz esse caso ineficaz, sua esposa está tendo outro, consideravelmente mais bem-sucedido, com um homem negro. Quando o livro começa, ela está grávida de gêmeos; num eco das tramas de novela que Mitchell adora, um deles acaba sendo de seu marido e o outro, do amante. Depois que os bebês nascem e o médico dá a notícia, Mitchell sai para encontrar o outro pai e persuadi-lo a levar o bebê de pele escura.

Assim começa uma espécie de jornada picaresca através da Nova York negra e, em paralelo, através da paisagem boschiana de fantasia e horror da imaginação racial de Mitchell. Ao longo do caminho, encontra outra mulher desejável, dessa vez negra, com quem ele também fracassa em dormir; uma empregada afro-americana que ele havia demitido injustamente algum tempo antes; o sobrinho dela, ninguém menos que Carlyle Bedlow, que embolsa o dinheiro dele e, com sua cara de paisagem, serve como guia de Mitchell no Harlem; o irmão mais novo de Carlyle, o militante Mance, que se refere a Mitchell como "diabo"; e, finalmente, o "copai" de Mitchell, um homem chamado Cooley, que, como é revelado, ele conhecia o tempo todo.

Toda a jornada é uma sátira implacável sobre os temas do medo, da culpa e da hipocrisia dos brancos, representados na linguagem sempre carregada da miscigenação — só que, agora, com a corrente dessa carga invertida. Uma pedra angular prática e emocional da escravidão era a impossibilidade de os escravizados determinar suas próprias famílias. Quando, traído e deixado para criar o filho de um homem negro como se fosse seu, Mitchell percebe que seu sofrimento é uma espécie de represália, seus gemidos de "Por que eu?" são irrefutavelmente contrapostos por Cooley: por que o bisavô dele? Como os personagens brancos de *Um tambor diferente*, Mitchell vivencia a desforra negra. Em nenhum dos casos ela é violenta — a primeira é uma renúncia, a segunda, um acerto de contas —, mas ambas são profundamente desconcertantes, porque deixam tanto os personagens brancos quanto os leitores sozinhos com iniquidades passadas e presentes e com os pratos da balança para medi-las.

Se *dem* é um livro estranho, é estranho de uma maneira familiar. Parte Roth, parte Swift, parte Twain, é construído de sátira, farsa e hipérbole, todos empregados em nome da seriedade moral. Mas o romance seguinte de Kelley, *Dunfords Travels Everywheres* [Os Dunford viajam para toda parte], é estranho de uma maneira estranha. Na abertura, Chig Dunford está morando num país europeu imaginário que observa uma bizarra segregação indumentária: a cada dia, seus cidadãos se dividem entre aqueles que vestem roupas azuis (Atzuoreursos) e aqueles que vestem roupas amarelas (Jualoreursos), grupos que são estritamente proibidos de se misturar. Enquanto vive lá, Chig tem um breve caso com outra expatriada enigmática chamada Wendy e depois se reúne com ela em seu caminho de volta para os Estados Unidos, quando os dois se veem compartilhando um navio a vapor com uma misteriosa organização chamada A Família e também com um porão de carga cheio de escravizados. Enquanto isso, Carlyle Bedlow reaparece de *dem* com todo um novo conjunto de truques, incluindo aquele que envolve um agente de crédito fazendo hora extra como motorista de limusine e que acaba se revelando — numa guinada maravilhosa à la Bulgakov, de longe a melhor do livro — o diabo.

Tudo isso é engraçado, sombrio, inteligente e extremamente divertido — porém, cinquenta páginas adiante, o leitor de repente topa com esta frase: "*Witches oneWay tspike Mr. Chigyle's Languish, n curryng him back tRealty, recoremince wi hUnmisereaducation. Maya we now go wi yReconstruction, Mr. Chuggle? Awick now?*".*

Bem, sim: agora estamos muito "ligados", mas se vamos continuar é outra questão. Kelley concebeu *Dunfords Travels Everywheres* conscientemente sob o domínio de *Finnegans Wake*, e seu próprio livro é, por longos trechos, também difícil. Kelley conta as histórias separadas de Chig e Carlyle em sua maioria diretamente, mas no meio disso agarra o idioma pelas beiradas e o dobra o máximo que pode, a fim de trazer Chig, o burguês de universidade de elite, e o empobrecido e

* O trecho faz uso de trocadilhos que o tornam praticamente intraduzível, substituindo expressões foneticamente próximas como "Which Is" ("O qual é...") por "Witches" ("bruxas"); "Language" ("linguagem", "idioma") por "Languish" ("definhar"), "Awake" ("desperto", "ligado") por "Awick" (algo como "um pavio"), explorando assim a fonética afro-americana para construir um texto de forte carga crítica e imagética. Uma tradução muito literal do trecho seria: "Que é uma maneira de se infiltrar na linguagem do sr. Chigyle e transportá-lo de volta à realidade, recomeçando com sua 'desmisereducação'. Podemos prosseguir agora com sua reconstrução, sr. Chuggle? Está ligado agora?". [N. T.]

malandro Carlyle, para dentro de uma única consciência, feita de sua história nacional comum.

Havia muito que Kelley se fascinara pela maneira como um idioma pode acomodar muitos falantes diferentes. "No início", escreveu ele, "abençoado com um ouvido para variações do inglês falado, percebi que eu vivia em quatro mundos linguísticos": o inglês-padrão que ele falava em casa; o inglês ítalo-americano da classe trabalhadora que aprendeu no Bronx; o inglês fortemente latinizado e ligeiramente iídiche que ouviu em Fieldston; e o inglês negro, que ele considerava, como o jazz, uma das grandes contribuições criativas dos afro-americanos. Ao mesmo tempo, ele era fascinado pela relação entre linguagem e poder. Tucker Caliban é taciturno quase ao ponto do mutismo. Até mesmo sua esposa mal consegue arrancar alguma fala dele, e ele rejeita orações e persuasões, recusando-se a explicar, ou mesmo articular, as crenças por trás de sua partida de terra arrasada do estado. Com uma exceção — um pastor militante do Norte, volúvel, desagradável e condenado —, os outros personagens negros também são silenciosos. Em *Dunfords*, ao contrário, os personagens negros têm muito a dizer, mas suas vozes se tornam intermitentemente incompreensíveis.

É o mesmo problema resolvido de duas maneiras diferentes. Como muitos que estão imersos no inglês convencional e seu cânone, mas são estruturalmente excluídos dele, Kelley tinha dúvidas sobre a capacidade do idioma de expressar adequadamente a vida afro-americana. Sua epígrafe para *Dunfords*, emprestada de Joyce, é "Minha alma se agita à sombra de sua língua". A linguagem que ele cria em seu lugar mescla o vernáculo negro com trocadilhos, patoá e empréstimos linguísticos que a maioria dos leitores (incluindo esta que escreve) terá dificuldade em identificar.

O resultado é melhor lido em voz alta — e, na verdade, é quase impossível ler de outra forma. Às vezes é recompensador, já que Kelley é inteligente e engraçado independentemente da linguagem que use, mas nunca é fácil, e isso desacelera um livro que, em sua essência, deseja ser impetuoso e exuberante — tanto que os leitores podem ser perdoados por querer pular as partes difíceis para voltar ao enredo (e a frases que ofereçam prazeres mais familiares. Aqui, como em todos os lugares, a prosa direta de Kelley é tão simples quanto brilhante, como a luz do sol nas janelas de um edifício. Quando o diabo parte em sua limusine, Carlyle a vê "desenhando na neve fresca fileiras e mais fileiras de minúsculos martelos entrelaçados, e sua ponta distante, por fim, torna-se parte das sombras").

Porém, simplesmente ignorar as partes difíceis não funciona, é claro. A linguagem particular de Kelley é difícil de decodificar, mas essencial para o livro, e por isso um leitor determinado deve seguir em frente, grato por *Dunfords* ser, pelo menos, curto em comparação com *Finnegans Wake*. O resultado é como descer uma montanha-russa pisando nos freios: emocionante, frustrante, dominado por puro som.

William Kelley tinha 32 anos quando *Dunfords Travels Everywheres* foi publicado. Ele escreveu constantemente ao longo dos 47 anos seguintes, não lançou nenhum outro livro e morreu em 1º de fevereiro de 2017, aos 79 anos.

Àquela altura, havia décadas que Kelley estava de volta à sua Nova York natal. Ele amava a Jamaica, mas com o tempo os vistos da família expiraram e seus parentes começaram a pressioná-los a voltar para casa. Em 1977, os Kelley retornaram aos Estados Unidos e alugaram o sexto andar de um prédio sem elevadores na esquina da rua 125 com a Quinta Avenida. A gentrificação do Harlem ainda não havia começado e sua nova casa tinha um senhorio ausente — um zelador alcoólatra — e era desprovida de aquecimento, eletricidade, gás, telefone e fechadura na porta. Os Kelley compraram roupas de inverno pela primeira vez em uma década, junto com velas, um fogão Coleman e um cadeado para a porta.

Não era o ideal, mas era tudo que eles podiam pagar. Os adiantamentos de livros, as palestras, os convites das revistas e as nomeações para a universidade haviam secado e a família quase não tinha dinheiro. Isso estava bem para Kelley, que fazia tempo que havia lido Thoreau (*Um tambor diferente* recebeu seu título de *Walden*) e abraçado a ideia de pobreza voluntária. Durante o dia, ele continuava escrevendo numa escrivaninha abarrotada embaixo de uma cama alta em seu minúsculo apartamento. Depois da meia-noite, quando as lojas locais jogavam os produtos não vendidos no lixo, ele fazia as coletas de quitanda para a família. "Revirar o lixo das mercearias coreanas não o envergonhava", contou sua filha Jesi. "Ele não tinha absolutamente nenhum medo de ser pobre."

Kelley também não tinha medo de continuar escrevendo na ausência de incentivo público. Quando morreu, deixou para trás uma quantidade considerável de prosa, incluindo dois romances inéditos. Um deles, *Daddy Peaceful* [Papai Pacífico], é vagamente baseado em sua própria família, sobre a qual ele jamais havia escrito antes, mas que adorava incondicionalmente. O outro, *Dis/integration* [Des/integração], é uma metaficção que envolve as novas aventuras de Chig Dunford e, como *Os irmãos Karamázov* e *Fogo pálido*, contém dentro de si uma obra inteiramente separada: um romance completo de um escritor branco à la Hemingway. Esse romance embutido, *Death Fall* [Queda da morte], não apresenta nenhum personagem negro, e descreve a ruína de uma pequena cidade do Kansas depois que uma nova droga altamente viciante é ali introduzida.

Kelley tentou publicar ambos os romances durante sua vida, sem sucesso. Por fim, em 1989, ele começou a ensinar ficção na Sarah Lawrence, e gostou o suficiente para continuar a fazê-lo por quase três décadas. Mas, mesmo assim, nunca parou de escrever. "Há pessoas artísticas que têm aquele momento de 'Ugh, sou péssimo'", disse Jesi. "Ele não era assim. Ele nunca ficava deprimido. Nunca pensou que era ruim. Nunca duvidou de si mesmo. Ele simplesmente não entendia o que aconteceu."

O que de fato aconteceu? É difícil dizer; tanto a fama do presente quanto a reputação póstuma são evasivas, inconstantes e multifatoriais. Parte da derrocada na sorte de Kelley provavelmente teve a ver com a mudança do ambiente político. "Nós sempre dizíamos, fizemos uma revolução e perdemos", comentou Aiki Kelley, e ela acredita que o marido foi uma vítima daquela derrota; à medida que a tração do movimento por direitos civis diminuiu, aqueles com poder de tomar decisões editoriais voltaram sua atenção para outro lugar.

Ainda assim, Kelley nunca foi um escritor político débil o bastante para ser simplesmente arrastado pelas marés ideológicas, e havia muitas outras considerações também. A principal delas era o estranho quiasma no cerne de sua obra: um homem negro escrevendo sobre como os brancos pensam sobre os negros. Essa perspectiva era inteligente e importante — na verdade, ela transformava a consciência dupla de W. E. B. Du Bois num dispositivo narrativo —, mas diminuiu radicalmente o público de Kelley. Muitos leitores brancos não queriam um escritor negro lhes dizendo o que eles pensavam, sobretudo quando tanto daquilo era embaraçoso, ao passo que muitos leitores negros, famintos havia muito tempo por representação literária, não queriam ler sobre mais personagens brancos. Para piorar as coisas, pouquíssimas pessoas, brancas ou negras, quiseram abraçar uma visão da América que se tornava cada vez mais condenatória ao longo da carreira de Kelley. E independentemente do tema de um livro ou da raça de seu autor, quase ninguém queria lutar com a prosa experimental.

Contudo, no final das contas, Kelley talvez tenha sofrido mais com a implacável esteira transportadora da vida, que constantemente traz coisas novas à vista e impele as antigas para longe. O tempo também é uma seta que todos seguimos. Os críticos adoram o adjetivo "atemporal", mas a verdade é que a maioria dos escritores, mesmo os mais excepcionalmente talentosos, pertence a uma época, mesmo que nem sempre seja a sua própria.

Em 1962, quando William Kelley conheceu Langston Hughes, os dois escritores estavam em extremos opostos da carreira. Hughes tinha dezenas de livros, peças e coleções de poesia em seu rastro e apenas cinco anos de vida pela frente. Mas ele adorava defender promissores escritores negros, e precisava de ajuda para armazenar certos materiais em seu apartamento para a posteridade. Em contrapartida, Kelley admirava Hughes, precisava de dinheiro e concordou em fazer o trabalho. O exemplar autografado de *Ask Your Mama* foi uma espécie de pagamento extra, mas, naqueles últimos meses antes do lançamento de *Um tambor diferente*, também deve ter parecido uma afirmação. Em suas páginas, Hughes também pode ser encontrado imaginando uma história contrafactual:

> SONHANDO QUE OS NEGROS
> DO SUL CONQUISTARAM O DOMÍNIO —
> VOTARAM TODOS OS DIXIECRATAS
> PARA FORA DO PODER —
> CHEGA A HORA DA COR:
> MARTIN LUTHER KING É O GOVERNADOR DA GEÓRGIA...

Seis anos mais tarde, King estava morto e Hughes também, e embora Kelley não soubesse disso na época, seu exemplar de *Ask Your Mama* havia desaparecido. Cada vez que ele e sua família deixavam o país, eles se desfaziam de todos os bens de que não precisavam e guardavam qualquer coisa de valor com os familiares e os amigos. Essas coisas de valor incluíram o presente de Hughes, mas, em algum momento entre 1963, quando os Kelley deixaram o país pela primeira vez, e 1977, quando voltaram de vez, ele desapareceu do apartamento de um parente em Manhattan.

Como o livro saiu de lá para a zona rural de Maryland quarenta anos depois e por onde passou ao longo do caminho, ninguém sabe. A beleza de um verdadeiro brechó é ser uma espécie de ilha no fluxo do tempo. As coisas chegam pela maré e recebem clemência temporária do futuro que tudo devora; as pessoas param por lá e se misturam, como viajantes do tempo numa parada para descanso, com fragmentos do passado. Em geral, não se pode esperar sair com algo de muito valor. Mas, de vez em quando, você descobre o que eu descobri naquele livro de Langston Hughes e no homem para quem ele foi dado: em ambos os sentidos, um negócio real.

Um tambor diferente

O estado

Um trecho do *Almanaque de variedades*, 1961... p. 643:

Um estado do Sudeste Central no Extremo Sul, ele é limitado ao norte pelo Tennessee; a leste pelo Alabama; ao sul pelo golfo do México; a oeste pelo Mississippi.

CAPITAL: *Willson City*. ÁREA: *12950 quilômetros quadrados*. POPULAÇÃO (*censo de 1960, preliminar*): *1 802 268 habitantes*. LEMA: *Com honra e armas, ousamos defender nossos direitos*. ADMITIDO À UNIÃO: *1818*.

HISTÓRIA ANTIGA — DEWEY WILLSON:

Embora a história do estado seja rica e variada, ele é predominantemente conhecido como o lar do general confederado Dewey Willson, que, em 1825, nasceu em Sutton, uma pequena cidade quarenta e quatro quilômetros ao norte da cidade de New Marsails, em Gulfport. Willson se matriculou na Academia Militar dos Estados Unidos em West Point (*turma de 1842*) *e ascendeu ao posto de coronel do Exército Federal antes da eclosão da Guerra Civil. Depois da secessão do estado em 1861, ele renunciou à sua comissão e recebeu a patente de general do Exército Confederado. Ele foi o principal arquiteto das duas conhecidas vitórias do Sul em Bull's Horn Creek e em Harmon's Draw, a última travada a menos de cinco quilômetros de seu local de nascimento. Sua vitória em Harmon's Draw frustrou permanentemente as tentativas do Norte de alcançar e capturar New Marsails.*

Em 1870, com a readmissão do estado à União, Willson se tornou seu governador. Pouco depois, ele escolheu o local, iniciou a construção e, em grande parte, projetou a nova capital do estado que hoje leva seu nome. Depois de se aposentar da vida pública em 1878, ele voltou a Sutton. Em 5 de abril de 1889, tendo acabado de regressar da inauguração de uma estátua de bronze de si mesmo com três metros de altura que os habitantes da cidade de Sutton ergueram em sua praça, ele foi baleado e morreu. Ele é considerado pela maioria dos historiadores como, depois de Lee, o maior general da Confederação.

HISTÓRIA RECENTE:

Em junho de 1957, por motivos ainda a ser determinados, todos os habitantes negros do estado partiram. Hoje, ele é ímpar por ser o único estado da União que não pode contar nem mesmo com um membro da raça negra entre seus cidadãos.

O Africano

Agora estava acabado. A maioria dos homens de pé, apoiados ou sentados no pórtico da Companhia Merceeira Thomason estivera na fazenda de Tucker Caliban na quinta-feira quando tudo começou, embora, com a possível exceção do sr. Harper, nenhum tenha notado que aquilo havia sido o início de alguma coisa. Durante toda a sexta-feira e a maior parte do sábado, eles viram os negros de Sutton, com malas ou de mãos vazias, esperando na beira do pórtico pelo ônibus que passa de hora em hora e que os levaria Eastern Ridge acima, atravessando Harmon's Draw, até New Marsails e o Terminal Ferroviário Municipal. Pelo rádio e pelos jornais, eles souberam que Sutton não foi a única cidade, mas que todos os negros em todas as cidades, vilas e encruzilhadas do estado estavam usando todos os meios de transporte disponíveis, incluindo as próprias pernas, para viajar em direção às fronteiras do estado, para cruzar para o Mississippi ou o Alabama ou o Tennessee, mesmo que alguns (a maioria não) parassem ali mesmo e começassem a procurar abrigo e trabalho. Eles sabiam que a maioria não pararia logo depois das fronteiras, que eles continuariam até chegar a um lugar onde tivessem a mais ínfima oportunidade de viver ou morrer decentemente, pois os homens viram fotos do terminal ferroviário lotado de negros e, estando na rodovia entre New Marsails e Willson City, viram a fila de carroças abarrotadas de negros e pertences suficientes para convencê-los de que os negros não teriam tanto trabalho apenas para se deslocar meros cem quilômetros ou algo assim. E todos leram a declaração do governador: "Não há com que se preocupar. Nunca precisamos deles, nunca os quisemos e passaremos muito bem sem eles; o Sul passará muito bem sem eles. Mesmo que nossa população tenha sido reduzida a um terço, vamos nos sair muito bem. Ainda há muitos homens de bem sobrando".

Todos queriam acreditar nisso. Ainda não haviam vivido tempo suficiente num mundo sem rostos negros para ter certeza de algo, mas tinham esperança de que tudo ficaria bem, tentavam se convencer de que aquilo realmente havia acabado, mas pressentiam que, para eles, era apenas o começo.

Embora tivessem testemunhado desde o início, eles estavam atrás do resto do estado, pois ainda não haviam vivenciado a raiva e o amargo rancor sobre os quais liam nos jornais; eles não tentaram impedir os negros de partir, como outros homens brancos tentaram em outras cidades, sentindo que era seu direito e dever arrancar as malas de quaisquer mãos negras que as segurassem, ou distribuir socos. Tinham sido poupados da desalentadora descoberta de que tais atos eram inúteis, ou impedidos de semelhantes demonstrações de ira indignada — o sr. Harper lhes demonstrara que os negros não podiam ser parados; Harry Leland chegara ao ponto de expressar a ideia de que os negros tinham o direito de partir —, e assim, agora, no final da tarde de sábado, enquanto o sol deslizava por trás dos prédios planos e desbotados do outro lado da rodovia, eles se voltavam para o sr. Harper e tentavam pela milésima vez em três dias descobrir como tudo começara, afinal. Eles não tinham como saber tudo, mas o que sabiam talvez lhes desse alguma parte de uma resposta, e eles se perguntavam se aquilo que o sr. Harper dissera sobre "sangue" seria verdade.

O sr. Harper normalmente aparecia no pórtico às oito da manhã, onde por vinte anos recebia sua corte numa cadeira de rodas tão velha e bamba quanto um trono. Ele era um militar aposentado que viajara ao Norte até West Point, tendo sido nomeado para a Academia pelo general Dewey Willson em pessoa. Em West Point, o sr. Harper aprendeu a travar as guerras que nunca teria a oportunidade de lutar: ele era muito jovem na época da guerra entre os estados, só chegou a Cuba muito depois do fim da Guerra Hispano-Americana e estava velho demais quando foi travada a Primeira Guerra Mundial, que lhe roubou seu filho. A guerra não lhe deu nada, e sim o privou de tudo e, portanto, trinta anos atrás, ele decidiu que não valia a pena enfrentar a vida de pé, pois ela sempre o derrubava, e se sentou numa cadeira de rodas para ver o mundo do pórtico, explicando seu padrão caótico para os homens que se agrupavam à sua volta todos os dias.

Em todos aqueles trinta anos, até onde o mundo pôde ver, ele se levantou da cadeira de rodas apenas uma vez — na quinta-feira, para ir à fazenda de Tucker Caliban. Agora ele estava de novo tão firmemente enraizado nela como se jamais a houvesse deixado, seus cabelos brancos e escorridos, longos e repartidos ao meio, caindo de cada lado do rosto quase como os de uma mulher. Suas mãos se cruzavam sobre um estômago pequeno, mas protuberante.

Thomason, que, por vender tão pouco, quase nunca estava em sua mercearia, ficava logo atrás do sr. Harper, com as costas apoiadas contra o vidro sujo de sua vitrine. Bobby-Joe McCollum, o membro mais jovem do grupo, com vinte anos recém-completados, estava sentado na escada do pórtico com os pés na sarjeta, fumando um charuto. Loomis, um membro habitual do grupo, ocupava uma cadeira, inclinando-a para trás em suas duas pernas traseiras. Ele havia frequentado a universidade de Willson, embora tivesse durado apenas três semanas, e achava a explicação do sr. Harper para os acontecimentos muito fantástica, muito simplória. "Ora, eu num posso acreditar nesse negócio de sangue."

"O que mais pode ser?" O sr. Harper se virou para Loomis e espremeu os olhos por entre os cabelos. Ele falava de maneira diferente do resto dos homens; sua voz, aguda, sussurrada, seca, distinta, era como de alguém da Nova Inglaterra. "Perceba, não sou dessa gente supersticiosa; não acredito em fantasmas e coisas assim. Mas, como eu vejo, é pura genética: algo especial no sangue. E se alguém nesse mundo tem algo especial no sangue, seu nome é Tucker Caliban." Ele baixou a voz, falando quase num sussurro. "Eu consigo ver o que quer que seja que existe no sangue dele só espreitando ali, dormindo, esperando, e depois acordando um dia, levando Tucker a fazer o que ele fez. Não pode haver outro motivo. Nunca tivemos um problema com ele, nem ele conosco. Mas de uma hora para outra, seu sangue começou a coçar nas veias, e ele deu início a essa... essa revolução aqui. E eu sei tudo de revolução; era uma das coisas que a gente estudava na Point. Por que acham que considerei isso importante o suficiente para me levantar da cadeira?" Ele olhou para o outro lado da rua. "Tem que ser o sangue do Africano! É simples!"

O queixo de Bobby-Joe estava apoiado nas mãos. Ele não se virou para olhar para o velho, e assim o sr. Harper não percebeu de imediato que o garoto estava zombando dele. "Eu escuto falar desse Africano e até me lembro de alguém me contando a história faz muito tempo, mas *num consigo* lembrar de como aconteceu." O sr. Harper tinha contado a história no dia anterior, e muitas vezes antes disso. "Por que num conta, sr. Harper, e mostra pra gente como ela tem a ver com tudo isso? Que tal?"

A essa altura, o sr. Harper já tinha percebido o que estava acontecendo, mas isso não importava. Ele sabia também que alguns homens pensavam que ele estava muito velho e já deveria estar morto, em vez de vir ao pórtico todas as manhãs. Mas ele gostava de contar a história. Mesmo assim, eles teriam que convencê-lo. "Vocês todos conhecem essa história tão bem quanto eu."

"Ora, vamos, sr. Harper, a gente só queremos ouvir cê contar de novo." Bobby-Joe tentava fazer do homem uma criança pelo tom carinhoso de sua voz. Alguém riu atrás do sr. Harper.

"Diabos! Eu não me importo. Vou contar mesmo que vocês não queiram ouvir — só de bronca!" Ele se inclinou para trás e respirou fundo. "Mas ninguém está dizendo que essa história aqui é *toda* verdade."

"Pelo menos essa parte é verdade." Bobby-Joe deu uma tragada no charuto e cuspiu.

"Tudo bem, digamos que você simplesmente me deixa contar a história."

"Sim, *senhor*." Bobby-Joe exagerou em seu pedido de desculpas, mas, virando-se, não encontrou aprovação nos rostos sombrios dos outros homens; o sr. Harper já os capturara. "Sim, senhor." Dessa vez, Bobby-Joe falou a sério.

Como eu disse, ninguém está dizendo que essa história é toda verdade. Deve ter começado desse jeito, mas alguém no meio do caminho, ou todo um monte de alguéns, deve ter imaginado que podia melhorar a verdade. E melhoraram mesmo. Virou uma história muito melhor por ser metade mentira. Uma história não pode ser boa sem algumas mentiras. Veja a história de Sansão. Pode não ser tudo verdade conforme você lê na Bíblia; o pessoal deve ter pensado que, se você tem um homem só um pouco mais forte que a maioria, não há mal nenhum em fazer dele alguém bem mais forte. Então provavelmente foi isso que o pessoal daqui fez; pegou o Africano, que já devia ser bem grande e forte, para começar, e o fez ainda maior e mais forte.

Acho que eles queriam ter certeza de que a gente se lembraria dele. Mas, pensando bem, não há razão para a gente um dia esquecer o Africano, mesmo que tudo aquilo tenha acontecido há muito tempo, pois, assim como Tucker Caliban, o Africano trabalhava para os Willson, que eram as pessoas mais importantes dessas bandas. Só que o pessoal gostava muito mais dos Willson naquele tempo do que nós gostamos agora. Eles não eram tão arrogantes quanto os nossos Willson.

Mas não estamos falando dos Willson de hoje; estamos falando do Africano, que pertencia ao pai do general, Dewitt Willson, apesar de Dewitt nunca ter conseguido fazer com que ele trabalhasse. Mas ele era o dono, de qualquer jeito.

Pois bem, a primeira vez que New Marsails (ainda era New Marseilles naquele tempo, igual à cidade francesa) viu o Africano foi de manhã, logo depois que o navio negreiro em que ele estava ancorou no porto. Naqueles tempos, a chegada de um barco era sempre uma grande ocasião e o pessoal descia até o cais para recebê-lo; não era muito longe, já que a cidade não era maior do que Sutton é hoje.

O navio negreiro chegou, com as velas todas estufadas, foi amarrado e deixou cair a prancha. E o dono do navio, que também era o principal leiloeiro de escravos de New Marsails — ele falava tão bem e tão rápido que podia vender um negro maneta, perneta e estúpido a peso de ouro —, subiu a prancha devagar. Diziam que ele era um sujeito franzino, sem músculo nenhum. Tinha o olho afiado da pechincha e um nariz todo redondo, inchado e furado como uma laranja podre, e sempre usava um paletó azul antigo com renda na gola e um tipo de chapéu-coco de feltro verde. E atrás dele, exatamente três passos atrás, havia um negro. Alguns diziam que era o filho do leiloeiro com uma mulher de cor. Não sei disso ao certo, mas *eu sei* que aquele negro ali parecia, andava e falava como seu dono. Tinha aquele mesmo porte, os mesmos olhos astutos, e se vestia igual a ele também — chapéu-coco verde e tudo —, então os dois pareciam uma impressão e um negativo da mesma foto, já que o negro tinha a pele escura e o cabelo crespo. Esse negro era o contador e o supervisor do leiloeiro, e tudo mais que você possa imaginar. Então os dois subiram ao convés e, enquanto o negro ficava por perto, o leiloeiro apertava a mão do capitão, que estava no convés vendo seus homens fazerem suas tarefas. Vocês entendem, eles falavam diferente naqueles tempos, então não tenho certeza exatamente do que eles disseram, mas imagino que foi algo assim: "Como vai? Que tal a viagem?".

O pessoal parado no cais já estava vendo que o capitão parecia meio adoentado. "Boa, exceto que tivemos um filho da puta realmente obstinado. Tive que acorrentá-lo, sozinho, separado de todos."

"Vamos dar uma olhada nele", disse o leiloeiro. O negro às suas costas assentiu, algo que fazia sempre que o leiloeiro falava, então ele parecia um ventríloquo e o leiloeiro era a marionete, ou isso ou o contrário.

"Ainda não. Maldito seja! Vou trazê-lo para cima depois que o resto dos crioulos estiver *fora* do barco. Depois *todos* podemos segurá-lo. Droga!" Ele pôs a mão na testa e foi quando o pessoal com boa vista viu a marca azul lustrosa na cabeça dele, como se alguém tivesse lhe atirado graxa de eixo e ele ainda não tivesse tido tempo de limpar. "Maldito seja!", ele disse outra vez.

Bem, é claro que o pessoal estava ficando muito ansioso, não apenas por um interesse comum, como de costume, mas para ver aquele filho da puta que estava causando todo o problema.

Dewitt Willson estava lá também. Ele não tinha vindo para ver o barco, nem mesmo para comprar escravos. Estava lá para pegar um relógio de pêndulo. Dewitt estava construindo uma nova casa para si fora de Sutton e tinha encomendado aquele relógio da Europa, e queria que chegasse o mais rápido possível, e a maneira mais rápida era vir no navio negreiro. Ele tinha ouvido dizer que transportar coisas em navios negreiros dava sete tipos de azar, mas mesmo assim, por estar tão ansioso para conseguir o relógio, ele deixou que o enviassem daquele jeito. O relógio viajou na cabine do capitão e estava todo embalado com algodão, e encaixotado com madeira ao redor, e acolchoado por segurança. E ele tinha vindo buscá-lo, trazendo uma carroça para levar a peça para casa e surpreender a esposa com ela.

Dewitt e todos estavam esperando, mas primeiro a tripulação desceu ao porão e estalou seus chicotes e tocou uma longa fila de negros para fora. As mulheres tinham seios caídos quase até a cintura e algumas carregavam bebês negros. Os homens, com a cara toda retorcida e fechada como o interior de limões. Quase todos os escravos estavam nus em pelo e parados no convés, piscando; nenhum deles via o sol fazia muito tempo. O leiloeiro e seu negro andavam de um lado a outro da fila, como sempre, inspecionando os dentes, apalpando os músculos, examinando as mercadorias, por assim dizer. Depois o leiloeiro disse: "Bem, vamos trazer o encrenqueiro, o que dizem?".

"Não, senhor!", gritou o capitão.

"Por que não?"

"Eu já disse. Não quero que seja trazido até que o resto desses crioulos esteja fora do barco."

"Sim, certo", disse o leiloeiro, embora parecesse um tanto confuso. Assim como seu negro.

O capitão esfregou aquele hematoma lustroso como graxa. "Você não entende? Ele é o chefe. Se ele der uma palavra, teremos mais problemas aqui do que Deus tem seguidores. Já tive o suficiente!" E esfregou a mancha de novo.

Os tripulantes empurraram os negros pela prancha abaixo e o pessoal no cais saiu do caminho e os viu passando. Aqueles negros até *tinham cheiro* de raiva, depois de ter sido amontoados, cada um deles com menos espaço para si do que um bebê tem num berço. Estavam sujos, furiosos e prontos para uma briga. Então o capitão mandou descer alguns tripulantes com rifles para fazer companhia a eles. E os outros tripulantes — havia uns vinte ou trinta — só ficaram no convés se remexendo e arrastando os pés. O pessoal no cais soube na mesma hora o que estava acontecendo: os tripulantes estavam com medo. Dava para ver nos olhos deles. Todos aqueles homens adultos com medo do que quer que havia no porão daquele barco, acorrentado à parede.

O próprio capitão parecia meio assustado e cutucava seu ferimento e suspirava, e disse ao seu imediato: "Acho melhor você descer lá e trazê-lo". E aos vinte ou trinta homens que estavam ao redor: "Desçam lá com ele — todos vocês. Talvez vocês consigam manobrá-lo".

As pessoas prenderam a respiração como crianças num circo esperando o sujeito na corda bamba chegar ao outro lado, porque mesmo que uma velha surda e cega estivesse de pé naquele cais, ela saberia que havia algo no porão sendo preparado para fazer sua aparição. Todos ficaram quietos e, acima do ruído das ondas batendo contra o casco, ouviram todos os tripulantes descendo as escadas, todo o bando com pesadas espingardas, tomando um momento para informar àquela coisa no porão que ela era desejada no convés.

Então, do fundo do navio, bem longe em algum lugar escuro, veio aquele rugido, mais alto que um urso encurralado ou talvez dois ursos cruzando. Foi tão alto que as laterais do barco abaularam. Todos sabiam que vinha de uma só garganta, pois não havia mistura, só um único som alto. E depois, bem na frente de seus olhos, na lateral do barco, bem junto da linha-d'água, eles viram um buraco se arrebentar e as farpas voarem, espalhando-se como quando você joga um punhado de pedrinhas numa lagoa. Veio um som abafado de briga, empurrões e gritaria, e depois de um tempo, um sujeito cambaleou para o convés com o sangue escorrendo da cabeça. "Maldito seja — não é que ele arrancou a corrente da parede do barco?", diz ele. E todos olharam para aquele buraco outra vez, e não perceberam que o tripulante acabava de cair morto com o crânio rachado.

Bem, senhor, pode acreditar, as pessoas se juntaram em grupos apertados para se protegerem no caso de aquela coisa se soltar do fundo do navio e começar a devastar a pacífica cidade de New Marsails. Depois tudo ficou meio quieto de novo, mesmo no interior do navio, e o pessoal se inclinou para a frente, ouvindo. Eles ouviram correntes se arrastando e então viram o Africano pela primeira vez.

Para começar, eles viram sua cabeça subindo além da prancha, e em seguida apareceram os ombros, tão largos que ele precisava subir as escadas de lado; depois o corpo foi surgindo, e quando já deveria ter terminado, ele ainda continuava saindo. Então ele saiu por inteiro, nu em pelo a não ser por um trapo em volta das partes, pelo menos duas cabeças mais alto que qualquer outro homem no convés. Ele era preto e luzia como o ferimento de graxa do capitão. Sua cabeça era tão grande quanto um daqueles caldeirões que se veem nos filmes de canibais, e parecia igualmente pesada. O homem levava tantas correntes penduradas que parecia uma árvore de Natal totalmente enfeitada. Mas eram os olhos o que todos observavam; eles eram afundados na cabeça, fazendo com que ela parecesse uma gigantesca caveira preta.

Havia algo embaixo de seu braço. A princípio eles pensaram que era um tumor ou cisto e não deram atenção e, quando o homem se moveu e perceberam que a coisa tinha olhos, é que todos viram que era um bebê. Sim, senhor, um bebê enfiado debaixo do braço dele como uma marmita preta, só espiando todo mundo lá fora.

Então agora eles tinham visto o Africano, e recuaram um pouco como se a distância entre eles não fosse grande o bastante, como se ele pudesse passar a mão por cima da amurada do navio, chegar até eles e arrancar-lhes a cabeça só mexendo os dedos. Mas o Africano estava quieto agora, sem piscar ao sol como os outros, apenas se aquecendo como se o sol fosse seu e tivesse sido ordenado a nascer e brilhar sobre ele.

Dewitt Willson só observava. Era difícil dizer o que ele estava pensando, mas um pessoal disse que o ouviu falando sozinho, de maneira lenta e monótona: "Eu serei seu dono. Ele vai trabalhar para mim. Vou domá-lo. Tenho que dominá-lo". Disseram que ele só olhava e falava sozinho.

E o negro do leiloeiro, ele também observava. Mas não estava resmungando ou falando. Dizem que só parecia estar avaliando alguma coisa — olhando para o Africano da cabeça aos pés e somando os totais: tanto pela cabeça e o cérebro; tanto pelo porte e os músculos; tanto pelos olhos — tomando notas num pedaço de papel com um giz de cera.

O capitão gritou para seus homens levarem os negros para o local do leilão, um monte de terra no centro de New Marsails onde hoje é a praça do Leilão. Alguns homens abriram caminho e outros desceram do barco e começaram a empurrar a fileira de negros acorrentados. Depois vieram todas as pessoas do cais que iam à praça para ver qual era o preço de um bom escravo naquele dia, como o pessoal hoje lê os relatórios da bolsa de valores, e, mais importante, para ver por quanto o Africano seria vendido. E depois que alguns foram embora, vieram o Africano e sua escolta, vinte homens no mínimo, cada um segurando uma corrente de modo que ele parecia um mastro de festa com todos os homens ao seu redor num círculo, mantendo uma saudável distância de seu alcance.

Quando chegaram à praça, eles empurraram aqueles outros negros para um lado e o Africano e seus acompanhantes subiram o monte. Lá, com o negro sempre a três passos atrás dele, o leiloeiro começou sua venda:

"Pois bem, pessoal, vejam aqui diante de vocês a mais magnífica propriedade que qualquer homem poderia querer possuir. Notem a altura, a largura, o peso; notem o extraordinário desenvolvimento muscular, o porte real. Este é um chefe, então ele deve ter grande capacidade de liderança. Ele é gentil com as crianças, como podem ver ali embaixo do seu braço. É verdade, ele é capaz de destruir, mas afirmo que isso é apenas um sinal da sua capacidade de trabalhar. Não acho que precisem de nenhuma prova de tudo que digo; só olhar para ele já é prova suficiente. Ora, se eu já não fosse o dono, e se tivesse uma fazenda ou uma plantation, venderia metade das minhas terras e todos os meus escravos só para juntar dinheiro para comprá-lo e fazê-lo trabalhar na outra metade. Mas eu *sou* dono dele e não tenho nenhuma terra. Esse é meu problema. Não posso usá-lo; não preciso dele; tenho que me livrar dele. E é aí que vocês entram, amigos. Um de vocês tem que tirá-lo das minhas mãos. E eu vou pagar por essa gentileza. Sim, senhor! Não deixe ninguém dizer que não sou grato pelo bem que meus amigos fazem por mim. O que vou fazer é o seguinte: vou pôr nesse negócio, dois pelo preço de um, aquele bebezinho que ele tem embaixo do braço."

(Bem, alguns disseram que depois descobriram que o leiloeiro *precisava* fazer aquele negócio, pois o capitão foi o primeiro a tentar tirar aquele bebê do Africano e por isso teve a cabeça golpeada. Então imagino que o leiloeiro não poderia mesmo vender os dois como itens separados sem ter que matar um para pegar o outro.)

"Ora, vocês sabem que é uma pechincha", ele continuou dizendo, "porque aquele bebê vai crescer até ser exatamente como o pai. Agora, imaginem só: quando esse homem ficar velho demais para trabalhar, vocês terão sua cópia pronta para assumir seu lugar.

"Imagino que vocês devem saber que não sou muito perspicaz quando se trata de preços e custos, mas eu diria logo de cara que esse trabalhador aqui não deveria sair por menos de quinhentos dólares. O que diz, sr. Willson, acha que ele vale tanto assim?"

Dewitt Willson não respondeu, não disse nada, apenas enfiou a mão no bolso e tirou de lá mil dólares em dinheiro, calmo como quem tira um fiapo do paletó, subiu até a metade do monte e entregou o dinheiro ao leiloeiro.

O leiloeiro bateu o chapéu-coco verde contra o joelho. "Vendido!"

Ninguém, nem mesmo o pessoal que diz ter visto a cena, tem real certeza do que aconteceu em seguida. Deve ter sido que os tripulantes, que ainda estavam segurando aquelas correntes todas, relaxaram quando viram todo aquele dinheiro, porque o Africano deu um giro uma vez e já ninguém estava segurando mais nada, exceto talvez um punho cheio de sangue e pele onde as correntes ralaram como uma serra circular. E agora o Africano estava segurando *todas* as correntes, depois de juntá-las como uma mulher reúne as saias para subir num automóvel, e ele imediatamente correu para o leiloeiro como se entendesse o que aquele homem estava dizendo e fazendo, coisa impossível porque ele era africano e provavelmente falava aquela algaravia que os africanos falam. Mas de fato ele *foi* atrás do leiloeiro e alguns, embora não todos, juram que, usando as correntes, ele cortou a cabeça do leiloeiro fora — com chapéu-coco e tudo —, e que a cabeça saiu voando como uma bala de canhão no ar por uns quinhentos metros, quicou mais uns quinhentos metros e ainda teve impulso suficiente para aleijar um cavalo sobre o qual um sujeito estava chegando a New Marsails. O sujeito chegou à cidade reclamando por ter que atirar no seu cavalo depois que ele teve a perna estraçalhada por uma cabeça voadora usando um chapéu-coco verde.

Algumas coisas estranhas aconteceram naquele momento. O negro do leiloeiro — que deu um ou dois passos para trás quando o Africano se soltou e não pareceu notar o leiloeiro sem cabeça exceto para verificar que não havia sangue espirrado arruinando suas roupas — correu até o Africano, que estava parado junto do corpo que nem sequer havia tido tempo de cair, e agarrou seu braço e apontou e começou a gritar: "Por aqui! Por aqui!".

Acho que o Africano não entendeu de fato, mas ele sabia que o negro estava tentando ajudá-lo e começou a correr na direção que o negro apontava, e o negro o seguiu exatamente como seguia o leiloeiro, a uma distância de três passos, e o Africano desceu o monte correndo, embora provavelmente estivesse carregando mais de cem quilos de correntes, girando-as, quebrando sete ou oito braços e uma perna, abrindo para si e para o negro um caminho através dos habitantes da cidade de New Marsails. Alguns homens ergueram rifles e miraram, e poderiam ter acertado (não estou dizendo, veja bem, que teriam conseguido parar o Africano), mas Dewitt Willson subiu o monte como um louco e se meteu entre os homens e o Africano e o negro, gritando o tempo todo: "Não atirem na minha propriedade! Eu vou processá-los! É minha propriedade!". E a essa altura o Africano estava fora de alcance e indo para o sul, entrando nos pântanos às margens da cidade. E assim os homens e Dewitt pegaram cavalos e mais rifles e, depois de um tempo, saíram atrás dele.

O Africano avançava muito rápido (ele devia estar carregando não apenas seu bebê e as correntes, mas o negro também, pois não sei como aquele negro franzino poderia acompanhá-lo), e Dewitt e os homens talvez nunca pudessem alcançá-lo, mas ele entrou direto pela floresta e pelos pântanos e deixou uma trilha de arbustos, grama e pequenas árvores destroçadas nos lugares em que as correntes se prendiam nas coisas e ele as arrancava direto do solo, correndo direto para o mar. Eles apenas seguiram por essa trilha, ampla o bastante para dois cavalos andarem lado a lado, reta como um fio de prumo, e a seguiram através do pântano, até a areia e para dentro d'água. Era ali que ela terminava.

Os homens imaginaram que o Africano provavelmente tentou nadar de volta para casa (alguns disseram que ele conseguiria — com correntes, bebê e tudo) e que o negro do leiloeiro devia ter fugido por conta própria, e agora eles estavam meio cansados e queriam ir para casa e esquecer aquilo, mas Dewitt tinha certeza de que o Africano não havia ido embora, não nadando, e que estava voltando, e pôs os homens para andar para cima e para baixo pela praia em busca de algum sinal. Eles obedeceram e, depois de andar cerca de um quilômetro pela praia, encontraram dois pares de pegadas que penetravam a floresta.

Naquele momento, ficou difícil para Dewitt Willson conseguir homens para ajudá-lo a perseguir sua propriedade. Em primeiro lugar, estava escurecendo. Em segundo lugar, não havia uma trilha ampla como antes porque o Africano deve ter levantado as correntes do chão para que não se prendessem em nada, como uma garotinha levanta a barra das saias para a cintura quando vai entrar na água. Então os homens naturalmente desanimaram de rastrear um homem selvagem pela floresta à noite, quando, na melhor das hipóteses, seria difícil vê-lo e quando não se tinha certeza de onde ele estava e ele podia fazer uma visita e cortar fora a cabeça deles antes mesmo que soubessem que ele estava chegando. Assim, eles acamparam na praia e alguns homens foram buscar suprimentos e, ao amanhecer, saíram atrás dele de novo.

Mas aquela única noite foi todo o tempo de que o Africano e o negro do leiloeiro precisaram, e seria mais difícil que nunca pegá-los agora porque, quando os homens chegaram a uma clareira cerca de um quilômetro floresta adentro, havia, brilhando ao sol, uma pilha de pedras, elos e algemas quebradas onde o Africano passara a noite arrancando-as sozinho. Ou seja, agora ele estava solto, livre de suas correntes, e em algum lugar na área. Ele era tão grande e rápido que ninguém ousava adivinhar *onde* ele poderia estar, já que o pessoal começou a perceber que ele poderia estar em qualquer lugar a uma distância de cento e cinquenta quilômetros. Mas Dewitt, com menos homens agora, continuou insistindo e rastreando sua propriedade por duas semanas, a meio caminho de onde Willson City está agora, ida e volta, o que dá um total de trezentos e vinte quilômetros, e ao longo da costa do golfo quase até o Mississippi e no sentido oposto, até o Alabama, e, finalmente, os homens que ainda seguiam com Dewitt perceberam que ele estava com uma aparência um tanto estranha. Ele não dormia nada nem comia, passava vinte e quatro horas por dia em seu cavalo e falava sozinho, dizendo: "Eu vou pegar você... Eu vou pegar você... Eu vou pegar você". E então, quase um mês depois que o Africano fugiu, durante o qual Dewitt não esteve em casa em nenhum momento, sob os olhos dos homens, ele desmaiou nas costas do cavalo e não acordou até que o levaram numa liteira para sua plantation e ele dormiu num colchão de penas por mais de uma semana. Sua esposa disse às pessoas que ele continuava falando sozinho e, quando acordava, gritava: "Mas eu valho. Eu também valho mil! Eu valho!".

Agora o Africano mudava de tática.

Certa tarde, Dewitt e a esposa estavam sentados no pórtico. Dewitt estava tentando recuperar as forças bebendo algo fresco e tomando sol. E, subindo o gramado da frente, vestido com roupas africanas de cores vivas, com uma lança e um escudo, chegou o Africano, arremetendo contra a casa como se fosse um trem e ela, um túnel, e ele estivesse passando — coisa que ele fez, saindo pela porta dos fundos, atravessando o gramado até a senzala, onde libertou cada um dos negros de Dewitt e os conduziu para a escuridão da floresta antes que Dewitt pudesse baixar o copo e se levantar da cadeira.

Bem, como se isso não fosse suficiente, na noite seguinte quase a mesma coisa aconteceu com um sujeito a leste de New Marsails. Ele veio à cidade e contou o caso a todos: "Eu estava dormindo tranquilamente quando ouvi um barulho lá fora, perto das cabanas de escravos. Maldito seja, quando corri para a janela, não é que vi todos os meus crioulos entrando na floresta atrás de um homem que era tão grande quanto um cavalo preto de pé nas patas de trás? E tinha outro também", continuou o sujeito, "nunca muito afastado do grande, agitando os braços e dizendo aos *meus* crioulos o que fazer e para onde ir".

Muito embora ele ainda estivesse doente, Dewitt Willson veio à cidade e se apresentou diante de uma grande assembleia que estavam fazendo para tentar resolver o problema, e disse: "Ora, eu juro para vocês, não vou para casa até poder levar o Africano ou o que sobrar dele comigo. E que todos saibam disto: branco ou negro, qualquer um que possa me dar notícias que me ajudem a pegar o Africano estará andando por aí no dia seguinte com mil dólares meus no bolso". E aquela notícia correu como o cheiro de repolho na panela, espalhou-se para cima e para baixo na região de forma que anos depois, se você fosse ao Tennessee e mencionasse que era dessa parte aqui, alguém perguntaria: "Diga lá, quem afinal *levou* os mil dólares de Dewitt Willson?".

Dewitt Willson manteve sua palavra; partiu atrás do Africano outra vez. Ele o rastreou e o seguiu por mais de um mês em todo o estado. Às vezes, eles chegavam bem perto de pegá-lo, mas não perto o bastante. Topavam com ele e seu bando — que, com mortes e capturas, conseguiu se reduzir a mais ou menos doze pessoas — e travavam uma batalha, mas o Africano sempre escapava de alguma forma. Certa vez, eles pensaram que o tinham encurralado de costas para o rio e ele simplesmente deu meia-volta, mergulhou e nadou debaixo d'água. E vocês sabem que há uns sujeitos que não conseguem nem jogar uma pedra tão longe. Eles também nunca conseguiam pôr as mãos naquele negro do leiloeiro. Ele estava sempre por perto, segurando o bebê enquanto o Africano lutava, observando o que se passava com aqueles olhos ávidos de dinheiro que brilhavam sob o chapéu-coco verde. Sim, senhor, ele ainda tinha o chapéu-coco, embora nada mais; agora ele andava vestido como o Africano, com um daqueles longos lençóis multicoloridos.

Dewitt estava alterado de novo, fazendo as mesmas coisas que tinha feito antes de desmaiar, sem falar com ninguém, agora nem consigo mesmo, taciturno e silencioso o tempo todo. E assim continuava, o Africano atacando e libertando escravos, Dewitt Willson alcançando o bando e tomando a maioria dos escravos de volta e matando outros, mantendo os homens africanos em doze ou treze, e o Africano e o negro do leiloeiro jamais sendo capturados.

Então, certa noite, eles estavam acampados um pouco ao norte de New Marsails. Todos dormiam, exceto Dewitt, que estava sentado em seu cavalo olhando para o fogo. Ele ouviu uma voz às suas costas, que parecia ser a voz do fantasma do leiloeiro, mas não era. "Você quer o Africano? Eu vou levar você até ele."

Dewitt se virou e viu o negro do leiloeiro parado ali, usando seu lençol e seu chapéu-coco; tinha entrado no acampamento sem ser ouvido ou visto.

"Onde ele está?", perguntou Dewitt.

"Eu vou levar você até ele. Vou até ele e dou um tapa na cara dele, se você quiser", disse o negro.

E assim Dewitt o seguiu. Ele contou mais tarde que não tinha certeza se havia feito a coisa certa seguindo aquele negro, pois poderia ser uma emboscada ou armadilha. Mas disse também que não achava que o Africano teria feito algo assim. Alguns de seus homens disseram que, àquela altura, Dewitt estava louco o bastante para fazer qualquer coisa para pegar o Africano, teria ido a qualquer lugar com qualquer um para pegá-lo.

E assim Dewitt despertou seus homens, e eles cavalgaram atrás do negro. Não precisaram percorrer mais que um quilômetro e meio antes de entrar no acampamento do Africano. Não havia fogo e os negros, talvez doze, estavam deitados no chão sem coberta, dormindo. Bem no meio da clareira, com as costas contra uma pedra enorme e o bebê negro sobre os joelhos, o Africano estava sentado. Ele tinha um pano sobre a cabeça e havia diante dele uma pilha de pedras, sobre as quais parecia estar resmungando.

Dewitt Willson não conseguia entender por que ninguém avisou o Africano, como ele conseguiu se esgueirar para perto dele, e se inclinou para o negro e disse: "Por que não há guardas? Ele sabia que eu estava logo ali. Por que não há guardas?".

O negro sorriu para ele. "*Havia* um guarda. Eu."

"Por que você fez isso? Por que se voltou contra ele?"

O negro voltou a sorrir. "Sou americano; não sou um selvagem. E, além disso, um homem tem que ir para onde o bolso leva, não é?"

Dewitt Willson assentiu. Alguns disseram que ele quase deu meia-volta e regressou para seu próprio acampamento, quis esquecer tudo sobre recuperar sua propriedade daquela forma e voltar pela manhã, quando o Africano estivesse foragido, e persegui-lo até pegá-lo diretamente, porque, pelo visto, depois de todas aquelas semanas perseguindo o Africano na floresta, depois de todo aquele tempo seguindo seu rastro e pensando que talvez conseguisse pegá-lo daquela vez e descobrindo depois que não podia pegá-lo mais do que um anão tem chances de ser profissional de basquete, depois de todo o suor, as cavalgadas, a comida ruim e o pouco sono, ele passou a respeitar aquele homem, e acho que ficou foi um pouco triste, pois, quando finalmente alcançou sua propriedade, foi porque um sujeito em quem o Africano confiava virou a casaca e levou os homens brancos para o acampamento. Mas os outros homens não se sentiam assim. Eles queriam o Africano de qualquer maneira que pudessem pegá-lo, pois ele estava fazendo todos de idiotas e eles sabiam disso e queriam acabar com aquilo.

Assim, os homens brancos circundaram o acampamento e, quando o tinham cercado, Dewitt Willson avisou aos negros que desistissem. Os homens brancos acenderam tochas para que o Africano pudesse ver que estava cercado por fogo, cavalos e homens com rifles. Os negros se puseram de pé e logo viram que era inútil, pois tudo que tinham eram armas africanas, que eles jogaram no chão. Mas o Africano saltou para o alto da rocha com o bebê montado nele e fez um giro completo, avaliando o que estava enfrentando, porque ele estava sozinho e sabia disso, já que a essa altura todos os negros estavam espalhados pelos arbustos ou parados ali como se nunca o tivessem visto antes e não o conhecessem mais do que a um papa católico romano do século III.

Ele continuou lá na rocha, sozinho, reluzindo ao fogo, quase nu, seus olhos sendo apenas dois vazios de negror. Depois, ele desceu. Alguém ergueu um rifle.

"Espere!", Dewitt gritou. "Vejam se podemos pegá-lo vivo. Vocês não entendem? Essa é a questão. Pegá-lo vivo!" Ele estava de pé nos estribos, agitando os braços para chamar a atenção para a luz da fogueira.

Algum sujeito entendeu que aquilo significava que ele tinha que bancar o herói e, achando que podia atropelar o Africano, disparou com seu cavalo direto contra ele, mas o Africano apenas arrancou o sujeito das costas do cavalo como alguém agarra um anel num carrossel, e lhe quebrou as costas sobre o joelho como um osso seco e o jogou de lado.

"Se atirarem, mirem nos membros dele", Dewitt gritava.

Alguém do outro lado do círculo atirou, e eles puderam ver a bala atravessando a mão do Africano e cravando no chão perto do cavalo de Dewitt, mas o Africano não pareceu conectar o impacto com nenhuma dor que pudesse estar sentindo na mão, e nem mesmo estremeceu ou se moveu. Outro alguém o baleou logo acima do joelho e o sangue escorreu por sua perna como uma fita.

Mantendo as costas contra a pedra, onde o bebê dormia, o Africano fez um giro completo e lento, observando cada um, observando também o negro do leiloeiro, que estava ao lado de Dewitt, mas sem parar nele nem demonstrar raiva ou amargura, parando apenas quando avistou Dewitt Willson e o encarou. Eles se observaram, e não como se tentassem intimidar um ao outro; mais como se estivessem discutindo algo sem usar palavras. E finalmente pareceu que eles chegaram a um acordo, porque o Africano se curvou levemente como um guerreiro se curva no início de uma luta, e Dewitt Willson ergueu seu rifle, mirou no rosto erguido do Africano e disparou exatamente acima da ponte de seu nariz largo.

Ele o acertou em cheio, mas o Africano apenas continuou ali parado, e depois por fim caiu de joelhos e se apoiou nas mãos. Ele parecia estar derretendo e em seguida, de repente, olhou para cima com o rosto chocado, como se acabasse de se lembrar de algo que tinha de fazer antes de morrer, e deu um grito alto e começou a rastejar em direção ao bebê adormecido, com os olhos cheios de sangue e uma pedra de bom tamanho em seu punho. Ele ergueu a pedra acima do bebê, mas Dewitt Willson explodiu a parte de trás de sua cabeça antes que ele pudesse esmagá-lo. E assim o Africano morreu.

Nenhum dos homens se moveu. Continuaram sentados, decepcionados em seus cavalos, porque eles, cada um deles queria ter voltado e dito que havia enfiado no Africano a bala que o matou.

Dewitt Willson desceu do cavalo, caminhou até o bebê, que ainda estava dormindo, sem saber que seu pai estava morto, sem saber, imagino, que seu pai um dia estivera vivo. Voltando para o cavalo, Dewitt tropeçou naquela pilha de pedras com as quais o Africano estivera falando. Eram todas pedras muito planas, e Dewitt Willson ficou olhando para elas por um longo tempo; depois de um instante se abaixou, pegou a menor delas, uma branca, e a enfiou no bolso.

O sr. Harper estava ficando rouco. Ele parou por um momento, pigarreou e continuou. “Dewitt Willson voltou para New

Marsails, pegou seu relógio, que ele ainda não tinha resgatado, e cavalgou para casa com o bebê do Africano a seu lado no banco da carroça, o negro do leiloeiro e o relógio tiquetaqueando na caçamba, aquele mesmo relógio que vocês viram na fazenda de Tucker na quinta-feira." Ele parou e se virou para encarar os que estavam atrás. "Bem, essa é a história, e todos vocês sabem tão bem quanto eu como aquele bebê foi chamado de Caliban pelo General, quando o General tinha doze anos."

"Isso mesmo. Depois que o General leu aquele tal livro do Shakespeare", Loomis acrescentou, suspirando.

"Não é um livro, é uma peça, *A tempestade*. Shakespeare não escreveu nenhum livro; ninguém escrevia livros naquele tempo, só poemas e peças. Nada de livro. Você não aprendeu foi *nada* nas suas três semanas na universidade." O sr. Harper encarou Loomis.

"Tudo bem então, uma peça", Loomis concordou, tímido.

Era quase hora do jantar. Vários homens deixaram o pórtico. Um vento quente soprava do Eastern Ridge. Um carro cheio de negros de rosto solene passou estalando rumo ao norte.

"E Caliban — cujo nome cristão acabou sendo Primeiro depois que ele formou uma família e que havia mais de um Caliban — foi o pai de John Caliban, e o neto de John Caliban é Tucker Caliban, e o sangue do Africano está correndo nas veias de Tucker Caliban." O sr. Harper se recostou, satisfeito.

"Isso é o que você diz." Bobby-Joe jogou o charuto na rua.

"Garoto, eu vou te perdoar por ser tão tremendamente estúpido. Você vai descobrir um dia desses que não sou nenhum idiota. Pode acreditar em mim agora ou não — para mim não faz nenhuma diferença —, mas cedo ou tarde você *vai* concordar e terá que se desculpar."

Os homens murmuraram. "Isso mesmo."

"Agora vê bem, sr. Harper", Bobby-Joe começou bem baixinho, nem mesmo se virando para encarar o velho, mas sim olhando de um lado para outro na rua à sua frente, "Tucker Caliban trabalhou pros Willson todos os dias de sua vida. Como é que ele escolheu a quinta-feira pra se levantar e sentir o sangue africano dele?" Ele se virou. "Me diz isso?"

"Bem, garoto, um homem bom não vai mentir para você; não vai dizer que algo é verdade se não tiver certeza. E vou lhe dizer diretamente que não posso responder à sua pergunta. Eu apenas digo que Tucker Caliban sentiu o sangue e teve que se mudar e, embora ele tenha feito diferente do que o Africano faria, no fim dá no mesmo. Mas por que na quinta-feira? Não sei dizer." O velho meneava a cabeça enquanto falava, olhando para o céu por cima dos telhados.

Todos ouviram os passos de sapatos de velha e depois viram a filha do sr. Harper. Ela tinha cinquenta e cinco anos, uma solteirona de cabelos louros e escorridos. "Está pronto para vir para casa e comer, papai?"

"Sim, querida. Sim, estou."

"Será que alguns de vocês homens podem ajudá-lo a descer?" Ela fazia aquela mesma pergunta todas as noites.

"Bem, acho que não vou voltar esta noite, então vejo vocês amanhã depois da igreja." O sr. Harper estava agora na rua, a filha atrás dele com as mãos no espaldar alto como um trono, esperando.

"Sim, senhor." Eles responderam juntos.

"Boa noite, então. Não se metam em encrenca." As rodas rangeram para levar o velho embora.

Assim que o sr. Harper estava fora do alcance da voz, Bobby-Joe se voltou para os outros homens. "Cês realmente acredita nesse negócio de sangue? Cês acha que explica tudo isso?" Ele pensou que, depois que o velho partisse, os outros não seriam tão brandos com suas opiniões.

"Se é isso que o sr. Harper diz, deve ser parte da resposta." Thomason se descolou da parede e caminhou em direção à porta.

"Sim, isso mesmo." Loomis balançou para a frente e pôs as mãos nos joelhos, preparando-se para se levantar.

"Cês acha *mesmo* que é simples assim?"

"Bom, pode ser assim mesmo." Thomason abriu a porta, entrou e pressionou o nariz contra a tela. "Você consegue dar um motivo melhor?"

"Não." Bobby-Joe olhou para o estômago de Thomason pressionado contra a porta de tela. "Não, justo agora eu num posso. Mas tô pensando a respeito."

Harry Leland

Embora já passasse muito das dez naquela quinta-feira, o sr. Harper, Bobby-Joe e o sr. Stewart ainda não haviam aparecido. Parado no pórtico, um pouco afastado dos outros, espiando por baixo da aba rasgada de seu chapéu de palha, Harry esperava que seu filho, Harold — os homens chamavam o menino de sr. Leland —, dobrasse a esquina da praça e corresse (ele sempre corria quando não estava cavalgando) até a mercearia de Thomason. Naquela manhã, antes de partirem para a cidade, a esposa de Harry lhe dissera para visitar a srta. Rickett. "Ela está acamada com o quadril quebrado, Harry, e gosta de visitas. Não volte aqui dizendo que vocês todos não deram uma passada lá." Ele apenas assentiu, pensando: *Que o garoto faça isso; eu vou mandar o garoto. Aquela mulher me dá arrepios. Não entendo como a Marge não sabe sobre ela e o que ela faz. Mas eu sei que ela quer uma trepada e não vou lhe dar isso. Vou simplesmente mandar o garoto.* E, assim pensando, ele assentiu mais uma vez.

Eles haviam cavalgado cerca de um quilômetro desde sua fazenda, com seu filho na frente no cavalo sem sela, entre seus braços estendidos, e quando alcançaram a estátua do General no centro da cidade, ele parou Deac e disse ao garoto para descer. "Não precisa ficar muito tempo, Harold. Só vá e diga: 'Como vai, srta. Rickett? Minha mãe e meu pai souberam que você estava se sentindo mal e me mandaram vir ver como está passando'."

Harold apenas olhava para ele. Harry sabia o que ele estava pensando e, respondendo, não mentiu. "Sei que eu deveria entrar também, Harold. Mas não estou com vontade. Você pode entrar e sair logo depois. Se eu fosse, teria que ficar de visita até o pôr do sol. Então você faça esse favor para o seu pai. E se ela perguntar por mim, diga que tenho negócios urgentes para tratar com o Thomason. Certo?" Mesmo assim, Harold não se mexeu, continuou erguendo o rosto para ele com seus olhos vivos e cinzentos, como pedaços de uma garrafa cinza quebrada e triturada. "Eu sei, Harold. Eu também não gosto da srta. Rickett. Mas sou mais velho e sei mais do que queria sobre ela." O menino então assentiu — Harry gostava disso — com uma expressão que dizia que ele sabia e entendia, e entraria sozinho para poupar seu pai da dureza, pois sua dureza era apenas de menino e a de seu pai era uma dureza de homem, cada vez maior e pior. Então ele se virou e caminhou para o oeste, subindo a Lee Street.

Harry parou o cavalo e observou o menino, em seu macacão azul e camiseta listrada azul e branca, cujos longos cabelos cor de areia como os do pai, que obscureciam suas orelhas e sombreavam seus olhos cinza, lhe davam a aparência de um fugitivo da prisão em miniatura. Harry o observou até que ele dobrou a esquina, e depois cavalgou para a mercearia de Thomason.

Mas agora, parado no pórtico, ouvindo os grunhidos vagos dos homens conversando (o sr. Harper não estava lá para dar forma e alcance à conversação), ele começou a se sentir culpado: *É como se eu tivesse mandado meu próprio filho para o covil de uma leoa. O menino tem mais coragem que eu. Deus sabe que eu deveria ser capaz de manter uma vadia de quarenta anos e de quadril quebrado à distância. Mas vendi meu próprio filho. Quando ele voltar, vou comprar algo para ele.* Harry se apoiou contra um poste, seu poste; não tinha seu nome nele, mas ninguém mais o usava; ele não tomou parte na conversa, continuou olhando a rua na direção do General, esperando que o menino dobrasse a esquina.

Através de sua camisa e casaco de trabalho jeans, ele sentiu uma mão carnuda em seu ombro. "Pra onde cê mandou o sr. Leland, Harry?" Era Thomason, seu melhor amigo entre os homens, com um avental amarrado bem alto no peito como um vestido tomara que caia branco sujo.

"Eu o mandei à casa da srta. Rickett. Ela está..."

"Num precisa dizer. Cê num acha que ele é jovem demais pra isso?" Ele estava sorrindo escancaradamente. "Acho que ele ainda num é tão grande pra preencher aquilo. Nem mesmo alguns de nós consegue preencher *aquilo*."

Atrás deles, os homens riram.

"Pelo menos eu não desci tão baixo a ponto de precisar querer preencher aquilo. Ao menos, não sei nada sobre as dimensões da coisa." Ele lançou o cotovelo para trás, acertando Thomason nas costelas, e depois riu. "Foi só por isso que eu o enviei. Quero mantê-la longe de mim."

"Mas cê não tem medo por ele? Cê tá tentando educar ele com decência, né?" O alarme de Thomason era exagerado.

"Ela não vai incomodá-lo em nada. Talvez dê algum doce a ele."

"É disso que eu tô falando! E vai pegar ele nos braços e dizer que ele deveria voltar daqui seis anos, e quando ele for tão grande e bonito quanto o pai, ela vai mostrar pra ele uma coisa *realmente* especial!"

Os homens riram de novo.

"Ora, cale a boca!" Harry, não verdadeiramente zangado, se virou e olhou para a rua mais uma vez. E então viu o menino virar a esquina, correndo.

"Lá vem ele." Thomason cutucou o ombro de Harry. "Correndo. Acho que ela num pegou ele dessa vez. Mas também, aquele menino corre pra todo lado. De todo jeito, ele tem coragem de sobra." Ele se virou e voltou para seu espaço contra a parede.

O menino agora chegava ao outro lado da rua em frente à mercearia; ele parou, olhou para ambos os lados, depois olhou na direção do Ridge, onde algo pareceu chamar a sua atenção. Deu mais uma olhada, cruzou a rua em disparada e saltou para o pórtico. "Papai, um caminhão está chegando." Ao mesmo tempo, estendeu a mão e enfiou algo na mão do pai: três charutos longos e estreitos, cor de lama.

"Onde conseguiu isso?"

"A srta. Rickett me deu e disse que eram para você e pediu que você passasse por lá de visita em algum momento." Ele fez uma pausa e baixou os olhos em direção aos limites da cidade, como se esperasse que algo aparecesse. "Um caminhão está chegando."

Enquanto os homens atrás dele caíam na gargalhada, Harry pegou os charutos e os enfiou no bolso da camisa. Ele se virou para os outros. "Ela já mandou algum presente para vocês?" Ele fingiu grande orgulho.

"Papai, eu vi um caminhão chegando. Era..." E então o caminhão apareceu atrás dele, grande, preto, quadrado, com a traseira carregada de cristais brancos que sacudiam e cintilavam ao sol do fim da manhã, freando até fazer uma parada e derrubar pequenos pedaços de sua carga na calçada, com o som de cereal matinal numa tigela.

Alguns dos homens caminharam até a beira do pórtico e protegeram os olhos do sol com as mãos. Harry pôs a mão no alto da cabeça do garoto exatamente quando o motorista, de calça jeans, deslizou pelo assento de couro e se inclinou para fora da janela já aberta. "Onde fica a casa de Caliban?"

"Na estrada, a cerca de dois quilômetros e meio." Harry desceu um degrau, estendeu os braços e apoiou as mãos na janela do veículo. "Não tem erro. A casa se parece com três caixas brancas atarracadas e coladas uma na outra. O que está levando aí atrás? Pedras de sal?"

"Não sei como isso é da sua conta, a menos que seu nome seja Caliban." Os homens riram. O motorista hesitou por um segundo, sem perceber que quase chamara Harry de negro. "Mas você está certo. Só subir a estrada? Três caixotes brancos?"

"Exato. Sal, você diz?"

"Isso mesmo. Sal. Ele quer sal; estou levando sal para ele. Só subir a estrada, você diz? Direto?"

"Para que ele quer todo esse sal? Você sabe?"

"Não, não sei. Ele encomendou. Dez toneladas. Se ele tem dinheiro, eu tenho sal. Só subir a estrada?"

"Isso mesmo."

"Bom." O motorista subiu a janela, que, por estar quebrada, só fechava pela metade, deslizou de volta no assento e ligou o motor. Logo ele se foi, acelerando pela rodovia, levantando poeira de ambos os lados das margens da estrada.

"Isso é uma coisa muito estranha praquele crioulo estar comprando. Dez toneladas de sal." Thomason se virou para Harry. "Vem, tenho uma coisa pra te mostrar." Ele sorriu e gesticulou para que o homem entrasse na mercearia. O menino os seguiu.

Lá dentro, o lojista enfiou a mão sob o balcão e tirou uma garrafa de uísque e dois copos de fundo grosso. Harry se inclinou sobre um vidro de picles. A seu lado, Harold ficou na ponta dos pés, olhando de testa franzida e através dos cabelos embaraçados na direção de uma jarra de gotas de chocolate numa prateleira baixa. "Escute, Thomason, me dê cinco centavos daqueles, sim?" *Não disse nada a ele para que não viesse me cobrar, mas fiz a promessa a mim mesmo. É o bastante.*

Thomason pegou a concha, pesou as gotas de chocolate — eram apenas cerca de dez — e colocou-as num saco. Harry gesticulou para que Thomason desse o saco ao menino, que o agarrou com um júbilo espantado, surpreso demais para dizer qualquer coisa. Ele começou a comer o chocolate, fechando e reabrindo o saco a cada gota, como se o ar fresco pudesse arruiná-las. Harry se voltou para o merceeiro: "Por que será que ele quer todo aquele sal?".

Thomason serviu dois drinques e deu de ombros. "Como diabos eu vou saber? Deve ser bom pra fazenda dele, senão ele num tinha pedido."

Harold ergueu os olhos de seu doce. "Papai, esse Tucker, o crioulo bonzinho, é dele que você está falando?" Harry sentiu o garoto puxando o cós de sua calça.

Thomason se inclinou sobre o balcão e falou com o menino embaixo. "Quem te disse que ele é um crioulo bonzinho, garoto? Ele é um crioulo bem mais malvado do que cê ia gostar de saber."

Harry sentiu o rosto do garoto pressionando sua perna. Ele baixou o rosto e viu o filho erguendo os olhos para ele timidamente. Ambos sabiam o que tinha acontecido: Harold tinha sido ensinado a não dizer *crioulo*. E além disso, Harry e a esposa não queriam que ele pegasse opiniões dispersas, boas ou más, sobre qualquer coisa, queriam saber exatamente onde ele aprendia as coisas. Harry já podia ouvir a esposa: "Você deixou esse menino ficar lá com aqueles seus amigos de boca suja; não admira que ele chegue aqui com ideias malucas".

"Quem disse a você que Tucker é um negro bonzinho, Harold?"

"Ninguém." Ele respondeu colado na perna de Harry. "Eu só..." Ele parou. Harry se voltou para Thomason.

"Que tal outra bebida?" Deu um tapa no balcão, que soou como se ele estivesse batendo pregos com um martelo.

"Mas claro, já vem." Ele agarrou o gargalo da garrafa. "Mas temos que tomar cuidado com minha mulher. Parece que ela sempre aparece..."

Harry ergueu a mão e interrompeu as palavras. "Harold, vá vigiar se a sra. Thomason está vindo e diga 'Olá' quando ela chegar." Ele sorriu para Thomason. "Diga bem alto."

O menino se sentou no chão, pressionando o nariz contra a parte inferior da tela abaulada por chutes. Os homens tilintaram seus copos cheios e fizeram brindes, levaram a bebida aos lábios e a viraram de uma vez.

"Papai?"

Thomason varreu os copos e a garrafa do balcão e os guardou rápida mas desajeitadamente na parte de baixo. Ambos os homens se aprumaram e enxugaram a boca.

"Papai, o sr. Harper está vindo."

Thomason riu, nervoso. Harry foi até a porta e pôs a mão na cabeça do menino. "Da próxima vez, diga logo que é o sr. Harper. Você quase matou o Thomason ali." O dono da mercearia enrubesceu.

Eles voltaram para o pórtico. Harry se encostou em seu poste; o menino parou junto dele. Sob a manhã alta, o sr. Harper vinha sendo empurrado pelo meio da estrada por sua filha. Quando ele chegou, os homens levantaram a cadeira para o pórtico e trocaram cumprimentos com ele. Quase de imediato, sua filha começou a subir a rua de volta para casa. O velho se recostou. "Bem, o que está acontecendo hoje, Harry?"

"Não muito. Um caminhão..." Ele começou, mas o sr. Harper se virou para Harold.

"Como vai o sr. Leland aí?"

Harry sentiu o menino deslizar atrás dele, espremendo-se entre seu quadril e o poste: *Engraçado como ele não gosta do sr. Harper, que nunca lhe fez mal. Acho que não entende como um homem pode ser tão velho e ainda ser humano*. "Ele está bem, sr. Harper."

Eles se recostaram no pórtico e conversaram. Harry envolveu o poste com um braço, seu filho sentado diante dele com um graveto na mão, raspando entre as fendas na beira da rua e de vez em quando se inclinando para trás para que sua cabeça golpeasse suavemente contra o joelho de Harry.

Atrás deles, os homens faziam perguntas ao sr. Harper sobre os eventos mundiais e, quando ele respondia, eles assentiam e murmuravam, quer entendessem ou não. Depois, à medida que se aproximava a hora do almoço, eles começaram a desocupar o pórtico, sabendo que o velho preferia ficar sozinho enquanto comia. Logo veio sua filha descendo rapidamente pelo meio da estrada, carregando uma marmita de metal cinza debaixo do braço.

Harry e o menino entraram na mercearia e Harry comprou sua refeição. Eles foram até os fundos da loja e se sentaram ao sol. Quando terminaram o queijo, as bolachas e o leite nas embalagens, Harry acendeu um dos charutos que a srta. Rickett havia enviado. Ele observava Harold, que fingia fumar uma palha amarela desbotada, e esticou a mão, riscou um fósforo e queimou a ponta para que houvesse uma cinza. O menino se aproximou dele e apoiou a cabeça em seu ombro. "Papai, por que Tucker comprou todo aquele sal? Você sabe?"

"Não, filho." Ele deu uma tragada no charuto. "Tucker é estranho, não é? Eu já ouvi falar dele fazendo coisas ainda mais estranhas que isso." Lembrando-se de súbito, ele se virou bruscamente. "E me diga agora, o que sua mãe e eu conversamos sobre falar *crioulo*?"

O menino baixou a cabeça e procurou a resposta no chão entre as pernas. "Vocês disseram... disseram para não falar nunca."

"Você lembra por quê?" Harry não queria soar muito severo: *É difícil para ele. Todo mundo fala isso por aqui. Até para mim é difícil não falar.*

"Vocês disseram que era uma palavra feia e que não chamamos ninguém de palavras feias, a não ser que queira magoar." O menino então ergueu os olhos, ansioso por ter dado a resposta certa.

"Isso mesmo. Agora, lembre-se disso, ouviu?"

"Sim, senhor."

"Ouça, Harold." Ele se virou para o menino, buscando palavras estranhas até mesmo para ele, sem saber exatamente por que se sentia daquele jeito, mas de alguma forma intuindo que era certo se sentir assim e contar ao filho sobre esses sentimentos. "Algum dia, quando você chegar à minha idade, as coisas talvez não sejam mais como são agora, e você tem que estar pronto para isso, entende? Se você for como alguns dos meus amigos, não conseguirá se dar bem com todo tipo de gente. Você entende?"

O menino não respondeu. Ele erguia os olhos velados pelo cabelo cor de areia para o rosto do pai.

Harry continuou. "Veja bem, eu não acho que nenhuma palavra é ruim de nascença. É só uma palavra, e depois as pessoas dão um significado a ela. E pode ser que você não diga da mesma forma que todo mundo diz. Como se alguém na escola chamasse você de maricas, isso não significa que ser maricas é ruim logo de cara; é como dizer que seus olhos são cinza. Isso não significa que é ruim ter olhos cinza. Mas se você chamar uma pessoa negra de crioulo, ele acha que você está dizendo que ele é mau, e talvez você nem esteja dizendo nesse sentido, entende?"

"Sim, senhor."

"Tudo bem, Harold. Eu não fiquei bravo com você, sabe disso, não é? Tome." Ele aproximou a ponta úmida do charuto da boca do menino. "Agora não trague — você vai ficar enjoado. E pelo amor de Deus, não diga nada à sua mãe."

Harry observou o menino segurando o charuto entre os dentes, fazendo uma careta pelo amargor, mas orgulhoso de estar quase fumando. E então pegou o charuto de volta. "Acho que podemos voltar. O sr. Harper já deve ter acabado de almoçar agora." Ele começou a se levantar.

Eles foram os primeiros a reaparecer no pórtico. Aos poucos, os outros voltaram, parando em pequenos grupos, conversando, olhando para os pássaros que voavam acima dos telhados baixos. Harry se encostou em seu poste, examinando o horizonte além da cidade. Harold se sentou na beira do pórtico, já não mais cavando. E assim eles ficaram, entrando pelo início da tarde, ouvindo a quietude, observando os poucos carros que passavam, turistas, com placas de cores estranhas, depois de ver tudo o que havia para ver na velha cidade francesa no litoral, passando correndo sem perceber que haviam ignorado o lugar de nascimento do General, no caminho para a capital.

Depois eles viram a carroça se aproximando da cidade vinda do norte, atrás de um cavalo rubro com a espinha não caída, mas torta como se tivesse sido tirada da forma por um golpe de marreta lateral, e depois eles viram o homem dirigindo, chicoteando o animal freneticamente, como se estivesse sendo perseguido por fantasmas ou por mil negros furiosos, o homem tão avermelhado quanto o cavalo pela bebedeira que havia começado a tomar regularmente quase assim que descobriu que existiam outras beberagens além do doce leite de sua mãe. Todos ouviram o barulho de cascos no pavimento enquanto Stewart derrapava, obrigando o cavalo a parar de tal forma que as rédeas tiraram sangue da boca do animal e as rodas de ferro da carroça deixaram limalhas por três metros. Ele saltou do assento, tropeçando na vala. "Acabei de ver a coisa mais desatinada. Como vão, sr. Harper, Harry? Acabei de ver a coisa mais desatinada."

"O que você viu, uma manada de elefantes?" Harry exalou; a fumaça pairou pesadamente sobre a cabeça de Stewart. Os homens riram, mas pararam de súbito quando perceberam que o sr. Harper estava sentado ereto em sua cadeira, a boca fechada e estreita como uma dobra num pedaço de papel.

Stewart prendeu a respiração, ignorando o comentário e as risadas, e falou apenas com o sr. Harper. "Dirigindo por ali, vindo de casa, eu vi, tô falando do Tucker Caliban — e Deus é testemunha — jogando sal, sal grosso, no campo dele. Quando eu chamei, ele num me respondeu. Só continuou jogando. Ele ficava enchendo a bolsa pendurada no ombro de uma grande pilha de sal no quintal da frente."

Harry respirou bruscamente; ninguém percebeu. *O caminhão. Foi para isso que ele comprou; é isso que ele está fazendo com o sal. E há um pouco de sal bem embaixo dos pés de Stewart.* Havia algumas pedras aos pés de Stewart, despercebidas e esquecidas pelos demais, embora todos também tivessem visto o caminhão e sua caçamba cheia até o alto.

"O que você disse — sal?" O sr. Harper se inclinou para a frente quase no mesmo instante e pôs a mão atrás da orelha, afastando uma mecha de cabelo branco. "Há quanto tempo viu isso?"

"O tempo que demorei pra chegar até aqui." Stewart achou que os homens não acreditaram nele e começou a suar, tirou o chapéu preto com abas nas orelhas e enxugou a cabeça nua com um lenço amarelo amassado. "Eu juro." Ele fez o sinal da cruz no coração com o indicador manchado de tabaco.

"Deve ser mesmo, sr. Harper." Harry se virou para o velho. "Todos nós vimos o caminhão, totalmente carregado." Os outros concordaram.

"Eu me pergunto pra que ele foi fazer isso." Stewart pôs um pé no pórtico. Harry sentiu o menino se aproximar dele. "Ele deve estar doido." Alguns dos homens murmuraram sua concordância, mas o sr. Harper não prestou atenção.

"Me levantem para essa carroça." Ele se ergueu da cadeira, que rolou para trás, as rodas secas rangendo, como se surpresas por não estar mais suportando seu peso. Ele abriu os braços como um pássaro esquelético, esperando que alguém o ajudasse a subir na carroça de Stewart. "Stewart, suba de volta. Estou confiscando sua carroça. Harry, *você* conduz. Eu quero morrer na cama, não todo amassado num poste."

A maioria dos homens nunca tinha visto o sr. Harper de pé e imediatamente, como se uma voz desconhecida e distante no rádio da mercearia de Thomason tivesse anunciado a chegada de um tornado, as ruas se encheram de homens correndo. Stewart espremeu seu peso na traseira da carroça. Outros homens, negros também, buscavam cavalos sem entender o que estavam fazendo, por que estavam fazendo ou para onde iam.

Ao lado de Harry no assento da carroça, o menino se ajoelhou e pôs as mãos em concha ao redor da orelha do pai para que o sr. Harper, sendo agora içado para a carroça junto deles, não ouvisse. "Papai, pensei que ele não conseguia andar. Você disse que ele não conseguia andar."

"Não, Harold. Eu não disse isso. Eu disse que ele achava que não havia mais nada importante para onde caminhar. Talvez ele tenha encontrado algo."

O sr. Harper estava no banco da carroça agora, respirando pesado, e Harold se aproximou do pai o máximo possível. Harry sussurrou para o animal acastanhado, observando suas costas torcidas como um balão vermelho de circo, e o conduziu para fora da cidade, passando pelas fileiras de lojas e casas, passando pelas pessoas que tinham saído das lojas e casas para assistir, boquiabertas como num desfile do Dia dos Confederados. Muitos dos que viram — sem palavra, sem explicação — engancharam carroças, selaram cavalos, deram partida nos motores e seguiram a carroça, olhando hipnotizados para o sr. Harper.

À beira da cidade e à direita, a carroça passou pelas construções baixas e rachadas pelo vento onde os negros moravam. Eles também viram o sr. Harper e deixaram de lado o que estavam fazendo, pararam de falar e, mantendo um espaço adequado, formaram sua própria fila para seguir o velho.

A uma curta distância, eles passaram por Wallace Bedlow sentado, tão largo e preto quanto um carrinho de carvão nas costas de um cavalo alaranjado do tamanho de um cachorro grande. Como sempre, ele usava o smoking branco que ganhara num concurso de cravação de estacas. Ele parou bruscamente, virou-se e entrou bem na frente da fila dos negros.

Os dois grupos subiram a rodovia em direção à fazenda de Tucker Caliban e finalmente Harry viu a casa branca da fazenda ao longe, três seções unidas lado a lado, compradas e pintadas no verão anterior, e atrás delas o celeiro, resistente e desbotado, e na frente o curral quadrado, não maior que uma sala de bom tamanho, e um bordo magro e sem folhas, morto e apodrecido havia muitos anos, e a pequena figura de um homem franzino trabalhando num campo que, a cada gesto de seu braço, ganhava a cor branca de uma geada de outono.

Eles pararam à beira da estrada nas carroças, nos carros, em cima dos cavalos, e esperaram que o sr. Harper fizesse alguma coisa. Com os cotovelos se projetando de seu corpo magro, ele pediu a Harry e Thomason que o ajudassem a descer e caminhar até a cerca. Ele não disse nada, não chamou Tucker como teria chamado qualquer um dos homens que o acompanhavam ou qualquer outro negro, mas, em vez disso, se apoiou na cerca, assistindo ao negro do tamanho de um menino trabalhando, quase como se respeitasse a ação em andamento e não quisesse interromper até que estivesse concluída.

Tucker já havia terminado quase um quarto do campo desde que Stewart o vira e chicoteara seu cavalo aleijado até a cidade, e agora já estava quase na metade. Do outro lado do campo, Harry podia vê-lo, uma pequena mancha de camisa branca; ele usava calças pretas e ele próprio era preto e mal se distinguia da escuridão das árvores que cercavam a fazenda. Harry viu que Tucker ficou sem sal e caminhou lentamente em direção à casa e ao monte, dando saltos sobre os sulcos. Logo ele estava mais perto, a cabeça abaixada, e Harry pôde ver as pequenas feições que pareciam perdidas na grande cabeça, os óculos de aro de aço em seu nariz achatado. Se Tucker havia enlouquecido e estava descontrolado como Stewart sugeriu no pórtico, ele não demonstrava. Para Harry, ele parecia quieto e pensativo, como se não estivesse fazendo nada fora do comum. *Como se estivesse plantando sementes. Como se fosse a época de plantio da primavera e ele tivesse começado cedo e não precisasse se preocupar em perder os primeiros dias bons. Exatamente como todos nós em todas as primaveras, acordando cedo e comendo e depois saindo ao campo e jogando sementes. Só que ele não está plantando nada; ele com certeza está matando a terra, e nem parece odiá-la. Não é como se tivesse acordado uma manhã e dito a si mesmo: "Eu não vou arrebentar minhas costas mais um dia. Vou acabar com aquela terra antes que ela acabe comigo". Sem correr para fora como um cachorro louco e jogar o sal como se* fosse *sal, mas semeando como se fosse algodão ou milho, como se no outono fosse virar uma próspera colheita. Ele é tão pequeno para estar fazendo uma coisa tão terrível, não muito maior que o próprio Harold, fazendo isso como um menino construindo um aeromodelo ou trabalhando com uma enxadinha ao lado do pai, fingindo que ele é o pai e que aquele é seu campo, e seu próprio filho pequeno está trabalhando a seu lado.*

Tucker estava próximo o bastante agora para o sr. Harper esticar a mão e bater em seu ombro. Mas o velho apenas sussurrou, e até mesmo Harry, que estava logo ali, teve dificuldade em ouvi-lo. "Tucker? O que está fazendo, garoto?" Os homens esperaram por uma resposta. Não os surpreendia que Tucker não tivesse falado com Stewart antes, mas eles tinham certeza de que, se um homem tinha uma língua dentro da cabeça, ele responderia ao sr. Harper. Contudo, Tucker não deu sinais de reconhecimento, apenas encheu sua bolsa. "Tucker, Tucker Caliban." O sr. Harper falou de novo às costas dele. "Está ouvindo? O que está fazendo?"

Stewart já estava de pé no segundo tronco da cerca, o rosto vermelho e torcido. "Vou ensinar um pouco de respeito pra esse crioulo." O sr. Harper esticou a mão e o agarrou pelo braço; os homens ficaram surpresos que ambos pudessem se mover tão rápido.

"Deixe-o em paz." O sr. Harper se afastou da cerca. "Você não pode pará-lo, Stewart. Não pode nem machucá-lo."

"O que que cê quer dizer?" Stewart seguiu tropeçando atrás do velho.

"Ele já começou algo. Você não pode fazer *nada* com ele agora. Mesmo que você o mandasse para o hospital, quando ele ficasse bom, voltaria aqui com aquela sacola para plantar aquele sal." Ele deixou Harry ajudá-lo a voltar para a carroça. "Me ajude a subir outra vez. É melhor assistir a isso sentado. Vai levar muito tempo."

Os negros chegaram logo depois de o sr. Harper ter voltado para a carroça e se aglomeraram na estrada. Os homens brancos os observaram com atenção, procurando por algo que pudesse ajudá-los a entender o que estavam vendo. Mas eles encontraram apenas um reflexo de seu próprio espanto, temperado talvez com tolerância. *Eles também não sabem de nada. Dá para ver isso. É como se ele fosse um egípcio, e eles entendessem tanto disso aqui quanto entendem, quanto todos entendemos, de andar de camelo.*

Do outro lado do campo parcialmente branqueado, Tucker continuou a arremessar os cristais como granizo, fazendo uma viagem atrás da outra, enchendo a bolsa e esvaziando seu conteúdo, punhado após punhado, pelo campo. O sol já havia descido em seu arco em direção às árvores; quando Tucker terminou, o sol não estava mais que três dedos acima do horizonte. Ele voltou pelo campo e jogou a sacola sobre o monte ainda não esgotado e, no silêncio do fim da tarde, enxugou o suor do rosto com a manga, examinou o dia de trabalho e depois entrou em casa.

"Cês tão vendo isso?" Stewart se afastou da cerca. "Que desperdício de bom sal. Aposto que ia dar pra fazer muito sorvete com tanto sal." Ele estava brincando.

"Fique quieto, Stewart." O sr. Harper se inclinou para a frente. "Talvez você aprenda alguma coisa."

A porta se abriu e Tucker veio ao quintal carregando um machado numa das mãos, um rifle na outra. Ele apoiou as duas coisas na cerca do curral e desapareceu atrás da casa. Quando voltou, vinha puxando seu cavalo, um velho animal cinzento com um ligeiro coxear, e uma vaca da cor da madeira recém-cortada. Ele abriu o portão do curral e por um instante olhou para os animais, acariciando primeiro um e depois o outro. Harry o viu aprumar-se e suspirar, depois puxá-los para o curral, fechar o portão, escalar e se sentar na cerca com o rifle sobre os joelhos.

Ele atirou na cabeça do cavalo logo atrás da orelha e o sangue pegajoso escorreu pelo pescoço e pela pata dianteira esquerda do animal. O cavalo continuou parado por dez segundos inteiros, as pálpebras esticadas sobre os olhos arregalados, deu um passo cego e desabou. A vaca, farejando a morte e o sangue, disparou pelo curral em máxima velocidade, com os úberes balançando com violência. Depois de ser atingida, ela continuou galopando até se bater contra a cerca, recuou, virou-se para Tucker com a expressão interrogativa de uma mulher que acaba de levar um tapa sem motivo aparente, gritou e desmoronou. Tucker desceu da cerca e examinou os dois.

As lágrimas começaram a rolar pelo rosto de Harold quando Tucker atirou primeiro no cavalo, mas ele chorou tão baixinho, tão dentro de si que Harry não teria percebido se não tivesse baixado os olhos para ele. Passando o braço em volta do pequeno ombro, ele o apertou, sentindo os ossos minúsculos, mas o deixou quieto, não se apressou em enxugar seu rosto ou limpar seu nariz até depois, quando teve certeza de que o menino havia parado de chorar.

Sentado, o sr. Harper fumava seu cachimbo. Loomis olhou para as carcaças caídas nos cantos do curral e balançou a cabeça.

"Que pena. É uma verdadeira pena. Era dois belo animal. Eu podia ter comprado, se soubesse."

Thomason riu. "Ai, cala a boca. Cê tem que me pedir emprestado sempre que quer uma bebida. Onde cê espera conseguir dinheiro pra comprar uma vaca e um cavalo?" Os outros homens aproveitaram a oportunidade para rir, observando o sr. Harper pelo canto dos olhos confusos. Ele não riu, e eles se voltaram para o quintal.

Tucker saiu do curral e pegou o machado, que, ao sol do fim da tarde, brilhava como um único fósforo aceso na escuridão. Depois avançou para a árvore torcida. Outrora, ela marcava o limite sudoeste da Plantation Willson, na qual seu bisavô e seu avô tinham sido escravos e depois empregados. E diziam que o General cavalgava até aquele lugar todos os dias para ver o sol se pôr. Agora pertencia a Tucker, assim como esta terra. Ele pôs a mão no tronco, deslizando-a pelos vincos e partes lisas, fechou os olhos e moveu os lábios. Depois, dando um bom passo para trás, ele a derrubou. Estava velha, seca, gasta por dentro, e, quando caiu, rangeu como as rodas da cadeira do sr. Harper. Sem nenhum vestígio de raiva ou loucura, apenas intensidade, ele estilhaçou a árvore, jogou o machado sobre as lascas cinzentas e opacas, juntou um pouco do sal restante na sacola e, ternamente, como se plantasse mudas, depositou um monte alto de sal em volta das raízes mortas. Quando terminou, caminhou em direção à casa.

"Diz aí, Tucker!" Wallace Bedlow o chamava por cima da cerca. "Tá pensando em plantar uma árvore de sal?" Os negros riram ruidosamente, batendo nas coxas. Tucker não disse nada e os homens do pórtico ficaram mais perplexos que nunca. Eles haviam descido das carroças e dos carros e agora se enfileiravam na cerca como pássaros. A pele de Stewart estava oleosa e ele pegou seu lenço amarelo e tentou limpar o rosto. "Isso é loucura. Se um crioulo num consegue entender o outro, ninguém consegue. Talvez a gente devesse chamar alguém pra vir e levar ele embora. Ele ficou louco."

Harry gritou de cima da carroça. "É a terra dele. Ele pode fazer o que quiser com ela." Olhou para o menino, que estava sentado de olhos arregalados.

Os fios de lágrimas sujas descendo pelo rosto de Harold o faziam parecer tão velho quanto o sr. Harper. "O sr. Stewart está falando a verdade, papai? Tucker ficou louco? Foi isso que aconteceu?"

Harry não conseguiu responder. *Se eu encontrasse alguém amanhã que me* contasse *o que acabei de ver, eu diria que Tucker Caliban está louco com certeza. Mas não posso dizer isso sentado aqui e vendo acontecer porque, se eu sei alguma coisa, é isto: não é loucura o que o conduz. Eu não sei* o que *o leva a isso, mas loucura não é.*

A tarde se retirava e agora, acima do curral, onde os animais mortos começavam a colecionar as moscas de meio condado, e longe da fazenda de três casas, e além do campo branco e vazio, e das árvores como listras altas de veludo preto contornado de verde, o sol descia como uma flamejante moeda nova.

Tucker havia entrado na casa e agora a porta se abria, e Harry pôde ver suas costas magras, uma grande mancha de suor mostrando a pele marrom-escura como se fosse cinza através da camisa branca. Ele puxava algo pesado. Um empurrão o fez tropeçar um passo para trás. Bethrah, sua esposa, devia estar atrás dele, na porta.

Wallace Bedlow saltou a cerca e foi na direção da casa, tirando o casaco branco, sob o qual vestia apenas uma camisa rasgada. "Diz pra Bethrah pra parar de empurrar aquela coisa no estado dela. Eu vou ajudar, seja lá o que cê teja fazendo."

"Não preciso de ajuda, sr. Bedlow." A voz de Bethrah emergiu da escuridão. "Pode ir agora. Obrigada mesmo assim."

Tucker apenas encarou o homem que era pelo menos dez palmos mais alto.

"Sra. Caliban?", Bedlow falou por cima da cabeça de Tucker. "Cê num deve trabalhar duro assim, não *agora*." Ele tinha o casaco pendurado no ombro; o forro de xadrez verde estava rasgado.

"Percebemos que está tentando ser útil, mas temos que fazer isso sozinhos. Obrigada de qualquer maneira, mas pode ir agora." Ela tinha a voz muito doce, e firme.

Tucker apenas o encarou.

Bedlow voltou para a cerca. Tucker retornou ao trabalho e logo Harry pôde ver, às sobras da luz do dia, que ele estava lutando com o relógio de pêndulo de Dewitt Willson, o mesmo relógio que viera no navio do Africano, encaixotado e embalado em algodão, e que tinha viajado, após a traição ao Africano e sua morte, com o bebê do Africano e o negro do leiloeiro para a Plantation Willson. Ele foi dado àquele bebê, Primeiro Caliban, quando ele atingiu seu septuagésimo quinto ano, ou o que eles pensavam ser seu septuagésimo quinto ano, um presente do General pelos anos de bom e fiel serviço de Primeiro, antes como escravo e depois como empregado; e então foi passado para Tucker.

O relógio estava do lado de fora agora, parado no quintal, e a seu lado, nos estágios finais e inchados da gravidez, estava Bethrah, quase tão alta quanto ele, olhando para seu marido franzino, que havia atravessado o quintal e voltado com o machado. Ele o ergueu e o lançou contra o vidro que protegia os frágeis ponteiros do relógio, estalando o vidro, estilhaçando-o a seus pés. Ele golpeou até que o aço delicadamente lavrado e a madeira importada já não passassem de sucata e lenha.

Bethrah havia entrado em casa e estava voltando com um bebê. Ela carregava apenas a criança adormecida e uma grande bolsa vermelha de tapeçaria. "Tucker, estamos prontos."

Ele assentiu e olhou para os pedaços de madeira espalhados na terra de seu quintal. Depois se virou para o curral e para o campo além, cinzento agora à luz do crepúsculo. O bebê começou a chorar e Bethrah o embalou, balançando para a frente e para trás como numa canção de ninar silenciosa, até que ele adormeceu de novo.

Tucker olhou para a casa. Pela primeira vez, ele pareceu hesitante e talvez um pouco assustado.

"Eu sei." Bethrah assentiu. "Vá em frente agora."

Tucker entrou, deixando a porta aberta. Quando saiu, estava usando um casaco preto de chofer e uma gravata preta. Ele fechou a porta suavemente às suas costas.

As chamas alaranjadas galgavam as cortinas brancas na parte central da casa, movendo-se lentamente para as outras janelas como quem inspeciona a casa para comprá-la, explodindo pelo telhado com o som de papel rasgando e iluminando o rosto dos homens, as laterais das carroças e o rosto dos negros.

Harry observou as chamas e a capa laranja que elas davam às árvores do outro lado do campo. Centelhas circulavam e depois se apagavam, dissolvendo-se no céu azul-escuro. Harry tirou o menino da carroça e o conduziu até a cerca, onde ficaram observando. Depois de uma hora, as chamas diminuíram, exibindo aqui e ali tenazes fagulhas e labaredas em restos de madeira, tecido e telhas ainda não consumidos. Por fim, restou apenas carvão em brasa, e os escombros da casa destruída pareciam uma grande cidade vista à noite de uma longa distância.

Tucker e Bethrah caminharam em direção à cerca e Harry pensou, mas apenas por um instante, que eles diriam algo, uma palavra final de explicação; em vez disso, os dois contornaram a carroça e subiram a estrada na direção de Willson City.

Os homens se afastaram da cerca, cada um percebendo o quão quente e úmido o fogo lhe deixara a frente do corpo, cada um murmurando para o homem ao lado algo como: "Bem, se isso num é uma vadiagem!" ou "É o fim da picada, né?" ou "Nunca, em todos meus dia de nascido, eu...". Eles subiram nas carroças, desamarraram cavalos, ligaram os motores com estalidos e estertores.

Harry se demorou na cerca e, quando viu tudo que achava que havia para ver, estendeu a mão para o menino agarrá-la. O menino não estava lá. Ele olhou ao redor, depois para a subida da estrada, e viu Harold, o pescoço esticado para trás, conversando em voz baixa com Tucker nas sombras silenciosas. Bethrah esperava mais à frente. Ele viu Tucker se virar, se juntar a Bethrah e desaparecer, envolto na noite espessa. Harold voltou em sua direção, caminhando de costas como se a escuridão não fosse engolir as duas figuras enquanto ele pudesse vê-las. Quando Harold o alcançou, Harry não disse nada, apenas pôs a mão no ombro do garoto.

A essa altura, os homens já estavam instalados na carroça de Stewart, prontos para voltar à cidade. Harry entregou o menino a um deles, subiu, e o cavalo aleijado os puxou em direção a Sutton, liderando, como antes, dois grupos separados. Harold se sentava perto dele. Estava frio e ele tremia. Harry baixou os olhos para o menino e, segurando as rédeas primeiro com uma das mãos e depois com a outra, tirou o casaco.

"Tome." Ele enfiou o casaco nos braços do menino. "Vista isso."

Sr. Leland

Tucker Caliban nunca lhe dissera muita coisa, mas o sr. Leland o considerava seu amigo. No que lhe dizia respeito, Tucker havia provado aquela amizade, sua profundidade e permanência, para sempre, numa manhã do verão anterior.

No começo daquela manhã, mesmo antes que o sr. Harper aparecesse no pórtico, ele e o pai tinham vindo à cidade, o pai para conversar com um médico sobre uma tosse da qual não conseguia se livrar, e o sr. Leland estava sentado sozinho no meio-fio em frente à mercearia do sr. Thomason, raspando uma fenda na beira da estrada. Depois que abriu dois centímetros na lama dura e já não havia mais terra na fenda, ele ficou de pé e olhou para a vitrine da mercearia, desinteressado das latas de comida, das armas ou do equipamento de pesca, ou mesmo dos brinquedos, preocupado apenas com o pote de amendoim com casca, desejando que aparecesse alguém *como aqueles padrinhos mágicos de que a gente ouve falar, que sabem o que estou pensando e simplesmente vão e compram alguns para mim.*

Ele ouviu passos às suas costas — tinha visto, ao se afastar do vidro, a grande cabeça negra no corpo baixo e magro refletida obscuramente diante dele, a figura não tão alta quanto a de seu pai, apenas um pouco mais alta que ele próprio.

Tucker Caliban entrou na mercearia e comprou um saco de ração, saiu, depois parou e apontou para a vitrine, falando com o sr. Thomason, que pesou meio quilo de amendoim e os despejou num saco de papel pardo. Depois, ele saiu para o pórtico e parou em frente ao sr. Leland. "Cê é o garoto do Harry Leland?" Ele baixou os olhos para o menino como se fosse golpeá-lo, sem levantar a mão, simplesmente parecendo furioso.

O sr. Leland se encolheu. "Sim, senhor." *Ele é um crioulo — um negro, mas papai diz para chamar de* senhor *qualquer um que seja mais velho que eu, até mesmo os crio... os negros.*

"Quer amendoim, sr. Leland?" Tucker enfiou a sacola nos braços do garoto. "Aqui tem amendoim. Diz pro seu pai que eu sei o que ele tá tentando fazer com você." Ele se virou e subiu em sua carroça. Nunca mais olhou para o sr. Leland depois disso, nunca sorriu ou disse até logo, apenas chicoteou seu cavalo com um pedaço de corda com nós amarrado a uma vara marrom curta e subiu a rua, deixando o sr. Leland a se perguntar *o que* seu pai estava tentando fazer com ele. *Tucker falou como se houvesse algo errado com isso, tipo com raiva, mas se fosse ruim e ele não gostasse, por que comprou amendoins para mim? Acho que é só o jeito dele, assim como papai e o sr. Thomason estão sempre discutindo, com a cara toda furiosa, mas papai diz que o sr. Thomason é seu melhor amigo, exceto para mamãe, mas mamãe e papai estão sempre brigando também, então não deve realmente importar a cara das pessoas ou o que elas dizem, só o que fazem.* No entanto, ele decidiu que perguntaria ao pai o que estava sendo feito com ele, e quando de fato perguntou, seu pai olhou para ele, muito profundamente, com muita seriedade. "Sua mãe e eu estamos tentando fazer de você um ser humano passável."

Isso realmente não lhe explicou nada, mas ele teve certeza de que, se seu pai queria que ele fosse aquilo, mesmo que o sr. Leland não entendesse bem o que e por quê, ele estava de acordo. E se isso lhe rendesse amendoins, melhor ainda. Ele não ponderou mais sobre o tema.

Isso, então, foi tudo o que se passou entre ele e Tucker Caliban, tudo que ele tinha para reforçar a crença em sua amizade, exceto aqueles momentos em que eles se encontravam na cidade e Tucker o cumprimentava com a cabeça ou até mesmo dizia: "Como vai, sr. Leland".

Mas foi o suficiente para que, enquanto observava a casa da fazenda de Tucker queimar e desmoronar, enquanto ouvia ao seu redor os amigos de seu pai falando de Tucker em tons de zombaria, chamando-o de maligno e louco, ele começasse a chorar novamente e abrisse caminho pela floresta de pernas, correndo estrada acima atrás do negro, sentindo-se traído porque Tucker tinha feito aquelas coisas e parecia merecer ser chamado de maligno e louco, querendo também receber alguma explicação para que pudesse defender seu amigo dos outros, para poder dizer, quando eles falassem que ele era maligno e louco: "Ele não é. Ele fez isso porque...".

Ele alcançou o casal de negros e os chamou, mas eles não se viraram, não pararam nem deram sinal de tê-lo ouvido. Ele agarrou a barra do paletó de Tucker, usando-a como uma rédea para detê-lo.

"Volte, sr. Leland. Faça o que eu digo."

"Por que estão indo embora?" Ele limpou o nariz e inclinou a cabeça. "Você não é realmente mau... é, Tucker?"

Tucker parou e pôs a mão na cabeça do menino. O menino enrijeceu. "É isso que tão dizendo, sr. Leland?"

"Sim, senhor."

"Cê acha que eu sou?"

O sr. Leland pregou os olhos nos de Tucker. Eles eram grandes e muito brilhantes. "Eu... Mas por que você fez todas aquelas coisas malvadas e malucas?"

"Cê é pequeno, né, sr. Leland."

"Sim, senhor."

"E cê nunca perdeu nada, né."

O menino não entendeu e não disse nada.

"Volta pra lá."

Ele se viu recuando, sem querer de verdade, sem ter decidido fazê-lo, mas como se a finalidade e o discreto comando da voz de Tucker o estivessem empurrando como um forte vento de outono. Logo a mão de seu pai estava em seu ombro, leve, não o guiando, mas sendo guiada por ele, como se seu pai fosse um cego e ele o levasse. Então ele foi erguido para a carroça e começou a tremer e seu pai lhe deu o paletó e ele foi aquecido, não tanto pelo jeans oleado, mas pelos cheiros do corpo de seu pai, de tabaco, suor e terra. Ele adormecera a caminho da mercearia do sr. Thomason, a cabeça apoiada nos músculos do pai. Eles deixaram os homens descerem e seu pai entregou as rédeas ao sr. Stewart, que perguntou se precisavam de uma carona para casa. "Não, obrigado, Stewart, viemos com o Deac esta manhã." Eles deram a volta até os fundos da mercearia do sr. Thomason, atravessando as sombras frias, e encontraram o cavalo no local que o pai o deixara amarrado a um pequeno arbusto retorcido, e Harry o ergueu e depois alçou a si mesmo, e quando o sr. Leland se deu conta, estavam saindo da estrada e entrando em sua rua, a três quartos do caminho para a casa de Tucker, mas não faltava muito e ele acordou de vez. "Papai?"

"Sim, Harold." Ele podia sentir a respiração do pai passando por sua orelha.

"Tucker disse que perdeu alguma coisa." Ele se lembrou de que Tucker na verdade lhe perguntara se ele já havia perdido alguma coisa. "Ele disse que eu sou pequeno e não perdi nada ainda." O pai não disse nada. "O que ele quis dizer com isso?"

Ele podia sentir seu pai pensando.

"Papai, eu já perdi coisas, não é? Como bolinhas de gude e aquela vez que perdi aquela moeda que você me deu. Isso não é perder alguma coisa?"

Ele ainda podia sentir o pai às suas costas, com os braços se estendendo à sua volta, quase um abraço, exceto que, se seu pai não tivesse que guiar Deac, talvez tampouco o teria abraçado;

ele podia sentir o homem pensando. Por fim: "Acho que ele não quis dizer dessa maneira, filho. Acho que ele está falando de outra coisa. Talvez como...".

O sr. Leland esperou, mas o pai não continuou. Ele não compreendia o que o pai esteve prestes a dizer, ou o que Tucker quisera dizer, mas tinha a sensação (que ele não expressava em pensamentos; a ausência de preocupações, de pensamentos, de alguma forma lhe dava a sensação) de que não era importante.

Eles chegaram a casa, saíram da estrada, entraram no celeiro, e o pai tirou as rédeas de Deac e levou o cavalo à sua velha baia. Depois, entraram na casa.

A mãe não disse olá para eles. "Harry, aí está você de novo trazendo essa criança para cá às dez horas. Harry?" Ela agitava os braços. Ainda estava vestida, o cabelo ainda preso, comprido e preto como... *como o papai diz, como a parte de dentro de uma torta de amora... preto assim.*

"Sinceramente, Marge, não pude evitar dessa vez." O pai falava com timidez. "Nós..."

"Isso é o que você sempre diz. Honestamente, todos os seus colegas bêbados chamam o menino de *senhor*, mas pelo menos *você* deveria saber que ele não tem mais que oito anos." Ela era professora da escola dominical. "Você foi ver a pobre srta. Rickett?" Ela pôs as mãos na cintura e deu as costas para Harry, falando com o sr. Leland agora.

"Sim, mamãe. Nós fomos e nos sentamos e ela deu alguns charutos para o papai." Ele estava mentindo, sabia disso, e se virou para olhar para seu pai, e viu o sorriso fugaz de alívio e gratidão cruzando os lábios do homem, percebendo depois que não era nada como uma mentira, na verdade não, *mais como os soldados na Coreia, onde papai lutou, defendendo um ao outro porque eles eram todos soldados e tinham que se manter vivos, do contrário o inimigo teria feito mal a eles. E o inimigo, papai diz, poderia ser um Vermelho ou um capitão ou mesmo um sargento, embora papai também fosse um sargento, mas também estava sob o comando de sargentos que eram tão inimigos quanto os homens nos quais eles atiravam e que atiraram neles.*

Ela se voltou para Harry novamente. "Você o alimentou?"

"Não muito. Veja bem..." Ele e o pai estavam juntos logo depois da porta, a mãe os confrontando do outro lado da sala atrás da mesa da cozinha.

"Harold, sente-se e coma." Ela se virou bruscamente para o fogão, pegou um prato de cima de uma panela de água fervente, onde o havia deixado para mantê-lo aquecido, trouxe-o para a mesa e, embora ele pensasse que a mãe fosse golpear o prato contra a mesa, ela o pousou com bastante delicadeza. O sr. Leland se sentou diante dele. Havia gotas de água quente no lado inferior. Na verdade, ele tinha muito sono para sentir fome, mas sabia que, se não comesse com vontade, seu pai responderia por mais.

O pai deu um passo para dentro da sala. "Marge?"

Ela o ignorou. "Coma, Harold." Ela não precisava ter dito isso; ele já estava comendo.

Quando ele terminou (o pai se aproximou como um menino atrasado para a escola e se sentou numa cadeira diante dele, seguindo a mãe com toda a cabeça enquanto ela dava voltas pela cozinha), ela o levou para a cama, onde seu irmão, Walter, já dormia tão silencioso, tão imóvel quanto a estátua do General, esperou até que ele se despisse, ajudou-o a dizer suas preces e saiu, seu beijo ainda quente e doce em sua testa. O garoto tentou ouvir os pais na cozinha, mas não conseguiu escutar nada.

Harold acordou mais tarde e já era noite. Ele nunca considerou o escuro do fim de cada dia como noite verdadeira, mas apenas como escuro. Noite era quando ele acordava e o quarto, a casa e todos lá fora estavam em silêncio e ele tinha que ir ao banheiro. Ele se levantou e cruzou o corredor, passando pela porta aberta de seus pais, e eles estavam se abraçando na cama na qual, disseram, ele havia nascido, na qual ele sabia que seu irmão havia nascido. E se ele tivesse ficado perturbado (não ficou), já não estava mais e fez sua necessidade e voltou a dormir...

"Harold, menino, levante-se." Era seu pai e já era sexta-feira de manhã. "Venha, garoto. Temos que nos apressar."

Em um instante, ele estava totalmente acordado. "O que aconteceu?"

"Nada ainda. Algo talvez aconteça. Você não quer perder, quer?" O pai já estava vestido, até de chapéu.

"Não, senhor." Ele já estava saindo da cama, ficou de pé, certificando-se de que havia deixado o irmão coberto.

"Vou ver o que posso fazer de café da manhã." O pai marchou para fora do quarto e logo ele o ouviu mexendo nas panelas da cozinha. Ele vestiu seu macacão e uma camisa limpa — era do mesmo tipo da do dia anterior; ele tinha sete camisas iguais e sua mãe escrevia o dia da semana dentro de cada gola — e foi ao banheiro, espiando, pela porta aberta, sua mãe sozinha e pequenina na cama, dormindo profundamente como Walter jamais havia dormido, com sua trança preta enrolada no pescoço como uma cobra mansa. Ele escovou os dentes, molhou o cabelo, penteou-o para trás e chegou à cozinha exatamente quando seu pai se sentava com uma caneca de café. Em seu lugar já havia um copo de suco de laranja e uma tigela de mingau de aveia. Ele se sentou e começou a beber o suco; estava frio e tinha um gosto amargo por causa da pasta de dente. "Por que vamos tão cedo?"

"Quero estar presente quando começar." O pai estava soprando o café.

"O que está começando, papai?"

"Não sei." Os olhos de seu pai estavam vidrados, um pouco vermelhos. "O que quer que seja, já começou. Você se lembra do que o sr. Harper disse? Acho que ainda não acabou, e você quer estar lá para ver, não é?"

"Sim, senhor."

"Tudo bem, então." O rosto de seu pai despertou momentaneamente com um sorriso. "Depressa."

Ele comeu o mais rápido que pôde — uma vez, no começo, ele queimou a língua porque levantou uma grande colherada do meio da tigela, mas agora estava tomando pequenas colheradas rápidas das bordas — com o pai sentado diante dele, tomando de sua caneca de café. Quando sua mãe bebia café, ela usava uma xícara, mas a caneca de seu pai era duas vezes maior. O café fumegava no rosto magro, escuro e bondoso, fazendo suar a ponta do nariz.

Quando terminaram, depois de colocar silenciosamente os pratos na pia e passar água neles, os dois saíram pela porta dos fundos e pegaram Deac. O pai o levantou à garupa, subiu em seguida e eles começaram a cavalgada para a cidade. Ainda era cedo o bastante para que os campos, os arbustos e a grama alta estivessem cobertos de névoa como cachos de anjo: *subindo como o vapor do café do papai.*

Eles chegaram à mercearia do sr. Thomason e descobriram que não eram os únicos que haviam decidido vir para o pórtico mais cedo. Lá estava Bobby-Joe, o sr. Loomis e, claro, o sr. Thomason do lado de dentro, tirando o pó das latas. Ainda era muito cedo para o sr. Harper chegar, ou o sr. Stewart: *Papai diz que o sr. Stewart começa a perguntar à sra. Stewart se ele pode vir à cidade assim que acorda, e ele perturba tanto que ela finalmente deixa, mas não antes das quatro ou cinco, depois que ela já o obrigou a fazer todas as tarefas.*

Eles levaram Deac para os fundos, amarraram-no ao mesmo arbusto e voltaram aos seus lugares no pórtico, com o sr. Leland se sentando nos degraus ao lado de Bobby-Joe e bem na frente de seu pai, que se encostou no poste. Ninguém os cumprimentou — todos se conheciam bem demais para isso. Eles simplesmente começaram a falar, não sobre Tucker Caliban, mas sobre o tempo, tentando decidir se seria um bom dia. Conversaram sobre essas coisas até que Wallace Bedlow chegou, não na garupa de seu cavalo alaranjado como no dia anterior — *espero que ele não tenha atirado no cavalo* —, mas claudicando pesadamente na direção deles, vindo do norte da cidade a pé, usando seu paletó branco e uma boa calça de tecido fino que tremulava na brisa de seus passos. Ele trazia uma velha mala de papelão e, ao chegar ao pórtico, apenas cumprimentou com a cabeça, sem dizer nada, e baixou a mala ao lado da placa de PARADA DE ÔNIBUS na extremidade do pórtico, longe dos homens.

Os homens o observavam discretamente, Bobby-Joe com um toque de desprezo, mas o pai do sr. Leland foi o primeiro a falar, assumindo, na ausência do sr. Harper e com o consentimento tácito dos outros, a posição de porta-voz. "Como vai, Wallace."

Wallace Bedlow se virou e sorriu, como se sua presença tivesse acabado de ser descoberta, como se não soubesse que o observavam. "Como vai, sr. Harry."

O pai do menino deu um passo, indo do poste em direção ao negro. "Para onde está indo? Para New Marsails?"

"Sim, senhor." O sorriso lhe sumiu do rosto de repente, com uma perfeição mortal. O sr. Leland notou que Wallace Bedlow tinha dito *senhor*: *Como se o papai fosse mais velho que ele, o que não é verdade, porque quando Wallace Bedlow tira o chapéu, dá para ver os cabelos crespos brancos. Mesmo assim, ele chama o papai de* senhor *da mesma forma que eu diria para ele ou para o papai,* senhor.

"Vai viajar muito tempo, Wallace?" Seu pai falava como se essas perguntas não fossem importantes, como se ninguém além dele estivesse ouvindo, examinando cada palavra.

"Sim, senhor."

"Quanto tempo?" Havia certa dose de acusação na pergunta.

"Acho que num vou voltar, senhor." Wallace Bedlow respondeu com mais valentia do que parecia necessário.

"O quê?"

"Acho que num vou voltar, senhor." Ele olhou para todos os homens. "Tô esperando o ônibus pra New Marsails e acho que num vou voltar... nunca mais."

"Vai se mudar para o lado norte?" O lado norte era onde viviam os negros de New Marsails. O sr. Leland tinha visto isso quando pegaram o ônibus para ir ao cinema. O ônibus tinha que passar pelo lado norte para chegar ao centro.

"Não, senhor." O rosto de Wallace Bedlow pareceu morrer ainda mais.

"Aonde você está indo?" O pai estava quase sussurrando. O sr. Leland ouviu alguém suspirar.

"Acho que eu vou pro Norte pra ficar com meu irmão mais novo, Carlyle, em Nova York." Wallace Bedlow devolveu o olhar para eles, enquanto seu pai dizia: "Oh". Ele parecia estar desafiando os outros a detê-lo. Os homens não fizeram nada e casualmente voltaram às suas pequenas conversas; Wallace Bedlow também se virou, ficou muito quieto e esperou o ônibus chegar. Quando chegou, ele subiu. Àquela altura, sete negros já haviam se reunido a ele; também carregavam malas, usavam suas melhores roupas, alguns estavam até de gravata-borboleta. Esperando, eles não disseram nada um ao outro, mas ficaram pacientemente quietos, absortos em si mesmos, como se os homens brancos não existissem, e quando o ônibus chegou derrapando, cantando pneus, descendo a colina e parando diante do pórtico, eles embarcaram em silêncio, depositaram o dinheiro na caixa de plástico (todos pareciam ter a tarifa exata), foram para o fundo e o ônibus os levou embora.

Pouco depois de o ônibus partir, o sr. David Willson dobrou a esquina de sua casa na parte rica da cidade, os Swells. Ele era um belo homem, com olhos castanhos tristes, um pouco mais baixo que o pai do sr. Leland. Não era um fazendeiro, era descendente do General, embora não parecesse possuir nada da mesma grandeza, e na verdade era considerado uma espécie de usurpador do nome da família. Era dono de grande parte das terras que os amigos do pai do sr. Leland arrendavam para cultivar; não era amigo deles. Willson chegou a pé, profundamente pensativo, as mãos unidas atrás das costas e, sem falar ou mesmo olhar para os homens no pórtico, entrou, comprou um jornal e voltou pelo mesmo caminho rua acima, passando pelo General.

Bobby-Joe cuspiu na rua. "Bastardo arrogante maldito!"

A cada hora das quatro seguintes, o ônibus vinha de New Marsails. Pelo menos dez negros esperavam em silêncio, pacientes, a cada hora, como se encerrados em caixões invisíveis, não mais dotados do poder de comunicação, nem mesmo possuindo algo para comunicar ao mundo ao redor ou entre si. Todos carregavam malas ou caixas ou sacolas de compras ou trouxas amarradas com barbante; todos usavam suas melhores roupas.

A essa altura, o sr. Harper já estava lá. Ele havia chegado depois do segundo ônibus. Não falou nada. Mais homens brancos se reuniram no pórtico, alguns que haviam passado por acaso ou que tinham chegado à conclusão — mais lentamente que o primeiro grupo — de que algo estava acontecendo, mudando. Alguns eram tapados a ponto de perguntar ao sr. Harper por que os negros estavam indo embora (coisa que já deveriam saber) e para onde estavam indo (coisa que não importava e não podia ser respondida a menos que eles fossem perguntar a cada negro individualmente), mas o sr. Harper não recompensou suas perguntas com nada além de um cumprimento de cabeça, ficando apenas sentado e fumando seu cachimbo, mudando de posição em sua cadeira de rodas de vez em quando, vendo os ônibus irem e virem, observando os negros que esperavam com suas malas na beira do pórtico, embarcando com a tarifa exata na mão, às vezes famílias inteiras, desde a avó até o neto, e os ônibus fazendo a volta pelas costas do General, subindo a ladeira para Harmon's Draw com muitas mudanças de marcha e fumaça preta, e depois desaparecendo.

Quando o ônibus do meio-dia chegou, em vez de deixar os negros entrarem imediatamente, o motorista fez com que esperassem, desceu com seu moedeiro parecendo um minúsculo xilofone e um saco de moedas, deu a volta até a janela perto do volante, enfiou o braço por dentro e fechou a porta. Depois ele foi à mercearia do sr. Thomason, comprou um bolinho de creme e uma garrafa de leite e saiu para o pórtico novamente.

O sr. Leland já o vira duas vezes naquela manhã; o motorista o lembrava, com seu chapéu, de um panfleto que tinha visto certa vez num filme da Força Aérea sobre a Coreia. Quando acabou de comer, ele acendeu um cigarro, baixou os olhos para os negros, balançou a cabeça, deu uma longa tragada e contemplou as cinzas que esfriavam. O sr. Leland estava sentado na beira do pórtico; tinha deixado de cavucar as fendas para inspecionar as rodas do ônibus, que eram pelo menos tão grandes quanto ele, mas se virou e viu que o rosto do homem estava profundamente perturbado.

O sr. Harper parou a cadeira atrás deles. "Agora diga lá, para onde essa gente toda parece estar indo?"

"Eu estava me fazendo essa mesma pergunta." O motorista do ônibus largou o cigarro e o esmagou com a ponta do pé, tornando-o uma pequena mancha de papel, cinza e tabaco, mas o sr. Leland ainda podia ver a impressão em belas letras azuis. "Hoje eu transportei mais crioulos, homens, mulheres e crianças, para New Marsails do que jamais levei em qualquer dia anterior, até mais do que no dia em que aquele clube de beisebol que levou o primeiro crioulo à liga profissional jogou em New Marsails, mas não trouxe nenhum — isso mesmo, nem mesmo

UM — de volta de New Marsails. Eu deixo todos na estação e todos vão para dentro. Vejo todo tipo de crioulo entrando na estação, e a questão é que não vi nenhum crioulo saindo. Agora eu é que pergunto a *vocês*: para onde eles estão indo? E não se enganem, não são só de Sutton; são de toda a estrada. Eles saem correndo para fora do mato e acenam para eu parar, então eles entram e vão para os fundos. Lá atrás fica parecendo como entupido de sardinhas pretas — com malas."

"Hmmm." O sr. Harper assentiu. Ele não disse mais nada, voltando na cadeira para seu lugar contra a parede, olhando para a estrada, sem nem mesmo tentar controlar as conversas ao seu redor.

Ele não disse nada até que sua filha apareceu com a marmita; depois, "Obrigado, querida", apenas.

O sr. Leland se virou para vê-lo abrir a marmita, para ver o que ele comeria, mas seu pai lhe deu um tapinha no ombro e gesticulou para que se levantasse, e eles deram a volta, sentaram-se ao sol, observaram um grupo de pássaros girando como fumaça soprada pelo vento no alto da colina e comeram os sanduíches que o pai tinha feito antes de acordá-lo naquela manhã. Quando terminaram os sanduíches, o pai enfiou a mão no bolso do casaco e tirou duas maçãs, limpou uma delas no peito e a entregou ao sr. Leland.

"Para onde todos aqueles cri... negros estão indo, papai?" Ele inspecionou a maçã, tentando escolher o local exato para dar a primeira mordida.

"Não sei, Harold." O pai mordeu a própria maçã, mastigou, engoliu. "Acho que estão todos indo para algum lugar onde acham que podem ficar melhor."

"Nenhum deles vai voltar?"

"Acho que não, Harold. Acho que eles estão fazendo o que chamamos no Exército de *retirada estratégica*. Isso é quando você tem trinta homens e o outro lado tem trinta mil e você vira e corre, dizendo a si mesmo: 'Droga, não serve de nada ser corajoso e se deixar matar. Vamos recuar e talvez lutar um pouco amanhã'. Acho que esses negros estão recuando o caminho todo."

"Isso não faz deles uns gatos assustados, papai?"

"Acho que não. Parece que dessa vez é preciso mais coragem para ir embora, garoto."

O sr. Leland não tinha mais nada a perguntar, mas ponderava dentro de si, mastigando a maçã quente, quase amarga. Como alguém pode ter mais coragem para correr do que para ficar? Talvez seja como na vez em que Eden MacDonald na escola disse que seu pai podia fazer picadinho do pai do sr. Leland e o sr. Leland respondeu: "Não, meu pai pode fazer purê do seu porque meu pai não tem medo de nada nem de ninguém". E Eden disse: "Aposto que se ele topasse com um urso e não tivesse arma, ele correria mais rápido que um crioulo". E o sr. Leland disse: "Não é verdade". E Eden disse: "Bem, então ele seria morto". Quando o sr. Leland voltou para casa e perguntou ao pai se ele fugiria de um urso se não tivesse uma arma, o pai disse: "Acho que sim, Harold. Seria a coisa mais inteligente a se fazer, não acha?". E quando o sr. Leland pensava nisso, parecia que seu pai estava certo, embora ele não gostasse de pensar em seu pai fugindo de um urso ou de qualquer outra coisa. Mas pelo menos era melhor que ter seu pai todo destroçado, ensanguentado e morto. E talvez fosse o mesmo com os negros. Ele estava quase perguntando ao pai se era isso mesmo quando o homem se levantou, espreguiçou-se e foi até o barril encostado na parede para jogar fora o papel encerado dos sanduíches. Então ele se levantou e seguiu o pai até o pórtico, decidindo perguntar sobre o tema depois.

Eles começaram a tarde nos mesmos lugares, fazendo as mesmas coisas da manhã: esperando que mais negros com malas aparecessem no pórtico e que o ônibus descesse da colina com rodas de som pegajoso. Mas o carro chegou primeiro.

Era preto, polido como um par de sapatos de domingo, movendo-se mais rápido que qualquer ônibus, até mais rápido que o caminhão que o sr. Leland tinha visto na véspera, com as rodas em cima da linha branca entrecortada, a caçamba cheia de sal. O carro andava tão rápido que o sr. Leland não pôde ajustar os olhos à velocidade; parecia sempre borrado. Havia prata por toda parte, como uma carruagem de filme, e a traseira lhe parecia a de um foguete. Havia um negro de pele clara dirigindo (sua pele parecia verde por trás do vidro) e alguém estava sentado atrás. Não podia ser visto muito bem até que o carro parou na frente do pórtico e ele baixou a janela e pôs a cabeça para fora. Então o sr. Leland viu que era um negro, tão preto quanto o carro, e quase tão brilhante, com cabelos longos quase tapando as orelhas e amarrados na nuca como um guerreiro antigo, o cabelo preto salpicado de branco, como cinzas. Ele estava vestido de preto e usava óculos de sol azuis com aros dourados. Presa a uma corrente de ouro que desenhava uma curva para dentro de uma casa de botão em seu colete havia uma cruz dourada com Jesus Cristo pregado nela, tão grande que dava para ver os pregos em suas mãos. Ele não olhou para ninguém, falou apenas com o sr. Leland. "Deus o abençoe e proteja, meu jovem."

Ele fala como o sr. Harper, que o papai diz que aprendeu a falar no Norte. Então ele deve vir lá de cima do Norte também. Não admira que os cri… negros estejam indo para o Norte; os negros do Norte devem viver como reis. Ele ficou um pouco estupefato, mas conseguiu espremer uma resposta: "Como vai… senhor". Sentado na beira do pórtico, ele podia ver o teto interno do carro. *É tudo feito de um pano macio. Está em todos os lugares.*

"Como vai." Seu pai falou por cima dele, os joelhos logo atrás da cabeça do sr. Leland. Mas o negro não desviou o olhar, continuou a fitar o menino.

"Você é o sr. Leland?"

"Sim, senhor."

Como se só isso já fosse digno de recompensa, o negro pôs o braço para fora do carro, apontando o indicador e o dedo médio na direção do menino. Presa entre os dois, uma nota de cinco dólares. O sr. Leland aceitou timidamente, perguntando-se por que o dinheiro tinha sido dado; um medo vagaroso começou a surgir dentro dele, porque agora o rosto do negro tinha assumido uma expressão quase selvagem, como se apenas ser o sr. Leland fosse não só digno de recompensa, mas também maligno ao mesmo tempo.

"Fui informado, sr. Leland, que você conhecia bem um negro, Tucker Caliban. Isso é verdade?"

"Sim, senhor." O sr. Leland ainda segurava os cinco dólares cautelosamente na mão, como se lhe tivessem sido dados apenas para segurar, como ele seguraria uma amostra sendo passada pela sala de aula pelo professor. Ele se levantou e recuou até ficar quase encostado no pai, ganhando segurança com a mão que o pai pousou em seu ombro. Ao redor deles, o menino notou os outros homens, alinhando-se no meio-fio junto ao carro, espiando pelas janelas mas sem tocar no carro, como se ele fosse quente a ponto de derreter. Só Bobby-Joe parecia mais que apenas curioso; ele apertava os olhos como se sentisse dor ou quisesse infligir dor.

Mesmo assim, o negro ignorava a todos, menos ele. "Nesse caso, sr. Leland, poderia fazer a gentileza de me dizer tudo que viu ontem?"

O sr. Leland não sabia ao certo se deveria fazer isso, e então inclinou a cabeça quase inteira para trás, e, de cabeça para baixo, viu seu pai assentindo: Sim. Ele olhou para o negro novamente. "Bem, primeiro tinha aquele carvão..."

O negro não o deixou terminar, mas por fim reconheceu a presença do pai. "Você é o pai do menino, eu suponho."

Seu pai assentiu.

"Nesse caso, eu gostaria de saber se posso pedir que permita a ele me mostrar onde fica aquela fazenda?"

"Quer dizer que eu posso andar nesse carro?" O sr. Leland havia andado de ônibus várias vezes, mas nunca de carro.

O pai não disse nada, continuou olhando para o negro.

O sr. Leland ergueu os olhos para o pai novamente. "Papai, posso?"

O pai parecia pensativo, mais pensativo do que apenas tentando decidir se o menino podia ir, tentando pensar por que o negro queria que ele fosse, o que se passava em sua mente.

O negro observou o pai por um breve instante, depois enfiou a mão no bolso interno do paletó, tirou uma carteira grande, puxou dez dólares e entregou ao pai. "Tome", e ele riu como se algo fosse muito engraçado, "deixe-me comprá-lo de você por um breve momento." Ele se inclinou para fora com o braço estendido, mas, ao contrário do sr. Leland, seu pai não esticou o braço para pegar o dinheiro, não deu nenhum sinal de aceitação, e olhou profundamente através do vidro azul que protegia os olhos do negro.

"Não é o suficiente?" O negro acrescentou mais dez. O sr. Leland estava pensando que ele poderia tirar notas de dez dólares de sua carteira o dia todo. Ele podia ver a carteira entupida de dinheiro. Esse foi apenas um pensamento passageiro; sua principal preocupação era andar de carro. "Papai, posso?"

Seu pai ainda não fez nada, e finalmente virou a cabeça apenas um pouco na direção do sr. Harper, que se dirigira para a beira do pórtico. O sr. Harper assentiu apenas uma vez. Seu pai se voltou para o negro. "Quando vai trazê-lo de volta?" Ao mesmo tempo, ele estendeu a mão e pegou o dinheiro. Alguém atrás deles soltou um assobio involuntário.

"Em cerca de uma hora. Estamos simplesmente indo para a fazenda de Caliban."

O menino sentiu o pai bagunçar seu cabelo. "Harold, você quer ir?"

Tinha certeza de querer andar no carro, mas não tinha nenhuma certeza de que gostava do negro, que não era como Tucker Caliban, muito simpático embora não desse para pensar assim no início. Mesmo assim, ele *tinha* que andar no carro. "Sim, papai."

Seu pai deixou cair a mão em sua nuca e lhe deu um suave empurrão. "Venha aqui." Eles abriram uma curta distância dos homens, do carro e do negro; o sr. Leland ia na frente, orientado por seu pai, que depois o deteve, virou-o e pôs as mãos agora nos ombros do menino.

"Harold, você se lembra do que eu lhe disse hoje de manhã? Sobre algo começando?"

"Sim, senhor." Olhando no fundo dos olhos do pai, ele pôde vê-los sérios e grandes, sombreados sob a aba do chapéu, mas também cintilantes e bondosos.

"Bem, começou, filho, e esse negro sabe disso. Então você se lembre de *tudo* o que ele disser." Ele fez uma pausa. "Tudo, exatamente do jeito que ele disser, mesmo que você não entenda as palavras. Não se preocupe com isso; também não consigo entender metade do que ele diz, mas o sr. Harper consegue."

"Sim, papai."

"Você não está com medo, está?"

Ele não tinha certeza, mas queria andar no carro. "Não, senhor."

"Então tudo bem. Agora seja bonzinho, tenha bons modos e se lembre de tudo que ele disser." Ele parou e olhou na direção do carro, depois se virou novamente. "Por mim."

"Sim, papai." O sr. Leland se sentiu como um espião. Eles voltaram para o carro. O negro abriu a porta de modo que ele viu o interior macio como uma cama. O negro deslizou no assento e o menino subiu e viu o pai agarrar a maçaneta e fechar a porta. Ele se sentou num canto e, de repente, sentiu-se empurrado por uma força invisível para mais fundo no assento, embora não ouvisse nenhum motor rugindo. Havia tapetes no chão; as janelas tornavam tudo lá fora verde, assustador. Havia música vindo de algum lugar atrás dele. Quando se virou para dar adeus ao pai e aos homens, a cidade já tinha desaparecido.

"Agora, sr. Leland, diga-me o que aconteceu, sim?"

Ele abriu a boca e um leve medo empurrou a história para fora furiosamente. "Primeiro vimos o caminhão de carvão descendo do Ridge, todo preto e indo tão rápido quanto qualquer coisa. Estava carregando sal e o motorista disse que queria levar para a casa do Caliban; e perguntou para a gente onde era, e meu pai lhe disse e ele foi embora. E depois mais tarde, o sr. Stewart veio e disse que o Tucker estava jogando sal no seu campo, e então todos nós fomos lá, todos nós do pórtico e alguns negros também, e assistimos àquilo a tarde toda. Ele mexeu no campo até que ficou todo branco como se ele tivesse jogado fertilizante, mas não era isso, era sal. E depois ele entrou na casa e saiu com a espingarda e o machado e se sentou na cerca do curral e primeiro ele atirou no cavalo e o sangue jorrou como se alguém tivesse enfiado um alfinete num balão cheio de sangue, e a vaca começou a correr e a gritar e ele atirou nela também, e ela se virou e dava para ver o buraco na cabeça dela como se estivesse morta mas não soubesse, e depois ela morreu de verdade. E então ele pegou o machado e cortou a árvore do quintal onde o General costumava cavalgar nos velhos tempos porque ele gostava daquela árvore mais que todas, e depois entrou na casa e botou fogo nela e saiu e foi embora andando." Parou abruptamente. Ele não contaria ao negro o que Tucker lhe dissera. O negro não conhecia Tucker. Isso seria como contar um segredo especial que Tucker tinha contado para ele.

"Aconteceu mais alguma coisa?" O negro estava olhando para ele através dos óculos escuros.

"Não, senhor. Não com Tucker Caliban." Ele mentiu, e depois modificou a mentira. "Aconteceram mais coisas hoje de manhã, quando meu pai e eu viemos para a cidade."

"E o que foi?"

"Bem, primeiro um cri... negro chamado Wallace Bedlow veio com uma mala e roupas boas que não são usadas para trabalhar e umas calças finas que sacudiam na brisa e ele disse que nunca mais voltaria para Sutton, e esperou pelo ônibus e subiu nele e foi embora. E vieram mais negros também, e todos eles tinham malas e roupas boas e entraram nos ônibus e foram embora."

Ele ouviu o negro suspirar bruscamente, quase irritado. "Quantos você diria, sr. Leland?"

"Talvez uns cinquenta que eu vi, mas eram todos negros que não tinham carro; alguns tinham carros e foram para lá."

"Exatamente como suspeitei." O negro estava falando sozinho.

Quando chegaram à fazenda de Tucker Caliban, ou ao que restou dela, ela parecia igual à noite anterior, mas diferente em alguns aspectos. Parecia que não podia ter sido apenas no dia anterior que Tucker a destruíra e abandonara, mas que já fazia muito tempo, pois as cinzas já tinham se acumulado como uma espécie de pasta e o lugar parecia degradado como se tivesse sido abandonado havia muito tempo, como as fazendas do outro lado das colinas que seu pai lhe mostrara certa vez que foram pescar de manhã cedo. O campo não estava tão branco — o orvalho havia dissolvido um pouco do sal e o enfiou ainda mais fundo na terra, de modo que agora o campo estava mais gris, acinzentado, que branco e brilhante. O céu acima do curral estava tomado de moscas, e a carne dos animais já começava a desprender um odor adocicado como o cheiro opressivo de uma loja de doces.

O chofer do negro estacionou o carro diante de onde a porta da frente estivera, e o sr. Leland saltou, seguido pelo negro, que o menino notou ter uma barriga saliente, embora seus braços e ombros parecessem bem magros. Quando ele se curvou para sair, sua cruz balançou e cintilou.

Eles caminharam lentamente ao redor da fazenda, até que, no meio do quintal, o negro encontrou os restos do relógio, uma pilha de ferro, latão, pequenas rodas e molas, pedaços de madeira finamente polida. "O que é isso, sr. Leland?"

Ele tinha esquecido o relógio e disse ao negro o que era.

"O que aconteceu com ele?"

"Isso foi depois que ele derrubou a árvore, ele trouxe o relógio para o quintal. Meu pai me falou dele no caminho para casa. Disse que era um relógio que o próprio General — você sabe quem é o General? É o general Dewey Willson do Exército. Ele..."

O negro começou a rir.

"Senhor?" O menino se aproximou.

"Eu só estava rindo do que você disse. Havia dois exércitos, meu jovem."

"Senhor?"

"Não é nem um pouco importante. Não se preocupe com isso. Continue."

Intrigado por um instante, ele olhou para o negro, mas concluiu que, afinal, *não* era muito importante, embora ele achasse que era grosseiro da parte do negro rir dele. "Bem, o General deu o relógio para o ta-ta... ta-ta-ta... tataravô de Tucker e era de Tucker e ele fez pedacinho dele. Ele..."

"Se isso não é gloriosamente primitivo!" Não era uma pergunta. O sr. Leland não sabia o que aquilo significava, mas se lembrou mesmo assim por seu pai.

"Bem, isso parece ser tudo, não é, sr. Leland." O negro se dirigiu ao carro. "A menos que você tenha se lembrado de outra coisa." Ele baixou os olhos, aparentemente desconfiado.

O sr. Leland se perguntou se o negro sabia que ele não tinha contado tudo sobre Tucker. Afinal, o negro sabia seu nome e quem quer que tivesse lhe contado aquilo talvez também tivesse dito que o sr. Leland havia falado com Tucker. O negro poderia ficar com raiva e dizer a seu pai que ele mentiu. "Bem, teve uma coisa... mas Tucker falou para mim e não sei se devo contar ao senhor porque..."

"Como quiser, meu jovem. Eu nunca iria persuadi-lo a trair uma confidência."

"Senhor?"

"Ah, sim, claro." Então, milagrosamente, o negro começou a falar quase como Wallace Bedlow ou o próprio Tucker teriam falado. "Eu num vou fazer você contar coisas como na escola, sr. Leland. O que seus amigos dizem pra você em segredo deve permanecer em segredo." Ele fez uma pausa e acrescentou: "Cê num acha que isso é o certo, sr. Leland?".

O menino ficou surpreso; a voz de outra pessoa estava saindo do corpo do homem. "Sim, senhor. Bem, talvez... bem, o senhor me deu o dinheiro para contar *tudo* sobre ontem e não seria honesto se cu não... bem, Tucker disse... Eu corri atrás dele quando ele saiu e ele disse... que eu era jovem e que ainda não tinha perdido nada, e eu não entendi o que ele quis dizer quando disse isso, e ele me fez voltar." Ele inclinou a cabeça e olhou nos olhos do negro e o encontrou sorrindo mais calidamente do que sorrira desde que o sr. Leland o vira pela primeira vez. Ele hesitou e depois perguntou: "O senhor sabe o que ele quis dizer com isso?".

"Acho que ele quis dizer que algo lhe foi roubado, mas Tucker nunca soube disso porque nunca soube que tinha o que foi tirado dele. Você entende isso?" O menino percebeu que seu rosto devia estar revelando seus pensamentos. "Não, eu não acho que você entende. Não, bem, isso não tem importância para você agora, sr. Leland; quando você ficar um pouco mais velho, vai entender perfeitamente." Eles haviam chegado ao carro. "Vou entrar primeiro, certo?"

"Sim, senhor." Ele ainda estava pensando no que o negro havia dito, e continuou pensando naquilo enquanto o carro embicava para a cidade sobre rodas silenciosas, enquanto o negro se sentava ao seu lado, perdido em pensamentos, olhando para a frente por cima do ombro do chofer e ao longe na estrada... *Se Tucker perdeu alguma coisa, mas não sabia que tinha, ele não podia saber que perdeu. Isso é uma bobeira. Você tem que saber que tem algo para saber que perdeu, a menos que, quando perdeu, você vai procurar e descobre que não está onde você deixou, mas então se você deixou em algum lugar, você tem que saber que tinha, então isso não é a mesma coisa. Talvez seja como se alguém lhe desse algo à noite quando você está dormindo, mas, antes de você encontrar pela manhã, alguém como Walter entra e o surrupia, e brinca com aquilo na floresta e deixa lá para você nunca mais encontrar e, no dia seguinte, a pessoa que deixou aquilo para você chega e diz: "Harold, você encontrou o que deixei para você?". E você diz: "Não". E ele diz: "Ah, deixei bem à vista na cômoda, então como é que você não encontrou de manhã?". E você diz: "Não sei". E aí você pensa nisso e diz: "Walter, ele deve ter levado antes de eu acordar. Eu vou quebrar a cara dele". E Walter diz que deixou na floresta e não sabe onde e então você perdeu e nunca nem teve aquilo em primeiro lugar, mas sabe que perdeu mesmo. Talvez seja desse jeito...*

A essa altura, eles já haviam entrado na cidade e parado do outro lado da rua em frente à mercearia do sr. Thomason.

O negro baixou a janela e o sr. Leland olhou para o outro lado da rua e viu o pai apoiado no poste, depois se esticou e viu Bobby-Joe cuspir na rua e o sr. Harper se inclinando para a frente.

"Obrigado e que Deus o guarde, senhor." O negro disse a seu pai e depois se voltou para ele. "Obrigado também, sr. Leland. Você é um bom rapaz, e se alguma vez for para o Norte, vá me fazer uma visita." Ele enfiou a mão no pequeno bolso do colete e tirou um cartão. O sr. Leland o pegou, passando os dedos pela superfície elevada das letras, sem olhar para ele. O negro estendeu o braço e eles apertaram as mãos — ele tinha a mão macia e flácida como a de uma mulher gorda —, depois abriu a porta e o sr. Leland saltou para fora. Quando ele alcançou o pórtico, o carro já estava na metade do caminho para Harmon's Draw.

Ele entregou o cartão ao pai, que, por sua vez, o entregou sem lê-lo ao sr. Harper, que leu em voz alta para todos os homens. "REVEREND O B. T. BRADSHAW. IGREJA RESSURRECTA DO JESUS CRISTO NEGRO DA AMÉRICA, INC., CIDADE DE NOVA YORK."

O sr. Thomason trouxe uma cadeira para fora e sinalizou para que seu pai se sentasse e, quando assim o fez, ele puxou o sr. Leland para o colo. O sr. Harper empurrou a cadeira de rodas até ele e se inclinou profundamente em sua direção, e o menino pôde sentir o cheiro do hálito do velho, e o questionou. Ele contou tudo que sabia, tudo que conseguia lembrar; ele se lembrava de tudo. O sr. Harper não fez comentários até que ele falou sobre o relógio e o negro dizendo "Se isso não é gloriosamente primitivo!", e então ele apenas assentiu e quase suspirou: "Sim, sim, ele entendeu". Mas foi só isso. E os outros homens simplesmente escutavam.

Ainda não eram quatro da tarde, mas quando ele terminou, seu pai olhou para ele gravemente. "Bem, vamos para casa."

O pai não voltou a falar com ele até que estavam virando em sua própria estrada, e o sr. Leland pôde ouvir os cascos do cavalo quando eles saíram do asfalto e pisotearam a terra. "Harold, não conte para a sua mãe sobre ter ido com o negro." Ele parou por um segundo. "Ela pode não gostar."

"Sim, papai."

Ele não se virou, mas se inclinou para trás e encostou a cabeça no peito do pai e pôde ouvir o grande coração do homem batendo, e sua voz, oca e distante, retumbando. "Não é que isso seja mau, entenda. Não é como ontem, quando você teve que contar uma mentira para me poupar de encrencas. Isso é para evitar que ela se preocupe, porque ela não gosta que você saia com estranhos e, como já foi e nada aconteceu com você, não há necessidade de se preocupar com isso. Você entende?"

Ele assentiu, sentindo sua nuca roçar no tecido da camisa do pai.

"Veja." O pai tirou uma das mãos das rédeas e o sr. Leland pôde senti-la às suas costas, vasculhando os bolsos e saindo novamente, e ouviu o papel de seda crepitando e a mão do pai saindo de trás dele, passando por cima de seu ombro, e então viu o pacote. "Abra; quero que você veja." O sr. Leland o pegou, abriu o papel e viu um lenço de seda amarela — de alguma forma ele sabia que era de seda porque era mais fino, mais liso, mais delicado que qualquer tecido que ele já tinha visto — com uma minúscula borda costurada como um tubo. Ele o ergueu e o sentiu ainda mais leve do que a brisa leve que soprava; o lenço voava bravamente, todo elegante naquele vento. "Amarelo é a cor favorita da sua mãe e ela gosta de coisas bonitas. Comprei com uma parte daqueles vinte dólares. Diga, você quer que eu guarde os cinco que você ganhou?" E depois acrescentou: "Você não precisa me dar se não quiser. São seus". Mas o sr. Leland já havia enfiado a mão no bolso do macacão, tirando o dinheiro e entregando ao pai. "Vou guardá-lo para você, assim você terá bastante quando o circo chegar a New Marsails." O menino concordou.

O pai disse à mãe que tinha feito vinte dólares consertando o pneu furado de um turista rico, e depois lhe deu o lenço. Ela chorou com o rosto enfiado no presente, beijou-o e usou-o no jantar. O sr. Leland nunca a vira tão bonita.

No sábado, eles não foram à cidade. O sr. Leland achou que iriam, que talvez houvesse mais para ver, mas quando ele perguntou se iriam, seu pai respondeu: "Não; provavelmente tudo que veríamos seria mais negros com malas indo embora e, além disso, deixamos sua mãe aqui sozinha por dois dias, e acho que seria uma boa ideia ficarmos por aqui e fazermos tudo que ela nos pedir, senão ela pode ficar um pouco irritada e brava. E ela estaria certa, se você pensar bem, já que vem fazendo todas as coisas que nós deveríamos estar fazendo e isso não foi muito gentil da nossa parte. Acho que vamos ficar em casa hoje".

Assim, o sr. Leland brincou com Walter a maior parte do dia. Ele tentou recontar tudo o que tinha visto nos últimos dias, mas Walter só conseguia entender os animais sendo baleados e o sangue jorrando deles como água de balões. Ele gostaria de ter visto aquilo. O sr. Leland assegurou que tinha sido mesmo uma visão e tanto. Claro, Walter queria que seu irmão o levasse para ver os animais — ele devia estar secretamente esperando que o sangue ainda estivesse esguichando — e a casa queimada de Tucker. O sr. Leland respondeu que ele era muito pequeno para ir. E Walter disse que não era muito pequeno coisa nenhuma, mas provou que era ao começar a pular para cima e para baixo e a gritar e chorar e fazer aquela confusão. Finalmente, porque ele mesmo também queria ir, o sr. Leland o levou. Eles voltaram pela floresta, ao longo das trilhas de terra lisas e estreitas, e saíram nos fundos do campo cinzento, e puderam ver, ao longe do outro lado, os pedaços irregulares de madeira da casa se projetando como talos de algodão queimado, e o céu escuro e tomado de moscas acima do curral. Eles estavam no meio do campo quando um homem branco surgiu pedalando uma bicicleta, vindo da cidade pela estrada. Era uma velha bicicleta americana, que outrora tinha sido cor de creme e da cor vermelha dos tijolos, mas o uso e as intempéries transformaram aquelas cores numa ferrugem cinza-escura. Os para-lamas haviam sumido; o farol estava quebrado.

O homem saiu da estrada, deitou a bicicleta e parou, olhando ao redor. Logo ele viu os dois meninos. "Vocês são os meninos de Harry Leland, não são?"

Ele também falava como se tivesse aprendido no Norte, só que mais parecido com o sr. Harper que com o negro. Os meninos não disseram nada. Eles pararam no meio do campo e o sr. Leland segurou a mão do irmão.

O homem os chamou de novo. "Sou Dewey Willson."

Isso é mentira; Dewey Willson é o General, e ele está morto. O sr. Leland apertou tanto a mão de Walter que o irmão se retraiu e protestou. "Agora fique quieto, Walter. Esse homem pode ser louco" ... *não louco como Tucker, mas realmente louco pois ele pensa que é um homem morto*. Ele puxou o irmão atrás de si e os dois logo puderam ver o homem melhor. Ele era mais baixo que seu pai, mas tinha o mesmo cabelo cor de areia, embora mais curto. Estava usando um terno azul-claro com muitos botões — três ou quatro — e uma gravata desbotada com listras diagonais.

"Você sabe alguma coisa do incêndio, garotinho?" Ele esperou por uma resposta, mas o sr. Leland não lhe deu nenhuma. "Sou amigo de Tucker Caliban. Acabei de voltar do Norte. Sabe o que aconteceu?"

"Você é amigo do Tucker?" O sr. Leland falou sem querer, mas não acreditou naquela última declaração mais do que acreditava que aquele homem era o General. Ainda assim, o homem não parecia estar mentindo.

"Sim. Veja." Ele enfiou a mão no bolso e o coração do sr. Leland deu um pulo — *mais dinheiro!* —, mas o homem mostrou apenas um pedaço de papel. "É uma carta dele. Ele era um grande amigo meu." O homem ficou triste depois de dizer isso.

"Ele era?" Os dois meninos estavam agora bem próximos do homem, que baixou o olhar para eles com o pedaço de papel estendido na mão direita. As moscas pareceram zumbir muito mais alto. "Você sabe por que ele fez isso?"

"O que ele fez?"

E então ele não conseguiu mais se conter, porque queria muito descobrir o que aquele homem sabia. "Ora, ele botou fogo na casa e matou os animais dele e tudo."

O homem apenas o encarou; ele não acreditava. "Meu pai estava certo! Foi isso que ele fez?"

"Foi isso que ele fez — de verdade." Mesmo assim, o homem parecia não acreditar. O sr. Leland acrescentou: "Ele fez tudo isso dois dias atrás".

"Dois dias atrás?"

O sr. Leland concluiu que o homem não ouvia muito bem, e não que ele não acreditasse. Pedia que ele repetisse tudo. "A-hã, eu mesmo vi. Ele só botou fogo na casa e atirou nos animais e..."

"O sangue jorrou deles como água de um balão furado", acrescentou Walter.

"Quieto, Walter." O sr. Leland apertou sua mão e sentiu o menino pequeno pular de dor. "Ele realmente fez essas coisas." Ele se virou para o homem.

"Eu acredito em você." O homem assentiu.

"É a verdade." Walter entrou na conversa de novo.

"Quieto, Walter."

"Conte-me sobre isso, pode ser?" O homem parecia muito triste.

O sr. Leland desenovelou a história do sal, da matança, do fogo e do relógio (dessa vez, ele não esqueceu) e das centelhas subindo e desaparecendo no céu. Mas, mesmo quando terminou, o homem não parecia menos triste nem menos incrédulo. "Você é amigo dele... mesmo?"

O homem assentiu com um gesto e olhou de um modo tão estranho que o sr. Leland achou melhor se afastar dele o mais rápido possível. "Temos que ir agora. Adeus." Ele imediatamente começou a correr para a estrada — seria o caminho mais seguro de voltar para casa porque o homem poderia segui-los pela floresta — e não ouviu o homem responder: "Sim, adeus".

Quando chegaram à estrada, ele se virou para Walter, soltou sua mão e gritou bem alto: "Vamos correr!".

"Não estou com vontade."

Ele se inclinou para o ouvido do irmão. "Essa é nossa razão para fugir. Ele ainda pode nos pegar e parece perigoso."

"Tudo bem, vamos correr." Walter olhou para trás por cima do ombro.

Eles correram desesperados para o topo da ladeira; quando saíram das vistas do homem, pararam, arfando profundamente. Walter o alcançou. "Ele era maluco."

"Como você sabe?" O sr. Leland não gostava que o irmão tirasse conclusões precipitadas.

"Ele não parecia louco?"

"Sim." Ele foi forçado a dizer a verdade.

"Bem, então é isso, ele deve ser maluco."

O sr. Leland estava prestes a dizer que isso nem sempre era verdade; que Tucker tinha feito coisas malucas, até parecia maluco, mas certamente não era maluco porque ele parecia ter um motivo para fazer aquelas coisas, embora ambos fossem muito pequenos para entender o motivo, mas decidiu deixar para lá porque não achava que Walter saberia do que ele estava falando.

Eles estavam a um quarto do caminho até o sopé da ladeira, caminhando em direção ao ponto em que sua rua saía da estrada. Eles podiam ver a próxima ladeira e a estrada saindo do meio das árvores. Então viram o carro preto aparecer, vindo tão rápido quanto ontem do Ridge, tão rápido quanto o caminhão de carvão anteontem. O mesmo negro de pele clara estava dirigindo, e a poeira girava nas laterais da rua e se fechava atrás do carro como as mãos de Walter fechando tarde demais quando o sr. Leland lhe jogava uma bola. O sr. Leland começou a acenar e Walter, pensando que era algum tipo de brincadeira, ergueu os braços e acenou freneticamente. Ambos acenaram até que o carro os ultrapassou, mas ninguém no carro acenou de volta. O sr. Leland, no instante da passagem, até viu o negro na parte de trás, os óculos escuros azuis empoleirados no nariz, olhando fixo para a frente. Então o carro desapareceu por cima da ladeira. Eles seguiram em frente.

"Por que fizemos isso, Harold?" Walter começou a pular ao redor dele em círculos grandes e desiguais. "Você conhecia aquele pessoal?"

O sr. Leland não havia contado a Walter sobre o negro e seu passeio no carro porque sabia que Walter contaria à sua mãe e causaria problemas para o pai. "Sim. Eu vi na cidade ontem."

"O que eles fizeram? Você não me contou isso."

"Não é nada importante, Walter. Esquece isso."

"Bem, quem *era* aquele?"

"Não era ninguém." Ele se virou e olhou nos olhos do irmão, tentando fazer com que seu rosto parecesse o mais sincero possível. "Ninguém, só isso."

Um longínquo aniversário de outono

Quando Dewey Willson III piscou os olhos para despertar por completo na manhã clara e desenevoada de outono de seu décimo aniversário, ela estava encostada no canto de seu quarto: uma bicicleta americana com cores vivas e espalhafatosas, cromo brilhante e pneus de lateral branca.

Ele saiu da cama com gestos lentos e hesitantes, pensando que, se saltasse rápido demais, ela certamente desapareceria. O chão estava frio e o fez estremecer. E então ele a alcançou, não havia desaparecido no susto, e agora Dewey acariciava o assento preto de couro de porco. Estava louco para andar nela, mas percebeu dolorosamente que não sabia como; Tucker tentara lhe ensinar várias vezes, mas finalmente desistiu porque Dewey não conseguia se equilibrar, dirigir ou pedalar.

Sem parar de admirá-la, ele se vestiu o mais rápido que pôde e depois desceu correndo as escadas em busca de Tucker. Dessa vez, ele *iria* aprender, se ao menos pudesse convencer Tucker a tentar ensiná-lo uma vez mais.

Tucker estava no quintal dos fundos com John, seu avô, tirando a película seca de cera recém-aplicada da lateral do carro. John, de cabelos brancos, as muitas rugas em seu rosto tornando-o quase sem feições, tinha quase setenta e cinco anos. Tucker estava fazendo a maior parte do trabalho, embora tivesse apenas treze anos e mal conseguisse alcançar o alto das portas do carro. Dewey parou a certa distância e os observou, temendo que Tucker lhe dissesse que ele era um garotinho estúpido que nunca aprenderia a andar de bicicleta, mas finalmente ele reuniu coragem de perguntar.

"Agora num posso, Dewey. Tenho que ajudar meu vô." Tucker se virou, segurando um pedaço de toalha branca na mão direita, uma lata de cera laranja na esquerda. Ele já olhava para as pessoas de uma forma que dava a impressão de que estava prestes a atacá-las e socá-las, embora pudesse estar pensando em algo completamente diferente; seus olhos já eram emoldurados por óculos de aro de aço.

"Vou aprender desta vez. Eu prometo." Ele se remexeu sob o olhar de Tucker e baixou os olhos para as pontas de borracha de seus tênis.

"Talvez cê aprenda, talvez não, só que mais tarde. Eu tenho que ajudar o vô." Tucker se voltou para o velho, que bufava enquanto Tucker passava o pano desesperadamente no teto do carro. "Mais tarde."

Dewey passou a maior parte de seu aniversário nos degraus de trás, a bicicleta no suporte ao lado dele, vendo Tucker trabalhar. Perguntava-se se Tucker estava com inveja por ele ter ganhado uma bicicleta nova. Ele gostaria de não ter que incomodar Tucker de forma alguma, gostaria de poder subir na bicicleta e descobrir que era parte de um milagre e que podia pedalar para longe, nunca olhando para trás, nunca temendo cair ou bater.

Tucker só terminou trabalho mais para o fim do dia, quando o vento soprava do golfo, tomado pelo cheiro metálico de sal. O sol parecia escuro e se elevava pouco acima do horizonte numa carruagem de nuvens. Eles não teriam muito tempo.

Eles pararam perto dos degraus de trás, Dewey olhando para Tucker, que estava olhando ao redor do quintal, fechando a cara. "Num dá pra aprender a andar aqui; num tem espaço suficiente. Cê vai derrubar todos os arbustos à vista e deixar a gente em apuros. Vamos." Ele chutou o suporte, agarrou o guidão e começou a empurrar a bicicleta em direção ao caminho de cascalho da entrada.

"Para onde vamos?" Dewey corria atrás dele. Estava um pouco zangado porque Tucker estava empurrando a bicicleta, e não ele.

"Vem logo. A gente num temos tempo de conversar."

Eles andaram cerca de um quilômetro para o norte de Sutton até um lugar logo ao lado da estrada onde alguém tinha começado a construir um restaurante, que nunca terminou, tendo feito apenas um estacionamento, um enorme espaço aberto e escuro de onde brotavam vários pilares de concreto.

A essa altura, já estava quase escuro; o sol desaparecera sem aviso por trás das árvores altas junto à estrada. Tucker empurrou a bicicleta até um canto do estacionamento e parou. "Cê lembra do que eu disse antes?"

"Eu acho que sim." Ele não tinha certeza. Tucker podia ver isso.

"Tudo bem, agora me ouve." Ele recitou a lição num tom monocórdio e agudo. "Num dá pra se equilibrar muito bem quando tá indo devagar, é melhor quando tá andando rápido. Mas quando cê tá andando rápido, tem que se lembrar de manejar o guidão. É muito fácil se cê tiver a cabeça fria. Vai conseguir?"

"Eu acho que sim."

"Tudo bem. Sobe nela e eu vou segurar pra você e correr do lado, empurrando. Vou avisar quando for soltar. Certo?"

"Acho que sim."

Tucker o ajudou a subir no novo assento. Dewey pôs os pés nos pedais. Tucker olhou para eles. "Eu já disse pra você e vou dizer de novo — *nunca* anda de bicicleta sem tênis. Seus pé vão escorregar e cê vai se machucar."

"Desculpe."

"Não tem muito o que fazer agora." Tucker suspirou. "Bem, vamos tentar."

Dewey se ajeitou no assento e Tucker começou a empurrá-lo. "Agora tenta manter o equilíbrio. Pega o jeito dessas duas roda. Num fica com medo. E *não* vira demais."

O guidão se sacudia como os chifres de um touro bravo. Dewey se virou para Tucker.

"Vou soltar agora." Ele soltou e Dewey quase imediatamente bamboleou para fora da linha reta e Tucker teve que segurá-lo pouco antes que ele batesse num dos postes de concreto. Eles tentaram de novo, e de novo: Tucker correndo ao lado, respirando com dificuldade, tossindo de vez em quando; Dewey sentado, sem saber o que fazer, mas se esforçando muito para fazer alguma coisa. Ele queria chorar, mas não queria que Tucker visse; isso o teria deixado mais envergonhado de si mesmo do que já estava.

O crepúsculo baixava agora sobre as colinas; o vento aumentava. Eles haviam tentado inúmeras vezes.

"É melhor a gente ir pra casa, Deweyzinho."

"Por favor, Tucker, só mais uma vez. Por favor."

"Agora, Dewey, cê sabe que num vai deixar teu pai feliz, a gente atrasando o jantar dele."

"Tucker, eu *tenho* que aprender." Ele podia sentir as lágrimas quentes começando atrás dos olhos e talvez já se derramando, escaldando seu rosto, porque Tucker olhou para ele e concordou, e depois o ajudou a subir e segurou o assento com força para que a bicicleta não tombasse, e começou a empurrar. Dewey tentou pegar o jeito, e quando achou que tinha conseguido, virou-se para dizer a Tucker para soltar.

Tucker não estava mais lá. Sem aviso, ele parou de correr, e Dewey estava sozinho, rolando, andando, planando, velejando, voando totalmente sozinho, e ele sentia a bicicleta equilibrada nas finas rodas brancas, e o orgulho transbordando dentro dele. E logo o medo apareceu do nada, e um pânico escuro vidrou seus olhos e tapou seus ouvidos, tornando quase impossível ouvir Tucker gritando: "Fica reto! Segura o guidão! Fica reto!".

Mas sua confiança já se esvaíra dele em pequenas gotas pegajosas; ele estava perdendo a batalha com as barras do guidão. A calçada preta veio ao seu encontro e esfolou seus joelhos, mas agora, fora da bicicleta, mais uma vez seguro na terra, ele não sentia a ardência e estava tão orgulhoso de si mesmo como nunca na vida.

"Cê conseguiu! Conseguiu! Conseguiu!" Tucker correu até ele, levantou-o e bateu em seu ombro; eles dançaram em largos círculos em torno da bicicleta. Tucker apertou sua mão e o abraçou, até o beijou, e eles gritaram e uivaram até ficarem cansados e roucos.

Eles então partiram para casa, ao longo da estrada reta escura, os rostos iluminados e brilhando sob a luz dos faróis dos poucos carros que passavam.

"Tucker, me ensina a arrancar sozinho?"

"Assim que cê conseguir parar de outro jeito que num for caindo."

"Tucker, você poderia...?" Um carro passou, refletindo a luz nos óculos de Tucker, tornando seu rosto quase branco, e Dewey viu ali a expressão da resignação, e soube que a mente de Tucker já estava em casa, sabia que tinha de ficar quieto.

Quando mais tarde ele pensou naquele dia, Dewey percebeu que Tucker já devia saber o que aconteceria mesmo quando ele disse que poderiam ficar. Ele tinha que ser o responsável; cabia a ele controlar o tempo, mas ele não controlou ou foi o que pareceu ao pai de Dewey, que falara com John sobre isso, que instruíra sua nora a lhe dar uma punição para que não se esquecesse mais. E assim, enquanto Dewey jantava naquela noite, ele ouvia o estalo da cinta quente nas nádegas de Tucker.

Mais tarde, naquela noite, Dewey disse ao pai que tinha aprendido a andar de bicicleta. Ele achava que o pai ficaria feliz, já que a bicicleta tinha sido seu presente, mas seu pai apenas meneou a cabeça e nem mesmo ergueu os olhos do jornal. Por um longo tempo, até que ele foi para a faculdade, Dewey se sentiu culpado por ter implorado a Tucker para ficar e quis dizer algo a ele, mas nunca o fez. E Tucker jamais mencionou aquilo.

Os Willson

Era sábado à tarde. Os postes telefônicos, cravados à beira do rio na orla de concreto armado, ressonavam por sua janela tão rápido que, depois de um tempo, Dewey, agora com dezoito anos e voltando para casa de seu primeiro ano na universidade no Norte, parou de tentar pensar na quantidade total, desistiu da contagem para assistir ao trem correndo à frente da correnteza do rio. Mas logo, como fizera tantas vezes no mês desde que a recebera, ele começou a pensar na carta de Tucker. Ele ainda não tinha certeza de ter entendido o que Tucker queria dizer. Não que a carta comunicasse muitos pensamentos profundos ou complexos — era a mais simples das cartas —, mas trazia à tona um assunto e uma época de que Dewey mal conseguia se lembrar, e ele sabia que, para entender o que Tucker queria dizer, ele tinha de lembrar, examinar aquela hora, aquele dia; e não só isso, mas também os sentimentos que experimentou naquele dia. Dewey gostaria que aqueles sentimentos estivessem escritos em algum lugar onde pudesse resgatá-los para ler e conhecê-los perfeitamente. E assim, mais uma vez, ele revisou o dia específico que Tucker mencionou, e ainda não conseguia entender; a mensagem de Tucker, escrita num código que ele não conseguia lembrar ou nunca havia conhecido, lhe escapava. Ele começou de novo, pegou a carta do envelope agora rasgado, desdobrou o papel fino amarelo e leu as palavras datilografadas, ditadas para Bethrah (ele tinha certeza) e assinadas na caligrafia que não era de um homem de vinte e dois anos, mas de um menino de catorze anos, a idade em que Tucker abandonara a escola:

Caro Dewey:
Espero que você esteja bem. Eu estou bem por aqui. Bethrah também. O bebê também.

O motivo de escrever é porque eu queria perguntar se você lembra quando te ensinei a andar de bicicleta? Foi um dia muito importante pra você. Lembro que você queria muito aprender. Fico feliz porque consegui te ensinar. Mas você ia ter aprendido de qualquer jeito, porque queria muito aprender.

Quando você fosse pra casa no Natal, pediu que eu escrevesse pra você. Bem, eu queria te perguntar da bicicleta.

Atenciosamente,
Tucker Caliban

Foi tão inútil dessa vez quanto tinha sido em todas as outras, e Dewey ainda estava perplexo e desapontado. Mas ele logo estaria em casa e pediria ao próprio Tucker para explicar a carta, embora isso significasse que ele teria de admitir que seu intelecto não possuía a centelha veloz que ele se orgulhava de possuir.

O trem entrou nos túneis que levavam à estação municipal de New Marsails. A escuridão era iluminada em áreas redondas por lâmpadas fracas com cúpulas de aço. Homens trabalhavam com picaretas e pás sob lanternas, e um deles, o capataz, segurava uma lamparina cor de sangue e a balançava enquanto o trem passava. Dewey se levantou, se espreguiçou, procurou os braços emaranhados do paletó e os cigarros que tinha certeza de ter deixado no bolso do peito. E logo era mais uma vez o fim da tarde, e o rugido do túnel foi substituído pelo murmúrio no vagão.

Depois, quando Dewey pensou em como a estação lhe parecera naquela tarde, não conseguia se lembrar se havia notado o grande número de negros na plataforma, na sala de espera para negros; não se lembrava das muitas faces escuras e pensativas dos homens ou de que eles usavam ternos recém-passados e camisas limpas ou que a maioria deles carregava malas de couro gasto ou bolsas de pano puído ou sacos de compras repleto de roupas, lençóis, cobertores e fotos; não conseguia se lembrar das mulheres com seus vestidos de verão carregando suéteres e casacos, os seus e os dos filhos, ou as cestas de piquenique nas dobras dos braços, ou os sapatos de caminhada esfregados até as marcas e os arranhões ficarem escondidos; não conseguia se lembrar das crianças brincando, pulando, correndo na frente dos pais ou dos menores pendurados nos vestidos das mães; não conseguia se lembrar dos bebês dormindo nos braços dos adultos ou nos bancos; não conseguia se lembrar dos velhos mancando com orgulho com suas bengalas ou sentados em silêncio esperando a chamada dos trens; não conseguia se lembrar de que os negros falavam em sussurros, evitavam os olhares dos brancos e tentavam não ser lembrados.

Ele se lembrava de que havia negros, sempre houvera negros na estação, os carregadores de terno cinza e chapéu vermelho, mas não havia reparado nos tantos outros que estavam ali naquele dia, nem que a maioria embarcava nos trens de partida. Tudo de que realmente conseguia se lembrar era de olhar pela janela suja de poeira, ver sua família em meio à multidão enquanto os freios a ar do trem o jogavam para a frente, e sua felicidade em ver Dymphna, sua irmã — a quem ele já tinha idade suficiente para apreciar e gostar —, pela primeira vez desde o Natal; sua decepção por não ver Tucker e Bethrah em nenhum lugar da plataforma; e, finalmente, sua surpresa, não, era uma sensação muito mais aterradora que isso, seu choque total ao ver seus pais, *sua* mãe e *seu* pai, sorrindo um para o outro e *de mãos dadas* (!) tão alegremente quanto adolescentes. Quando ele saiu de casa depois de uma triste festa de Natal, sua mãe vinha resmungando constantemente sobre divórcio.

O trem havia parado agora. Ele ergueu a mão, derrubou suas duas malas da prateleira acima de seu assento e, depois de esperar que alguns passageiros passassem, caminhou atrás de duas moças que, como ele, estavam voltando da faculdade para casa. Elas usavam suéteres de gola alta, embora estivesse bastante quente, e muitos colares de contas.

"Aí ele me perguntou se eu tinha um bloqueio ou coisa parecida e começou a falar comigo bem suave, mas eu não caí nessa nem por um segundo. Ele me disse que era natural que homens e mulheres fizessem isso."

"Foi exatamente o que ele me disse também."

"Bem, de qualquer maneira, de repente, querida, percebi que queria beijá-lo mais que qualquer coisa. E depois disso, eu simplesmente desmoronei."

"Eu também."

À porta, o sorridente condutor de terno azul puído guiou os passageiros pelos degraus escorregadios. Ele esticou a mão para o braço de Dewey, mas o rapaz a recusou educadamente e saltou o último degrau alto para a plataforma.

Dymphna dava saltos. A cada pulo, ela girava um quarto de círculo e, finalmente, ficou de frente para ele. Ela o viu e o reconheceu, sacudiu os braços e, ainda saltando, tentou avisar os pais. Depois desapareceu por trás de um grupo de pessoas e, quando ele tornou a vê-la, ela não estava a mais de trinta passos dele, correndo, os braços escancarados, o casaco sacudindo atrás dela. Agarrando-o com força pela cintura, antes mesmo que ele pudesse largar as malas, ela o abraçou. "Dewey! Olááá!"

"Olá. Como você está?" Ele estava muito surpreso com o ataque dela para dizer qualquer outra coisa.

Ela não o largou, mas o abraçou com mais força. "Ótima. É só isso que você tem para me dizer?" Ela se afastou dele. "Como eu estou?"

"Você cortou o cabelo." Acima da cabeça dela, ele viu seus pais avançando, ainda de mãos dadas, e queria saber o que esperar. Inclinou-se para perto dela, sussurrando. "Eles estão *realmente* de mãos dadas. O que diabos está acontecendo por aqui... milagres?"

Ela o abraçou com força novamente. "Sim! Sim! Sim! Não sei como aconteceu. Mas parece que temos uma chance de evitar um 'lar desfeito'. É maravilhoso."

Seus pais chegaram. Dymphna o soltou e sua mãe avançou e o abraçou. Ela soava como se soluçasse, e ele não conseguia entender o que ela dizia dentro de seu peito, mas quando deu um passo para trás para inspecioná-lo, seus olhos estavam secos e ela sorria. A mãe tinha envelhecido; ele não se lembrava de seus cabelos grisalhos caindo sobre as orelhas, mas agora os via.

Seu pai estava atrás dela, as mãos às costas. "Como você está, Dewey?" Ele estendeu a mão e se curvou para a frente, quase timidamente, sem dar nenhum passo, como se houvesse entre eles uma trincheira de dois braços de comprimento e sem fundo.

"Tudo bem, pai."

O homem assentiu, retirou a mão e recolocou-a, com a outra, às costas. "Você parece bem, filho."

"Ele perdeu um pouco de peso", a mãe comentou.

Todos se entreolharam em silêncio e Dewey percebia agora o quanto haviam mudado: sua mãe, ainda bonita, porém não mais jovem, estava quase matronal. Seus traços antes agudos se suavizaram, seus olhos castanhos estavam opacos. No entanto, mais que tudo, ela tinha um ar cansado. Seu pai dava a impressão de ter encolhido e emagrecido mais que envelhecido, mas ele parecia mais feliz do que Dewey jamais o tinha visto, menos oprimido, menos como se algo o estivesse esmagando. Dymphna se tornara uma jovem bastante atraente, estava vestida na moda, uma cópia do que sua mãe devia ter sido vinte anos antes.

Ele esperara algo drasticamente distinto; não teria ficado nem mesmo surpreso se apenas um de seus pais tivesse vindo recebê-lo, trazendo a notícia de que o processo do divórcio já havia começado. Ou se ambos tivessem vindo, ele esperara que os dois mantivessem distância um do outro, falassem apenas com ele, não um com o outro, com Dymphna plantada entre eles como uma partição de carne e sangue para que não se tocassem nem mesmo por acidente. Mas tudo isso; eles estavam... felizes demais.

Ninguém falava. Eles estavam agora numa plataforma quase vazia. Na parte de trás do trem, um guarda-freio soprou seu apito e a fila de vagões começou a recuar. Um trem de partida foi anunciado; iria para o Norte. Depois de alguns segundos, os negros começaram a fluir pelas portas principais, marchando em direção aos próximos trilhos.

"Vocês, senhoras, vão na frente." O pai deu um passo à frente e pegou uma das malas de Dewey. "Vamos encontrá-las no carro."

Dymphna ficou parada, observando; ela sabia que Dewey e o pai nunca tinham sido muito próximos, às vezes discutiam amargamente, e ela se perguntara como, quando Dewey voltasse, o pai lidaria com ele. Ela não fez nenhum movimento até que sua mãe lhe beliscou o braço.

"Vamos, Dymphnie. Isso nos dará tempo para retocar o batom."

Dewey as observou atravessando a porta, notando que Dymphna olhou para trás uma ou duas vezes. Ele sorriu. "Deus, ela é tão bisbilhoteira." Ele balançou a cabeça e falou em voz alta.

"Ela é isso mesmo." O pai deu um passo para junto dele.

Dewey se virou, ressentido com a intrusão. "O que você queria me dizer?" Ele estava tentando machucar o homem e ficou surpreso ao descobrir que conseguiu.

O pai olhou para o chão à sua frente. "Dewey", ele começou, suspirando, "eu entendo que sua mãe e eu não tornamos as coisas muito fáceis para você."

"Você quer dizer que *você* não tornou."

"Pode ser, filho." Dewey conseguiu novamente; algo estava errado, ou mudado; seu pai parecia quase humano. Ele começou a dizer em resposta que *sabia* que era assim, mas decidiu ouvir o pai.

"Sim, provavelmente é verdade, filho. Mas nós... Eu tenho tentado fazer as coisas andarem de novo." Ele ergueu os olhos timidamente. "Talvez quando nós, você e eu, nos conheçamos melhor, eu possa lhe contar por que tudo aquilo." Ele desviou o olhar. "Vamos caminhar, tudo bem?" Ergueu os olhos como se esperasse uma briga contra esse pedido também.

"Sim, tudo bem."

"Bem, de qualquer forma, parece que sua mãe e eu talvez possamos..." Ele não terminou. "E eu esperava que talvez você e eu pudéssemos nos conhecer um pouco."

Dewey sentiu muita vontade de dizer: é claro que podiam, e que era isso que ele tinha esperado por toda a vida. Mas se conteve; havia coisas demais que os separavam para esquecer tudo de uma vez. "Não sei."

"Talvez possamos tentar. Temos todo o verão. Talvez possamos tentar."

"Talvez possamos."

Eles entraram no enorme salão de espera de mármore; reflexos substituíam as sombras sob seus pés. Eles seguiram para o estacionamento, um grande espaço aberto de concreto com fileiras de parquímetros de metal fosco ordenados como as cruzes de um cemitério militar. Havia apenas alguns carros. Do banco da frente de um deles, sua mãe sorriu e acenou para eles. Dymphna, que estava sentada atrás, acenou também. Elas eram muito parecidas.

Quando chegaram ao carro, seu pai abriu o porta-malas e Dewey enfiou a bagagem, entrando depois no banco de trás com Dymphna. Seu pai ligou o motor, pisou no acelerador e saiu para a rua.

Havia muito mais negros que o normal no centro da cidade, todos, ao que parecia, carregando malas e usando roupas escuras.

"Querido? Você me ouviu?" Sua mãe estava conversando com ele. "Eu perguntei se você gostou da faculdade."

"Sim, mãe. Foi ótimo."

Eles chegaram ao lado norte. As ruas estavam cheias de negros, alguns sentados em degraus brancos em frente a edifícios de tijolos altos, estreitos e sujos. Crianças brincavam de pega-pega em meio ao lixo de terrenos baldios. De vez em quando, ao chamado de várias mulheres negras com os seios pressionados contra os peitoris de pedra da janela, uma criança se separava do grupo e corria para dentro de casa. Suas despedidas pareciam sempre muito definitivas.

Eles passaram por um grupo de homens parados na esquina em frente a um bar com um letreiro néon apagado. Estavam de cabeças baixas e juntas como se um deles estivesse contando uma piada suja. Dewey esperou por uma explosão de risadas, mas nenhuma veio. Em vez disso, os homens se separaram e seguiram seus caminhos solitários, sérios e isolados. Todo o lado norte parecia estranhamente silencioso para uma tarde de sábado.

Eles cruzaram o rio e, através da malha de aço preto que, do carro, não parecia maior que uma tela para moscas, a água se avolumava em torno dos pilares e era como se a ponte estivesse se movendo, em vez da água.

"Diga, Dymphnie, como estão Tucker e Bethrah? E o bebê?" Ele percebeu o silêncio. "Você me ouviu? Dymphnie? Como estão..."

"Eu ouvi, Dewey." Ela se interrompeu bruscamente. "Não sabemos."

"Como é?"

Sua mãe se virou para encará-lo. "Eles não estão mais trabalhando para nós, querido."

"Sério?" Isso o entristeceu, mas ele decidiu que não podia ser evitado. "Para quem eles estão trabalhando?"

"Para ninguém."

Houve outro silêncio.

"Onde eles estão?"

"Eles estavam na fazenda." Dymphna pôs a mão em seu braço. Ele virou para encará-la. "Eles pararam de trabalhar para nós em abril..."

"E sabíamos que você estaria estudando muito e não queríamos preocupá-lo, então não escrevemos", concluiu a mãe.

Ele se recostou e uniu as mãos atrás da cabeça. "Oh, então eles estão na fazenda e não estão trabalhando para ninguém. Isso é bom; eu queria falar com Tucker sobre uma coisa. Ele me escreveu uma carta. Ele contou a vocês?"

Houve mais outro silêncio.

"Por que estão todos tão misteriosos e sérios?"

"Dewey", começou Dymphna, como se fosse lhe dizer que ele havia feito algo terrivelmente errado e não sabia exatamente como dizer.

"Houve um incêndio lá na quinta-feira." Sua mãe olhou para ele séria.

Ele saltou para a frente. "Eles não estão... Estão? Estão?"

"Não, querido, eles saíram." Ela sacudiu a cabeça freneticamente, como se as palavras não bastassem.

"Mas ninguém sabe onde eles estão", sussurrou Dymphna, sombria. "É realmente misterioso como os *Dickens*."

"Oh, pelo amor de Deus. Não brinque; não é engraçado..." Ele parou no meio e se agarrou àquilo como uma possibilidade. "Ou é? Vocês estão brincando comigo? Que bando de..."

"Não, Dewey, elas não estão brincando." Seu pai, falando calmamente, mantinha os olhos na estrada. "Houve um incêndio e Tucker e Bethrah *e* o bebê saíram em segurança. E Dymphna está certa. Ninguém sabe onde eles estão."

Dewey estava inclinado para a frente agora, segurando a parte de trás do assento. "Como começou?" E, em seguida, uma imagem horrível cruzou sua mente: os homens de túnica, cruzes em chamas, uivos. "Não foi a... não foi a..."

Seu pai sabia o que ele estava pensando. "Não, eles não tiveram nada a ver com isso."

"O jornal disse que ele mesmo começou. Sinceramente!" Dymphna saltou no assento como uma menina pequena.

"Ele mesmo começou!" Ele jogou as mãos para cima. "Agora você *está* brincando."

"Não, querido, foi o que o jornal disse. Mas eles não tinham certeza. E ninguém viu Tucker ou Bethrah desde então. No entanto, eu realmente não posso acreditar que ele fez aquilo."

"Eu posso", o pai afirmou sem emoção. "Estou bem certo de que foi ele."

"Como você sabe?" Dewey estava inclinado sobre o ombro do pai.

"É bastante complicado, filho, e eu gostaria de entrar nesse assunto quando tivermos mais tempo."

O velho ressentimento transbordou: "Que diabos, é o que você *sempre* diz. Você *nunca* tem tempo suficiente para *nada*."

Sua mãe parecia preocupada, mais uma vez vendo um pesadelo familiar. "Dewey, não acho que seu pai diria isso se..."

"Oh, mãe, cresça. Esse é o tipo de coisa que ele falou a minha vida toda."

"Mas dessa vez é diferente, querido."

"Diferente como?" Ele respondeu antes de perceber que estava quase discutindo com a mãe, que na verdade estava falando em nome do pai. No passado, as discussões eram entre ele e o pai, com Dewey defendendo a mãe silenciosa. "Bem, talvez seja, mas eu vou descobrir por mim mesmo."

Isso interessou Dymphna. “Como?”

“Eu vou lá e ver, falar com alguém. *Assim.*” Ele tomou a simples pergunta dela como um desafio.

“Você gostaria de usar o carro?” O pai fez uma oferta de paz.

“Não!” Ele decidiu que isso era muito duro. “Não, vou de bicicleta, obrigado. Eu estive… Estive sentado por dois dias seguidos.” Ele parou e acrescentou: “Obrigado, de qualquer maneira”.

Seu pai assentiu.

Ninguém tinha mais nada a dizer.

A estrada se expandiu. Eles passaram por dois negros, pesadamente carregados, caminhando em direção a New Marsails na poeira que eles mesmos estavam levantando. Quando o carro passou por eles, Dewey pensou reconhecê-los de Sutton, mas o carro tinha acelerado rápido demais e ele não pôde ter certeza.

Dymphna Willson

Eu vi algumas coisas estranhas ao voltar da escola ontem. Isso foi na sexta-feira. Eu vou para a escola em New Marsails; a ESCOLA DA SRTA. BINFORD. É muito exclusiva.

Enfim, quando entrei no ônibus na estação — eles nos deixaram sair mais cedo e era por volta do meio-dia —, notei que havia uma quantidade enorme de negros lá. Estou falando de centenas. Mas realmente não achei nada de mais. No entanto, quando o ônibus chegou a Sutton, havia uma multidão de pessoas de cor lá também. Eles estavam parados no pórtico do sr. Thomason com malas. Assim que desci, todos subiram.

A única razão para eu estar mencionando isso é porque tenho pensado muito na única pessoa de cor que realmente conheço, Bethrah Caliban, muito nos últimos dias, sobretudo desde o incêndio. Tenho pensado em quando ela começou a trabalhar para nós, e como acabou se casando com Tucker e muitas outras coisas.

Lembro-me de tudo muito bem porque estava passando por um período da minha vida em que tudo simbolizava *alguma coisa*, quando eu achava que, a cada segundo, estava decidindo algo imenso e dramático. As meninas são assim quando têm quinze anos, que era minha idade naquele verão. Isso foi há dois anos, quase exatamente.

Bethrah veio trabalhar para nós porque a sra. Caliban, a mãe de Tucker, estava fazendo todo o trabalho. John já não servia muito para nada; acho que ele devia ter pelo menos oitenta anos. E não dava para fazer com que Tucker fizesse a limpeza da casa. Não que ele se recusasse; simplesmente ninguém ousava pedir a ele. Tucker entrava e levantava coisas pesadas, mas não faria mais nada. Ele estava na garagem na maioria das vezes. Então mamãe decidiu que a sra. Caliban precisava de ajuda e ligou para uma agência.

Eles enviaram a primeira mulher numa quarta-feira, mas ninguém gostou dela e ela foi embora na quinta à noite.

Sexta de manhã, quando a campainha tocou, eu estava sentada na sala esperando alguns amigos virem me buscar. Então gritei de volta para a cozinha que era para mim e fui até a porta.

"Olá, sou Bethrah Scott. Vim para me candidatar ao trabalho de empregada doméstica." E ela sorriu.

Fiquei pasma. Ela não se parecia em nada com uma empregada. As empregadas são gordas e muito escuras e têm um forte sotaque negro. Murmurei algo como: "Eu sou Dymphna... Willson. Eu...", e olhei para ela novamente.

Ela era alta — foi a primeira coisa em que pensei —, quase um metro e oitenta (de salto, ela disse depois, tinha quase um metro e noventa) e magra; acho que esguia é uma palavra melhor. Seu cabelo era vermelho-escuro, como ferrugem velha, liso e brilhante, ondulado e curto. Ela estava vestindo um terno de verão cinza-claro com uma blusa branca lisa e o par de sapatos pretos mais bonitos que já se vira. Seus olhos eram grandes e castanhos. Ela era simplesmente linda, só isso, e eu a amei no primeiro momento em que a vi. Ela não só não parecia uma empregada, como praticamente não parecia ser de cor, exceto talvez pelo nariz. Tinha uma aparência muito jovial, e quando sorria, seus olhos sorriam também, de modo que todo o seu rosto parecia feliz.

Eu apenas olhei para ela e sorri, pedi que entrasse e disse que chamaria minha mãe. Assim que entrou, fechei a porta. Queria dizer algo profundo, mas não sabia o quê, então corri pelo corredor até a cozinha onde minha mãe estava tomando uma xícara de café requentado e falando com a sra. Caliban sobre o que precisavam da mercearia naquela semana. Eu disse à mamãe que tinha vindo uma menina que queria ser empregada. Comecei a dizer que ela não parecia uma empregada, mas não terminei a frase.

Minha mãe percebeu como eu parecia confusa. "O que há de errado, querida?"

"Nada. Mas ela... Oh, você vai ver. Venha." Então, voltei pelo corredor, onde Bethrah estava pacientemente parada. Quando mamãe chegou, percebi que ela também ficou um pouco assustada, mas lidou com a situação muito melhor que eu.

"Eu sou a sra. Willson. Vamos para a cozinha, tomar um café e conversar." Ela estendeu a mão; Bethrah retirou um par de luvas brancas e elas apertaram as mãos.

"Eu sou Bethrah Scott, sra. Willson. Muito prazer em conhecê-la." E ela sorriu de novo. Era um sorriso maravilhoso.

"Bertha?"

"Não, senhora. Beth-rah." E ela soletrou.

"Bethrah. Tudo bem. Entendi. Bem, venha, querida. Vamos tomar um café."

Segui logo atrás e olhei para ela. Sou um pouco maquiavélica, e estava tendo alguns pensamentos bem egoístas. Em primeiro lugar, queria perguntar onde ela havia comprado seus sapatos, pois não se pareciam com nenhum que eu já tinha visto em New Marsails. Eu teria sabido, porque vou fazer compras quase todas as semanas. A outra coisa que eu estava pensando era ainda mais egoísta: não há muitas garotas por aqui, pelo menos com quem eu possa conversar; são todas garotas de fazenda. E a maioria das minhas amigas está em New Marsails. Mas aqui estava uma garota bonita que não tinha como ser mais que três anos mais velha que eu, e acho que seria muito bom conhecê-la. E uma coisa boa em ser amiga *dela* é que ela era de cor e não haveria nenhuma competição entre nós no que diz respeito aos garotos, porque esse tipo de coisa sempre torna as meninas inimigas, mesmo que sejam muito próximas.

Enfim, mamãe se sentou à mesa da cozinha. A sra. Caliban parou atrás dela, e pude ver que ela também gostou muito de Bethrah. Bethrah estava sentada em frente à minha mãe e eu me sentei num banquinho perto da porta para que pudesse ver seu rosto e os sapatos também, tudo de uma vez.

"Bem, Beth... rah", disse minha mãe, "por que não me conta algo sobre você? Tem alguma experiência?" Ela estava tentando ser profissional, coisa que não é. Aquela pergunta me assustaria. Você sabe como é quando alguém diz: Por que não me fala a seu respeito. Você não sabe por onde começar e fica toda nervosa e com as mãos suando. Mas Bethrah não parecia nem um pouco nervosa. Ela podia lidar com qualquer coisa.

"Não, sra. Willson, não tenho. Mas sei fazer o trabalho. Minha mãe era empregada doméstica e eu a observava e a ajudava muito."

Acho que se qualquer uma tivesse vindo e dito que não tinha experiência, minha mãe teria falado na hora que ela não poderia ficar com o emprego. Mas minha mãe me disse depois que quis contratar Bethrah no minuto em que a viu, e agora ela tinha que encontrar um bom motivo *pelo qual* contratá-la.

"Diga uma coisa, querida, por que uma moça como você quer trabalhar como empregada? Eu acho que você teve uma formação."

"Sim, sra. Willson, eu tenho. É por isso que preciso do emprego. Fui para a faculdade por dois anos e preciso do dinheiro para terminar. Serei honesta e lhe direi que só posso trabalhar por dois anos. Depois, acho que terei o suficiente para voltar à faculdade."

Isso era exatamente o que mamãe queria. "Bem, nesse caso, eu diria que você tem o emprego." Ela estava muito feliz com sua engenhosidade. "Gostaríamos de ajudá-la a terminar a faculdade. Pagamos bem e dois anos é muito tempo. Até lá, podemos encontrar outra empregada, não acha?"

Bethrah sorriu. Olhei para a sra. Caliban e ela estava realmente radiante e orgulhosa de ver uma garota de cor indo para a faculdade e disposta a trabalhar como empregada doméstica para isso.

"Você também pode economizar algum dinheiro." Mamãe estava realmente muito satisfeita. "Pode morar aqui conosco e ainda receber um bom salário."

"Isso seria ótimo, obrigada", disse Bethrah.

Então nós a contratamos na hora. Ficamos sentadas na cozinha (eu não saí), nos sentimos contentes e gostamos muito uma da outra.

Bethrah se mudou e começou a trabalhar, e eu simplesmente conversava com ela o tempo todo. Na verdade, não sei o que teria feito sem ela, e agora não estou falando de sapatos e coisas bobas. Ela realmente me ensinou muito sobre a vida. Como na vez em que fui a uma festa em New Marsails com Dewey e conheci um garoto lá, que se chamava Paul. Dançamos a noite toda juntos, então falei a Dewey que queria que Paul me levasse para casa.

Bem, é claro que estacionamos no Ridge, o que foi ótimo porque eu queria parar com ele. Eu estava sentada no carro olhando as estrelas. Elas pareciam vaga-lumes cintilando por ali. Eu piscava de uma forma que fazia com que elas parecessem estar penduradas em fios de prata. Era muito romântico.

Paul deslizou e bocejou, e então deixou o braço cair em volta do meu ombro. Os garotos são tão engraçados; eles sempre se espreguiçam ou bocejam para pôr um braço no nosso ombro. Eu me apoiei contra ele. "Mas não está uma linda noite?", eu disse. Achei que ele era tímido e queria deixá-lo no clima.

Então ele me pegou pelo queixo com a mão e virou meu rosto para cima e me beijou, e eu o beijei de volta. Fizemos isso por um tempo.

Então, de repente, senti como se estivesse cercada por várias mãos. Havia uma mão no meu seio. Estava tudo bem, imagino. Não dá para acontecer muita coisa só com uma mão no seio, pelo menos não comigo — não sinto nada sexual ali. Só fico relaxada. Tudo que faz é me relaxar.

Depois senti uma mão no meu joelho. No começo, eu o perdoei porque pensei que talvez tivesse escorregado. Afinal, eu não o conhecia muito bem e estava dando a ele o benefício da dúvida. Mas depois a mão não estava mais no meu joelho. Estava bem embaixo do meu vestido. Eu não queria destruir o clima, então meio que me afastei dele e sussurrei no seu ouvido: "Não faça isso". Afinal, não é realmente ruim se um garoto quer passar as mãos em você. Isso significa que você é atraente. Então, eu apenas sussurrei: "Não faça isso".

Mas ele não me ouviu, ou talvez tenha ouvido mas não quis destruir o clima se afastando como se tivesse levado um tiro. De qualquer forma, a mão ainda estava lá, então, só para marcar o ponto, eu disse outra vez: "Não faça isso". Mas dessa vez fui um pouco mais enfática.

"Shhhh, fique quieta", ele respondeu. "Não estrague o clima."

Não estrague o clima! Caramba! De repente, senti minha liga sendo aberta. Agora eu soube que ele tinha ouvido, então precisava fazer outra coisa. Decidi ficar brava. Eu me afastei totalmente dele e disse: "Isso não é muito legal!".

Eu não estava realmente zangada, mas às vezes você tem que fingir para manter os meninos na linha. Eu o encarei e ele só ficou lá sorrindo, quase como se pensasse que eu não estava falando sério sobre ele parar. Então, para ter certeza, repeti. "Isso não é muito legal!" Tentei fazer com que soasse realmente furioso.

"O que não é?" Ele só ficou lá sorrindo para mim.

"Você sabe. O que você estava fazendo. Isso não é muito legal." Eu estava ficando muito assustada, então acrescentei:

"Ouça, se você quer se meter em encrencas, você pode. Amanhã, farei com que meu pai mande prendê-lo. E ele pode fazer isso também!". Mais tarde, achei que foi uma maneira furtiva de escapar de lá, mas na hora não consegui pensar em mais nada.

Ele agarrou o volante com muita força. "Cara! *Cara!* Vocês, meninas! *Vocês* querem vir aqui e aí depois gritam *papai* assim que algo acontece. Cara!"

"Faça o favor de me levar para casa neste minuto", eu disse. Então ele ligou o carro, me levou para casa e me deixou sair. E para mostrar que tipo de *cavalheiro* era, nem me acompanhou até a porta.

Eu corri para dentro, fechei a porta e a tranquei. Estava aliviada, mas depois só comecei a tremer toda e então caí no choro. Devo ter ficado mais assustada que nunca, pois simplesmente fiquei ali encostada na porta, tremendo e chorando.

Foi então que ouvi passos na cozinha e pensei que fosse minha mãe e comecei a subir as escadas correndo, porque é claro que as mães não entendem nada dessas coisas.

Corri para o meu quarto e fechei a porta e parei ali, respirando fundo. Não conseguia parar de chorar nem ficar quieta. Então fui para a cama e enfiei a cabeça no travesseiro para abafar o barulho. A porta se abriu e fechou e eu me virei e comecei a pensar numa mentira para contar a mamãe, mas era Bethrah parada ali num roupão de banho. Ela olhou para mim e ficou realmente alarmada quando viu meu rosto, e se aproximou, sentou-se ao meu lado, passou o braço em volta do meu ombro e me perguntou o que tinha acontecido.

No começo, eu ia mentir para ela. Afinal, você não gosta de dizer a ninguém que ficou presa num carro porque todo mundo sabe que você na verdade chegou lá porque quis. Mas simplesmente não consegui pensar numa mentira boa o bastante, então contei a verdade.

"Você não acha que isso é ruim, acha, Bethrah?" Soava muito estranho pedir a opinião dela, sendo ela uma mulher de cor.

"Não. Por que eu deveria?" Ela me abraçou. Era como se fosse minha irmã mais velha, e me senti um pouco melhor. "Não. Isso aconteceu comigo também."

"Sério?" Olhei para ela, que assentiu.

"Quando eu era caloura, querida, saí com um jogador de basquete. Sempre tive que sair com jogadores de basquete porque sou muito alta." (Veja só como ela era, como conseguia falar assim sobre ser alta. A maioria das garotas altas tem vergonha disso e se curva. Mas Bethrah costumava ficar muito ereta. Uma vez perguntei se ela tinha vergonha de ser alta e por que ficava tão ereta, e ela disse: "Como posso mostrar a um garoto que tenho seios se não ficar de pé direito?".) "Eu saí com um jogador de basquete e paramos no seu carro, e pensei que ele devia ser mágico porque as mãos dele se moviam tão rápido. Sabe o que eu fiz?"

"Me conte. Nada do que eu fiz funcionou. Ele só riu de mim."

"Bom, isso funciona muito bem! Só fechei meu punho e o acertei bem no..." Ela estalou a língua. E depois riu, meio envergonhada.

"Você fez isso? Mesmo?"

"Sim, eu fiz!" Ela estava inclinada para mim agora, sussurrando. "E ele gritou! Achei que fosse morrer ali mesmo e eu teria que dirigir para casa. Eu não sabia dirigir naquela época e também teria me matado." Ela riu de novo. E comecei a rir e me senti muito melhor.

"Mas eu poderia fazer isso? Quero dizer, imagine se ele contasse?"

"Ele não contaria isso. Como poderia? Ele ficaria muito envergonhado. E se contasse, provavelmente faria de você a garota mais popular de todos os tempos. Você seria um desafio para os meninos." Ela se levantou.

"Por que não toma um banho? Você se sentirá melhor." Ela caminhou até a porta.

"Você não vai contar para a minha mãe, vai?" Eu estava preocupada com isso.

"Contar para a sua mãe o quê?" Ela sorriu novamente. "Vá tomar esse banho. Fico feliz que tenha se divertido *tanto* na festa."

No começo, eu não a entendi; não era muito sagaz na época. Finalmente compreendi o que ela quis dizer. "Obrigada, Bethrah."

"De uma garota para outra. Boa noite, srta. Dymphna." Isso soou estranho depois de estarmos tão próximas.

"Bethrah, não me chame assim. Pode me chamar de Dee ou Dymphnie como todo mundo."

"Tudo bem, mas só quando estivermos sozinhas. Sua mãe pode não gostar."

Eu disse tudo bem e ela saiu. Acho que ela tinha razão, embora minha mãe fosse muito boa com esse assunto da raça e se desse muito bem com a sra. Caliban, assim como eu me dava com Bethrah, embora eu não ache que a sra. Caliban já tenha chamado minha mãe pelo seu primeiro nome.

Então já dá para ver o quanto Bethrah era gentil e inteligente. Ela sabia como lidar com qualquer coisa. Isso foi antes de ela se apaixonar por Tucker.

Foi assim que descobri isso. Um dia fui à cozinha buscar suco de laranja e ela estava olhando para o jardim pela janela dos fundos. Eu me postei ao seu lado e olhei também. Um dos carros estava na frente da garagem com duas pernas saindo de debaixo e ela estava olhando para as pernas. Eu não podia acreditar. Ela voltaria para a faculdade e tudo mais. Tucker até era capaz de consertar qualquer coisa — ele era muito habilidoso —, mas eu não conseguia imaginá-los juntos. Ela era esperta, não só astuta, mas muito inteligente. Ela e Dewey costumavam falar sobre coisas que eu nem conseguia entender. E, além disso, Tucker era mais baixo até que eu. Mas lá estava ela olhando para as pernas dele.

Ela se virou e viu que eu não acreditava que ela podia se interessar por ele. Parecia muito séria. "O que ele pensa de mim?", perguntou. "Ele diz alguma coisa sobre mim?"

"Puxa, eu não sei. O que há de errado?" Você vê, eu não conseguia acreditar. "Ele é mau com você?"

"Não. Ele não é *nada* comigo. Acho que nunca olhou para mim."

"Bem, ele não fala muito com ninguém." Tentei fazê-la se sentir melhor.

"Dee, pode me fazer um favor? Se o assunto surgir, se você tiver a chance de falar com ele, veja se consegue descobrir o que ele... pensa... de mim." Ela estava envergonhada e baixou os olhos para as mãos. "Isso soa bobo, não é? Mas eu realmente gostaria de saber."

"Certo, Bethrah. Mas Tucker é tão..." Eu parei. Não se pode simplesmente dizer a uma garota que o garoto de que ela gosta é tedioso.

Depois disso, passei a observar o jeito que ela olhava para Tucker quando ele entrava na cozinha. Às vezes, ele falava com Bethrah com aquela voz muito aguda, mas nunca olhava para ela. Tucker sempre fingia estar fazendo outra coisa, como se curvando embaixo da pia à procura de vazamentos.

Ela ficava perto do fogão e só olhava para ele como se ele fosse simplesmente lindo, tão perturbada por ele que até gaguejava. "Tucker, pode levar o lixo para fora, por favor?" Ela soava como se estivesse se desculpando por algo.

Ele então olhava para ela, mas como se estivesse com raiva. Depois pegava o cesto de lixo ou o que quer que fosse e ia para fora.

Quando ele saía, ela suspirava como se estivesse aliviada de tê-lo fora da cozinha, como se a tensão de tê-lo por perto fosse demais para ela. Acho que era isso, e eu conseguia entender. Ela olhava para mim e, embora eu tivesse apenas quinze anos, eu entendia. Depois ela voltava para o fogão.

Não sei quanto tempo se passou depois, mas Tucker me levou a New Marsails para arrancar um dente. Quando veio me buscar, entrei ao lado dele em vez de entrar na parte de trás.

Eu queria que ele dissesse algo primeiro, então gemi. Na verdade, o dente não estava doendo. Estava tão podre que quase caiu sozinho. Mas gemi de qualquer maneira. Ele não disse nada.

Tucker dirigia como a gente imagina que um piloto de corrida dirige, curvado sobre o volante, fixando o olhar na estrada, os olhos apertados, os ombros encurvados. Era até engraçado, porque ele era muito pequeno. Parecia um garotinho sério demais.

Gemi novamente. Mas Tucker continuou calado. Talvez ele não me ouvisse por causa do motor. Então, eu finalmente disse apenas: "Bethrah não é ótima, Tucker?".

Ele não se mexeu. Você imaginaria que, se um homem estivesse pensando em se casar com uma garota, quando alguém mencionasse o nome dela, ele pelo menos estremeceria. Ele não fez isso.

Agora eu queria saber por mim mesma. Creio que não era nada da minha conta, na verdade; Bethrah só queria saber se ele alguma vez pensou nela. "Digo, você gosta um pouco dela?"

Ele falou como se doesse responder. "Sim, srta. Dymphna."

Isso foi tudo que consegui arrancar dele, e não era muito. Não que eu esperasse que ele se derramasse e me contasse tudo, mas não consegui nem saber se ele *realmente* gostava dela ou se só estava tentando me manter em silêncio.

Mas ele gostava dela, afinal, porque os dois se casaram em setembro. E parece que não demorou muito para que ela começasse a andar pela casa grávida. Mesmo depois de casados, ele não falava muito com ela. Talvez não quisesse ser piegas com todo mundo assistindo. Mas acho que é bom ter alguém dizendo que ama você na frente de todo mundo. Ele não fazia isso; ele não dizia nada.

Então voltei para o SRTA. BINFORD e acho que foi nessa época que meus pais começaram a se desentender. Não que eles discutissem na nossa frente. Na verdade, duvido até que discutissem. Foi muito além disso. Foi que aos poucos, voltando até onde me lembro, eles foram se falando cada vez menos até que chegou o momento — é desse momento que estou falando — em que não diziam mais nada um ao outro... exceto talvez à noite, quando acho que as pessoas casadas se sentem mais sozinhas, quando percebem quão pouco têm em comum e o quanto perderam.

Não acho que os problemas surgiram do nada entre eles. Acho que estavam lá o tempo todo, mas eles não tiveram tempo para pensar neles porque estavam criando a mim e a Dewey. Mas agora que éramos praticamente adultos, eles não tinham muito o que fazer para esconder o problema, e ele começou a aparecer, a sair.

Eu os ouvia às vezes à noite. Passava para ir ao banheiro e os ouvia, e parava na porta para escutar. Acho que isso é ser fofoqueira, mas, quando seus pais estão tendo problemas, não dá para passar batido e aplicar seu creme no rosto como se nada estivesse acontecendo.

Primeiro, eu ouvia minha mãe dizendo: "Mas por quê, David?". Ela soava muito abalada e talvez já estivesse chorando.

"Não sei. Não há nada que você possa entender." Ele nunca erguia a voz.

"Mas eu entendia antes. Não é, David?"

Vinha um silêncio, e dava para ouvi-los movendo-se na cama. Não era o som deles fazendo amor. Estavam só tentando dormir. Depois, de repente, minha mãe dizia: "David? Eu amo você".

E ele não dizia nada.

Acho que foi a primeira vez que me senti muito próxima da minha mãe. Eu me dou tão bem com ela quanto uma filha é capaz, mas dizem que as meninas sempre se dão melhor com os pais e os meninos com as mães. E isso é verdade nesta família, porque meu pai nunca se deu bem com meu irmão. Às vezes, eu o observava olhando para Dewey. Ele olhava para ele por um longo tempo, balançava a cabeça e virava o rosto. Não era como se tivesse asco dele — como Dewey pensa —, era mais como se quisesse dizer algo a Dewey e não soubesse como. Isso deve soar como algo da TV, mas era o que parecia. Acho que muitas vezes ele queria dizer algo a Dewey, mas dizia a mim em vez disso. Eu me dou bem com meu pai quanto com qualquer pessoa no mundo, e isso não quer dizer muita coisa.

Depois que meus pais pararam de se falar, Dewey e meu pai não conseguiam conversar sem discutir. Era como se Dewey estivesse discutindo no lugar da mamãe. Papai dizia alguma coisa, qualquer coisa, e Dewey sempre se exaltava. Eu ficava de fora. Tentava quebrar aquilo fazendo algo bobo ou contando uma piada, mas nunca funcionava, então apenas comecei a sair da sala.

Quando tudo isso estava acontecendo, Bethrah foi a única pessoa que me salvou de ser infeliz o tempo todo. Ela falava comigo e me animava. Mas ela também tinha coisas com que se preocupar — afinal, estava esperando um bebê para logo — e não podia se dar ao luxo de se misturar com todos os meus problemas.

Ela teve o bebê em agosto e era lindo, de um marrom-café bem claro com olhos castanho-claros. Eu adorava cuidar dele. Fazia todos os tipos de coisas malucas, como segurá-lo, fechar os olhos e fingir que estava amamentando. Certamente vou amamentar meus filhos quando os tiver. Bethrah respondia a todas as minhas perguntas sobre amamentação e me contava algumas coisas muito engraçadas. Como uma vez em que ela foi a New Marsails para uma despedida de solteira e voltou para casa naquela noite e me perguntou: "A que horas meu bebê comeu?".

"Ele começou a chorar às sete e eu dei a ele uma mamadeira", respondi.

"Eu imaginei." E ela sorriu para si mesma e deu uma risadinha. "Por volta das sete, meu seio começou a pingar e doer, oh, Deus, doía como se eu tivesse levado um soco, e tive que me levantar e tirar o leite. Sabia que meu menininho estava com fome."

Imagine só, ela estava a vinte ou trinta quilômetros do seu bebê e sabia que ele estava com fome. Deve ser maravilhoso sentir-se tão perto de alguém.

Fiquei sabendo do que estava acontecendo com Tucker e Bethrah por causa da amamentação. Isso pode parecer muito louco, mas é verdade. Bethrah dizia que uma mãe que amamentava seu bebê tinha que ficar muito calma ou ela secaria e o bebê teria que tomar mamadeira. Ela havia prometido a si mesma que, quando tivesse um bebê, ficaria relaxada e faria dar certo.

Enfim, em setembro, depois que Dewey foi embora para a faculdade e Tucker comprou a fazenda, ela simplesmente secou. Isso foi tudo; estava indo muito bem, mas depois secou como um deserto. Posso até me lembrar da noite específica em que ela me contou. Lembro-me disso porque foi quando comecei a crescer. Isso soa ridículo, eu sei. Acho que não se pode dizer que você simplesmente cresce da noite para o dia. O que quero dizer é que comecei a pensar em algumas coisas de uma forma adulta.

O que aconteceu foi que desci à cozinha para pegar um pouco de suco de laranja (adoro suco) antes de começar meu dever de casa, e só estava sentada lá, bebendo no escuro perto da janela onde podia ver as estrelas. Era como olhar para um quadro porque era um quadrado de estrelas emoldurado na parede.

Então a porta se abriu e Bethrah entrou. Estava tão silencioso e agradável que não disse nada, e acho que ela não percebeu que eu estava lá, porque acho que não teria começado a chorar. Mas, de repente, pude ouvi-la soluçando do outro lado da cozinha, num canto escuro perto do fogão, e depois dizendo: "Não entendo você, Tucker. Eu tento. Tento. Tento, mas não consigo". Era só isso, repetindo e repetindo.

Eu não sabia o que fazer. Não queria que ela soubesse que eu estava lá se ela tinha vindo à cozinha para ficar sozinha. Mas, se ficasse quieta e ela descobrisse, poderia pensar que eu estava bisbilhotando. Mas então: "Srta. Dymphna?".

"Bethrah? O que está..."

"Oh, Dee..." Ouvi passos e então ela me agarrou e começou a chorar no meu ombro. Fiquei realmente surpresa; eu sempre a vira como uma pessoa forte e que sabia exatamente o que fazer quando algo dava errado, mas isso era completamente diferente de tudo que já tinha acontecido. Passei meus braços em volta dela e afaguei suas costas. E depois de um tempo ela parou de chorar e se levantou, tremendo inteira. Eu só podia ver seu rosto; ela estava olhando para mim. "Estou secando." Ela começou a chorar de novo e eu a abracei outra vez por um longo tempo até que ela parou, ergueu os olhos e começou a me contar o que havia de errado.

Ela soluçava e tremia, então era tudo muito confuso, mas isto é o que ela estava dizendo, mais ou menos. Tucker não dizia nada a ela. Ele fazia muitas coisas confusas e estranhas e nunca conversava sobre elas com Bethrah, e nunca dizia a ela por que fazia aquilo. Ele comprou a fazenda do meu pai e Bethrah disse que sabia que ele não se tornaria apenas um fazendeiro. Ele estava planejando outra coisa, e ela não sabia o quê. Até duvidava de que *ele* soubesse o que estava planejando. Ele não pensava nas coisas; apenas fazia. E tudo isso a confundira, preocupara e transtornara tanto que agora ela estava secando.

Quando acabou de me contar isso, ela estava muito mais calma. Levantou-se e foi buscar um cinzeiro, tentou acender um cigarro, mas eu podia ver a chama tremendo e ela não conseguia acender. Ela o xingou e colocou o cigarro de volta no maço. "Eu realmente não preciso desse tipo de tratamento, Dymphna." Depois ela ficou muito brava. "Você acha que essa é a primeira vez? Não é. Mas certamente é a última vez."

Então ela me contou sobre uma vez quando eram recém-casados e ela o levou para conhecer algumas de suas antigas amigas de faculdade. Enquanto ela contava, eu me lembrei daquela noite porque ouvi o carro subindo a entrada de cascalho quando chegaram, e quando o motor parou, eu a ouvi dizendo: "Como você pôde agir assim? Como pôde me envergonhar dessa maneira?".

Acho que ele não respondeu; pelo menos não o ouvi dizer nada. Só ouvi dois pares de passos no cascalho como gelo sendo esmagado.

E então Bethrah disse: "Tudo que eu queria era um dólar. Você poderia ter me dado um dólar".

"Eu num quis", ele finalmente respondeu.

"Acho que *isso* está claro! Mas, mesmo assim, se você não concordou com ele sobre a sociedade, poderia ter lhe dado o dólar porque eu pedi a você."

"Isso num é motivo", ele retrucou. Isso enfureceu até *a mim*. Eu pensava que um marido faria tudo por sua esposa se ela realmente quisesse que ele fizesse.

Depois Bethrah me contou sobre isso na cozinha. "Que grande erro cometi naquela noite! Você não pode imaginar! Eu nunca deveria ter levado Tucker. Você sabe o que ele fez? Quase perdi todas as amigas que tenho... ou perdi mesmo." Ela se levantou e começou a dar voltas.

Parece que algumas amigas dela os convidaram para uma festa. "Tucker não queria ir. E eu *realmente* o convenci. Eu o fiz ceder só para ele depois fazer *aquilo* comigo. Dymphna, eu sei que ele não tem nenhuma educação. Mas, honestamente, tenho orgulho dele. Queria que eles o conhecessem."

Enquanto ela contava o que aconteceu, eu podia imaginar tudo; ela não precisava me contar como aconteceu, apenas do que se tratava. Eu já tinha vivido com Tucker por tempo suficiente para saber exatamente o que ele diria, como diria, e que cara teria ao dizê-lo. E isso me surpreendeu na época, porque nunca tinha percebido que sabia tanto sobre ele. Nunca pensei que prestava muita atenção nele como Dewey fazia.

Mas eu sabia; podia imaginar todos sentados lá, falando sobre coisas que acho que os universitários falam: a situação do mundo e os velhos professores. E Bethrah disse que os universitários de cor *sempre* abordam a questão racial. Então, um cara do grupo disse que fazia parte do grêmio local da Sociedade Nacional para Assuntos de Cor e que era melhor aproveitar a oportunidade para angariar membros.

Bethrah disse ao rapaz que tinha deixado sua matrícula vencer e que lhe daria um dólar, e que ele lhe enviasse a carteira, por favor. Então olhou para Tucker, que estava muito quieto, que não tinha dito uma palavra desde que fora apresentado a todos. Eu realmente conseguia imaginá-lo enquanto ela me contava, sentado numa cadeira muito teso, as mãos cruzadas no colo e as luzes da festa brincando nos seus óculos de modo que não dava para ver seus olhos, tão pequeno e feio quanto ele podia ser. Bethrah disse: "Tucker, dê um dólar a ele por mim, por favor?".

Tucker apenas continuou sentado lá, com uma expressão irritada, e respondeu: "Não".

Eu conseguia imaginar todos, todos os velhos amigos dela olhando para ele bem devagar e surpresos, mas não querendo demonstrar, e então lançando um olhar para Bethrah e depois desviando o rosto, pensando: pobrezinha; ela se casou com um tremendo mão de vaca.

Corei por ela quando Bethrah me contou, como se tivesse sido eu e eu soubesse o quão envergonhada ela deve ter se sentido.

Então ela lhe disse: "Por favor, querido, dê um dólar a ele. A sociedade precisa de ajuda e eu acredito no que eles estão fazendo. Vou pagar de volta quando chegarmos em casa". Ela estava pensando que era razoável que ele se preocupasse com dinheiro. Seus amigos poderiam entender isso; todos tinham que se apertar para sobreviver e pagar seus estudos.

Mas não era por isso! Não era disso que ele estava falando, porque enfiou a mão no bolso e tirou todo o dinheiro que tinha — ela disse que eram quase vinte dólares — e estendeu a mão e entregou a ela, enquanto todos os amigos olhavam, constrangidos por eles e por ela. Depois ele disse: "Num quero que cê me pague de volta. Aqui tá tudo o que tenho. Mas não dê nada pra ele por um pedaço de papelão".

Foi isso que realmente a aborreceu; ela se inclinou muito perto de mim e seus olhos estavam com raiva. "Ele poderia ser mesquinho. Dee, ele poderia ter a mão mais fechada que um boxeador. Mas todos os meus amigos e eu também acreditamos na sociedade. Acreditamos que eles estão fazendo algo importante e que estão fazendo bem. Mas que ele reduza todo o trabalho deles dessa forma... a um pedaço de papelão. Não espero que você entenda como me sinto sobre isso." Ela me olhou nos olhos.

Mas eu entendia. Não penso muito sobre raça, e certamente não pensei naquela hora, mas sei que no ano que vem irei para a faculdade no Norte como Dewey e haverá pessoas de cor lá e estou um tanto ansiosa por isso, pois Dewey diz que isso por si só já é uma educação. Mas não era nem disso que ela estava falando. Ela ficou surpresa e magoada ao descobrir que ele não acreditava *nada* em algo em que ela acreditava tão fortemente.

Depois, ela contou, a pessoa que pediu o dólar disse a Tucker que era mais que um pedaço de papelão, que a sociedade estava trabalhando pelos direitos de Tucker e pelos direitos de todas as pessoas de cor.

Foi aí que ele começou a soar estúpido, sentado ali só olhando para a pessoa da sociedade, e talvez até sorrindo um pouco, e depois sem sorrir mais e dizendo: "Eles num tão trabalhando pelos meus direito. Num tem ninguém trabalhando pelos meus direito; eu num ia deixar".

A pessoa da sociedade disse que, Tucker permitisse ou não, eles estavam fazendo isso de qualquer maneira, que as decisões que eles ganhassem nos tribunais ajudariam seus filhos a ir à escola e ter uma boa educação.

"E daí?" Essa foi a resposta de Tucker. "E daí?", ele disse naquela voz alta e esganiçada como de um velho.

Bethrah olhava ao redor da sala se desculpando com o olhar, e algumas pessoas viraram o rosto, não com raiva, apenas envergonhadas, e seus amigos mais próximos olharam para ela com pena, e essa foi a coisa mais dolorosa de todas.

O rapaz da sociedade continuou: "Você não quer que seus filhos tenham uma boa educação?".

"Eu num me importo com isso", respondeu Tucker.

"Bem, quer você goste, quer não, a sociedade está lutando suas batalhas nos tribunais e você deveria apoiá-los."

Tucker apenas continuou sentado lá. "Nenhuma das minhas batalha tá sendo travada em nenhum tribunal. Eu tô lutando todas as minhas batalha sozinho."

"Você não pode lutar contra tudo isso sozinho. Que batalhas?"

"Minhas próprias batalha... todas as minhas, e ou eu venço, ou elas me vence. E num é nenhum pedaço de papelão que faz diferença em como vai terminar." Então ele se levantou e saiu da sala. Bethrah disse que também se levantou e pediu desculpas a todos e teve vontade de chorar, mas não o fez porque estava com tanta raiva que não daria a Tucker o prazer de vê-la chorar.

Ela queria um cigarro agora, e dessa vez conseguiu. "Eu acho que ele deve estar louco. A educação é a coisa mais importante que existe, Dymphna. Principalmente para negros. E se ele pensa que vai manter meu filho tão ignorante quanto ele é, então ele comprou uma briga. Meus amigos devem ter pensado que ele era um terrível Pai Tomás. E o que devem ter pensado de mim por me casar com ele?" Então ela ficou triste. "Por que ele não me explica nada? Isso é tudo o que quero. É querer demais?"

"Não, Bethrah", eu disse. Acho que não deveria ter dito isso porque era tudo de que ela precisava: alguém para concordar com ela.

Ela me olhou seriamente. "Para mim chega, querida."

Não sei se ela chorou depois disso. Acho que não. Não levou nem quinze minutos e ela já tinha embalado algumas coisas para ela e o bebê e estava descendo a ladeira para pegar o ônibus até a casa de sua mãe em New Marsails. Ela não teria tempo para chorar.

Ela voltou em uma semana. Todos sentimos muito sua falta, até mesmo Tucker. Ele não disse isso, especialmente não para mim, mas eu percebia. Ele não parecia tão ágil como antes; arrastava-se por aí como um zumbi, num transe, e eu disse a mim mesma: Bem feito para ele; espero que ela nunca volte.

Mas eu só disse isso por causa dela e para vê-lo punido. Para mim, era péssimo não tê-la por perto.

Então entrei na cozinha e lá estava ela, cozinhando. Eu não entendia por que ela tinha voltado, e devo ter parecido confusa porque ela me olhou fixa e seriamente por um longo tempo. "*Eu sei*, Dee. Ele estava certo. E quando descobri que estava errada e por quê, liguei para ele e disse para ir me buscar, e ele foi."

Eu ainda estava olhando para ela como se não entendesse, o que era verdade. Mas tudo o que ela disse foi: "É tudo tão novo e bom que quero guardar isso para mim por um tempo. Eu vou lhe contar um dia desses. De qualquer maneira, é melhor que você descubra sozinha. Tente". E ela sorriu. Mas seu sorriso estava um pouco diferente, como se ela soubesse de um segredo maravilhoso e estivesse não apenas feliz, mas satisfeita também.

Ela engravidou de novo. Acho que deve ter sido em dezembro, pois começou a ganhar peso em abril quando entrou na cozinha e disse: "Sra. Willson, Tucker e eu temos que partir. Sentimos muito, mas temos que fazer isso".

Mamãe quase chorou, ali mesmo naquele momento. "Mas, Bethrah..."

"Sinto muito, sra. Willson, mas Tucker quer ir. Ele quer se mudar para a fazenda."

Minha mãe já tinha os cílios molhados. "Mas, Bethrah, você está grávida e é muito melhor para você estar na cidade... não é?"

Eu só fiquei parada lá, de boca aberta.

"Nós temos que ir. Tucker quer isso. E eu tenho que ir com ele."

Eu simplesmente me virei, fui para o meu quarto e chorei por horas. Acho que não tinha o direito, mas realmente me senti traída pois teria que ficar naquela casa sozinha com meus pais. Até pensei em me mudar, mas só poderia ir para New Marsails para a casa da minha avó, mãe da minha mãe, e ela era muito antiquada. Ela não tem uma única ideia moderna na cabeça. Ela me exigiria estar em casa às nove da noite no sábado. Então não me mudei. Acho que não teria me mudado de qualquer maneira.

Na noite anterior à partida de Bethrah, eu me sentei no meu quarto muito mal-humorada. Já era tarde e sentia muita, muita pena de mim mesma. Não conseguia nem dormir. Ouvi uma batida na porta e disse azedamente a quem quer que fosse para entrar. Era Bethrah. Acho que eu sabia disso antes de vê-la.

"Posso falar com você por um minuto?" Ela parecia pedir desculpas. "Quero lhe contar uma coisa."

"Certo." Não fui muito amigável.

Ela se sentou na minha cama do outro lado, e olhou para o chão entre as pernas. "Sei como você se sente sobre minha partida. Sinto muito. Eu preciso ir, eu sei disso." Ela olhou para mim; muito lentamente, virei o rosto, porque poderia estar começando a chorar. Não sei.

"Você se lembra daquela vez antes de eu deixar Tucker, quando conversamos na cozinha?" Eu não disse nada; ela sabia que eu lembrava.

"Entenda, o problema comigo é que eu era uma garota de faculdade. Eu não estava na faculdade, mas pensava como uma pequena estudante. Havia algo que eu não conseguia entender em Tucker e isso me aborrecia porque eu tomava aquilo como se tivesse sido reprovada num teste.

"Eu realmente não sei, mas talvez nós que vamos para a faculdade, Dewey, eu, não tanto sua mãe, mas acho que seu pai, talvez tenhamos perdido algo que Tucker tem. Pode ser que tenhamos perdido a fé em nós mesmos. Quando temos que fazer algo, não fazemos apenas, nós *pensamos* em fazê-lo; pensamos em todas as pessoas que dizem que certas coisas não deveriam ser feitas. E quando terminamos de pensar a respeito, acabamos não fazendo nada. Mas Tucker, ele simplesmente sabe o que tem de fazer. Ele não pensa a respeito; ele apenas sabe. E ele quer ir agora e eu também vou. Não vou dizer a ele que está deixando um emprego seguro e as pessoas que honestamente se importam com ele. Eu simplesmente irei com ele. E não apenas porque o amo, mas porque eu me amo. Acho que talvez, se eu fizer tudo o que ele me disser para fazer, e não pensar a respeito, bem, por um tempo eu vou seguir a ele e a algo dentro dele, mas acho que talvez um dia eu esteja seguindo algo dentro de mim que nem conheço ainda. Ele me ensinará a ouvi-lo.

"Eu queria que você soubesse por que estou indo, pois talvez isso a ajude a se relacionar melhor aqui. Se você entende o que me leva a partir, talvez isso a ajude a encontrar algo dentro de si mesma que a faça sobreviver a tudo que seus pais decidam fazer. E ajudar a si mesma, encontrar algum conforto dentro de si mesma será muito melhor que qualquer conforto que eu possa lhe dar.

"Bem, era isso que eu queria dizer." Ela se levantou e caminhou para a porta. Eu ainda não havia olhado para ela.

Saltei no momento em que ela pôs a mão na maçaneta e a chamei com uma voz meio trêmula, e corri para ela e a abracei, e chorei. E ela também. E então nos separamos e olhamos uma para a outra.

"Venha me visitar muito, certo?" Ela sorriu para mim. Eu prometi que iria.

Agora ela se foi para sempre e eu nem sei para onde. Só espero que ela me escreva.

Isso é o que sei sobre tudo aquilo; acho que não é muito. Quanto aos meus pais, eles pareciam estar melhor hoje do que eu jamais os vi, de mãos dadas e tudo. Talvez algo tenha acontecido ontem, mas não consigo imaginar o quê. Enfim, tento não me preocupar com isso. Não me acho dura ou nada disso, mas é realmente problema deles e não tenho nada a dizer a respeito. Ou eles se resolvem e ficam juntos, ou não resolvem e se separam. Esse é o ponto principal; ao menos acho que é isso que Bethrah quis dizer, embora seja difícil de aceitar. Digo, parece horrível que o máximo que podemos fazer pelas pessoas que amamos é deixá-las em paz.

Dewey Willson III

Estávamos parados na beira do Eastern Ridge, olhando para baixo, para o corte reto que chamavam de Harmon's Draw. O General estava a poucos passos da gente, mal tinha idade para ser meu pai, com calças cinza com listras laterais amarelas, as mangas da camisa erguidas acima do cotovelo. O cabelo era branco e comprido.

A gente assistia aos ianques avançando debaixo de uma camada de poeira, descendo pela rodovia pavimentada, passando pela estátua do General, indo pela avenida principal via Sutton, passando pela mercearia do sr. Thomason e então subindo o morro na nossa direção. Eu conseguia ver o rosto de cada um dos homens, com a sombra da viseira azul. O General se avultava em silêncio, observando-os. "Não atirem até ter certeza de que não vão errar", ele seguia falando.

Os ianques nos viram e atacaram, apressando-se morro acima, gritando. Conforme a gente ia atirando, eles se separavam em grupinhos menores — eles eram feitos de gelo azul — e os pedaços derretiam, mudando de azul para vermelho-sangue, circulando morro abaixo em muitos riachos.

Na base do morro, o sangue se acumulava nos sulcos do solo, formando poças, cicatrizando, endurecendo e, na frente dos meus olhos, as formas de homens começaram a crescer, em uniforme completo, armados da cabeça aos pés, separando-se das suas raízes, e começavam a atacar mais uma vez subindo o morro na nossa direção.

Por todos os meus lados, enquanto eu atirava nos ianques assaltando, nossos homens morriam, derretiam também, mas apenas uma vez, em poças cinzentas em que tufos de cabelo e tecido flutuavam, poças fedendo a lixo e morte e doença. Logo havia tão poucos de nós que parecia que não poderíamos segurá-los por mais tempo, e o General se virou para mim, arrancou a cabeça de cima dos ombros, de forma que eu conseguia ouvir as veias e ossos estalando e gemendo, o som de arrancar um punhado de grama, e jogou a cabeça para mim. O tronco dele ficou parado, de frente pra mim. Eu acolhi a cabeça sangrenta nos meus braços como um bebê, e todo esse tempo, ela gritava para mim: "Corra, garoto! Hora de marcar! Corra para o touchdown, *moleque!". E, como sempre, sempre, eu ficaria parado provando um sabor de náusea na boca do estômago, o sangue encharcando o material da minha camisa até o tecido grudar em mim, e até eu saber que não conseguiria me mexer, perceberia antes mesmo de dar o primeiro passo que eu estava paralisado da cintura para baixo.*

Essa foi a primeira coisa em que pensei quando aqueles dois meninos foram embora; aquele maldito pesadelo. Fazia pelo menos dois anos que não pensava ou sonhava com isso, eu acho. Isso costumava me ocorrer o tempo todo quando eu era mais jovem e tinha medo do meu pai. Eu sabia por que sonhava com aquilo; sentimentos de culpa traziam aquilo. Tirava oito numa prova e — bum — o sonho; eu me esquecia de fazer algo que ele tinha pedido e — bum — o sonho. Mas quando cheguei ao último ano do ensino médio, comecei a odiá-lo de verdade — foi mais ou menos nessa época que ele parou completamente de falar com mamãe, distante e retraído, um filho da puta na verdade — e parei de ter medo dele.

De qualquer forma, era nessas coisas que eu estava pensando, só que não foi tão demorado quanto contar tudo isso. Imagino que tenha pensado no sonho porque o ato de ficar parado ali no meio daquela bagunça, e descobrir pela garotada como tinha acontecido, me dava aquela mesma náusea. Eu estava com medo porque não sabia de fato ou entendia o que estava acontecendo, ou quando fico com medo, me dá náusea. Tenho um amigo médico na escola que me falou que eu sou uma pessoa que reage pelo estômago. Algumas pessoas têm dor de cabeça; outras, como eu mesmo, ficam com náuseas.

O sonho não era a única coisa em que eu estava pensando. Tentei pensar de forma um pouco mais construtiva depois de um tempo, tentei encontrar alguma causa, algum motivo para Tucker fazer o que tinha feito, como alguma coisa que tivesse acontecido com ele no passado, que ele pudesse estar remoendo, que o deixaria bravo, e a única coisa que me ocorreu foi do verão passado, quando John morreu.

Mas dizer só isso não parece ser suficiente. Tem mais num homem do que o dia e a forma que ele morreu; tem a vida inteira dele, não importa quão entediante ou desimportante, antes disso. Sou jovem demais para saber muito de primeira mão sobre a vida do John. Eu só o conheci quando ele já era velho. Mas quando eu era um garotinho, de alguma forma arrumei uma pilha de álbuns de fotos, guardados religiosamente pelas mulheres da família Willson, que foram coletando fotos soltas de tardes de domingo, boletins e desenhos rabiscados tão antigos quanto qualquer pessoa se importaria em guardar. Nesses álbuns, há fotos dos Caliban também. Foi assim que reconheci John, apesar de, quando comecei a olhar os álbuns, não ser pelo John, mas pelas roupas antigas engraçadas e pelos carros pretos quadrados que ele dirigia e cuidava numa época e, antes deles, as carroças puxadas por cavalo. A primeira foto do John é de quando ele era jovem, uns catorze anos, na frente de uma carroça novinha em folha. Ele está usando uma camisa branca engomada, que tem uma saliência rígida, pois o peito dele está inflado. Se você não soubesse de nada, acharia que ele é dono da carroça, mas não é. É do General. John era o condutor, sentado com pompa no assento alto, nunca precisando usar o chicote, guiando o grupo parelho com gentileza, as rédeas folgadas nas mãos. Ele tinha acabado de começar a dirigir a carroça para o General, porque o pai do John, Primeiro Caliban, já estava velho demais, quase sem enxergar, e se sentava na frente do seu casebre na Plantation dos Willson fumando um cachimbo e descansando. E John, ainda adolescente, apesar de ser homem ao conduzir ou cuidar de cavalos ou consertar carroças, conduz agora. Brilhando naquele peito há um prendedor de gravata de diamante que o General tinha acabado de lhe dar de aniversário; ele o estava usando quando morreu.

Então você o vê com mais carroças, mais novas, e então carros, e enfim você chega a uma foto dele na frente de um Packard de nariz quadrado e um imenso para-choque brilhante. Ele está em pé com um garotinho, que já usa óculos, cuja cabeça é grande demais para o seu corpinho espigado. Atrás das lentes, há esses olhos castanhos imensos e firmes, com mais coisas dentro do que deveria haver. É Tucker. E depois Tucker aparece na frente dos carros sozinho, pois John já ficou velho demais para dirigi-los ou se meter embaixo deles para consertos e agora fala para o garoto o que fazer — o que apertar, soltar ou ajustar; tudo que John pode fazer é cuidar das flores no jardim da casa nos Swells, ainda com o mesmo orgulho delas como se fossem as suas próprias quando desabrocham.

E agora eu realmente o reconhecia.

Aos sábados, John vestia seu melhor terno, uma gravata larga com o prendedor de diamante que o General lhe dera tanto tempo antes, e um chapéu cinza-perolado, e entrava no ônibus na mercearia do sr. Thomason e ia até o Terminal Ferroviário Municipal em New Marsails, fazendo a viagem para o lado norte, onde ele se sentava nos salões escuros e amigáveis e conversava com os velhos homens negros que, como ele, eram velhos demais para fazer qualquer outra coisa.

Então, num sábado de junho do verão passado, atendi o telefone e ouvi a voz do outro lado. "Tem um crioulo aqui na garagem, ele caiu morto. O que vocês querem que eu faça com o corpo?"

"Só um minuto", falei. "Vou já para aí."

Tucker, a sra. Caliban, Bethrah e eu entramos no carro preto. Tucker dirigia; Bethrah estava sentada ao lado dele, a linha dos seus ombros muito além do fim do encosto do assento, um vestido de grávida caindo direto dos seus ombros para os joelhos, como o escorregador de um parquinho infantil. A sra. Caliban e eu estávamos no banco de trás. Ela era pequena e negra; aos seus cinquenta e três anos de idade, não estava com os cabelos grisalhos ou envelhecendo, e me lembrava uma boneca de porcelana preta e lisa que Dymphna teve por um tempo. Eu me sentia estranho num carro com tantos negros, mesmo que fossem meus amigos.

Ninguém falou; ninguém chorou. Nós ainda esperamos para ver John morto, desejando que fosse algum erro, torcendo para que a polícia tivesse ligado para a casa errada, querendo chegar ao Terminal Ferroviário Municipal e deparar com um estranho completo deitado à nossa frente.

Quando chegamos a New Marsails, fomos para a delegacia do terminal. O motorista de ônibus estava sentado numa salinha com ventilador, uma lata de cerveja na mão, aguardando. Ele era grande e começava a ficar careca, e as moscas pareciam sempre circular ao redor da sua cabeça.

"Estamos aqui pra reconhecer o corpo de John Caliban."

"Claro." Ele se levantou, colocou a lata de cerveja dentro do círculo de suor que já tinha deixado na mesa. "Podem vir, então." Ele saiu da salinha e nós o seguimos.

"Conhecia bem o velho John." Ele estava falando comigo. "Ele embarcou na parada do Thomason como todo sábado. Nunca prestava muita atenção nele depois disso; só quando chegamos ao Terminal Ferroviário Municipal e todo mundo começou a descer, olhei no espelho antes de fechar a porta e ele continuava lá, dormindo, é o que eu achava. A cabeça estava apoiada na barra. Aí me levantei e fui pros fundos e toquei no ombro dele, mas notei que ele estava meio frio. Foi aí que eu soube. Digo pra mim mesmo: nunca vou conseguir acordar esse crio..." Ele parou e olhou para a sra. Caliban, que não o escutara. "Esse velho, mesmo que eu fique sacudindo o sujeito por mil anos. Tá morto." Nós estávamos quase chegando ao ônibus. Sem passageiros, parecia assombrado.

"Não encostei mais nele depois disso, ninguém moveu o corpo. Fui atrás da polícia e foram eles quem reviraram os bolsos e acharam o número de vocês, só isso. Aqui, vou dar a volta e abrir a porta." Ele foi para o outro lado do ônibus e alcançou a maçaneta pela janela. A porta abriu num suspiro.

Nós o encontramos como ele tinha sido deixado, como ele havia morrido, os olhos fechados sobre a própria vida. Conforme subíamos os degraus estreitos com um carpete de borracha, conseguíamos ver o chapéu cor de pérola no seu colo e o círculo de cabelo branco eriçado apoiando-se pesadamente numa barra cromada que separava a frente do ônibus dos fundos. Pendurada na barra, havia uma placa branca escrita com letras escuras grossas, que, caso ele estivesse de olhos abertos, teria sido a única coisa que conseguiria ver.

Era John, mas, mesmo assim, ninguém chorou. Estávamos ocupados demais assinando papéis para liberação e arranjando um agente funerário lá do lado norte, um negro que conhecera John. Quando ele chegou, a sra. Caliban disse para ele: "Quero que você faça. Aí ele vai ficar com a cara que tinha quando estava vivo e não cheio de algodão". Depois disso, voltamos para Sutton de carro.

Naquela noite, entrei na cozinha e fiquei sentado assistindo à sra. Caliban preparar o jantar. Eu tinha enfim me dado conta de que John havia partido e nunca voltaria, tinha me dado conta disso porque não o escutei cantarolando debaixo da minha janela no jardim como ele tinha feito quase todos os dias da minha vida. Eu me lembrei então daqueles tempos muito distantes quando eu era pequeno, menor ainda que Tucker (ele tinha parado de crescer aos catorze anos e eu o ultrapassei no mesmo ano), e John nos pegava no colo, um em cada joelho magro, e cantava para nós e ria. Agora eu só conseguia me lembrar dele cantando e rindo.

E sentado na cozinha, comecei a chorar, com vergonha de mim mesmo porque eu era quase adulto, ou era o que eu pensava, e a sra. Caliban se virou do fogão e com gentileza tentou me fazer parar, tentou me confortar, mas não conseguia, e enfim se sentou à minha frente, pôs minhas mãos entre as dela e nós choramos juntos suavemente.

O funeral aconteceu no lado norte dois dias depois. A igreja era nova, ocupada antes de estar de fato terminada, de forma que as paredes internas não eram muito mais que paralelepípedos pintados de cinza. Uma pequena placa perto da entrada da igreja declarava que a cruz havia sido doada por uma mulher em memória da sua irmã. Era um azul da cor do céu pálido com bordas cor de bronze.

Muito poucas pessoas vieram. Eu me dei conta pela primeira vez de que os Caliban não eram muito populares entre sua própria gente, que sua devoção a nós e nosso amor por eles os afastaram de outros negros, de forma que não havia uma quantidade grande de gente que gostaria de chamá-los de amigos. Minha mãe e eu fomos; meu pai e minha irmã não. Eu duvido que Dymphna fosse querer ir ao funeral de qualquer pessoa; meu pai apenas ficaria deslocado. Bethrah, Tucker e a sra. Caliban estavam nos bancos da frente, mais perto do caixão.

O funeral foi silencioso e simples. Enfim, chegou a parte em que um amigo se levanta e diz algo sobre o falecido. Era um homem negro alto com um grande círculo careca na cabeça e pele manchada meio descolada de ossos fortes. Ele se levantou, virou-se e começou a falar.

"Queridos amigos: estamos reunidos aqui hoje para dar nosso tributo final ao nosso bom amigo, John Caliban.

"Esses fato da vida de um homem num é muito importante, mas parece que têm que ser ditos de qualquer forma. Então, o que o John fez? Bom, ele nunca foi atrás de trabalhar numa firma; ele trabalhou a vida toda pruma família e eu sei, pelo jeito que ele falava deles, que ele gostava deles, e ele nunca achava que era um serviço que prestava pra eles, quase como se ele fosse fazer de qualquer forma, mesmo se não pagassem ele. Sei que ele ia querer que eu dissesse isso em nome dele, porque ele foi embora tão rápido que num teve tempo de dizer ele mesmo." Algumas pessoas se viraram para nos olhar e eu senti vergonha, junto com calor e frio.

"E é isso; não dá pra ficar aqui falando de todas as grandes coisa que ele fez, porque ele nunca fez nada grande. Mas ele tava sempre fazendo coisas *boa*. Todo mundo se lembra do John porque quando ele chegava na nossa vida, tava sempre sorrindo e feliz e ele fazia a gente se sentir bem só de olhar pra ele. Era um cara simples e nunca fez nada de grande; ele só circulava por aí fazendo você se sentir bem.

"Talvez uma coisa que a gente *pode* dizer, e acho que ele ia querer que eu dissesse isso por ele também, era que ele era a melhor pessoa com um cavalo que qualquer um já viu. Mas isso não faz justiça à pessoa que ele era; pra mim, a melhor coisa pra dizer é a coisa mais simples. John Caliban era o tipo de homem que sempre se sacrificava pra ajudar os outro. Era um homem bom e um trabalhador bom de todas as forma possível, uma alma gentil."

O negro fez uma pausa e alguém na frente da igreja se levantou, eu pensei, para concordar com esses sentimentos com um *amém*.

Então ouvi uma voz masculina alta dizer, meio incrédula: "Sacrifício? É *só* isso? Será que é só isso mesmo? Que se dane o sacrifício!". Demorei um instante até perceber em que parte da igreja a figura se levantou; só depois de olhar para a figura magra de casaco preto, o cabelo cortado curto na cabeça imensa, os óculos de aro de aço, só depois de ver o braço erguido e baixado num movimento de nojo, como se para limpar as palavras, é que me dei conta de que era Tucker.

A igreja estava em silêncio conforme ele avançava para o corredor. E agora Bethrah também estava de pé. "Tucker?"

Ele chegou ao corredor e estava saindo da igreja, a boca fechada e apertada, os olhos vazios e duros. Bethrah havia pedido licença para sair e o seguiu, um pouco inclinada para trás sob o peso do bebê por nascer, um olhar de desnorteamento no rosto. E então os dois saíram, e um burburinho geral encheu a igreja por um segundo ou dois, até morrer um pouco.

O negro terminou, gaguejando por entre as palavras, agora com a compostura e a segurança abaladas, e nós nos enfileiramos para sair da igreja e entramos nos carros e nos preparamos para ir ao cemitério. Pelo para-brisa do carro que levava minha mãe e eu, eu via Tucker e Bethrah à nossa frente. Eles não falaram nada por todo o caminho.

Levamos John ao cemitério e o vimos ser enterrado, e cada um de nós lançou uma rosa presa com arame num pauzinho verde enquanto baixavam o caixão. O agente funerário disse algumas palavras gentis, que não pareciam ser muito verdadeiras, e nós fomos embora, voltamos para casa, para Sutton.

Eu não tinha dito nada para Tucker sobre como me sentia e fui me encontrar com ele mais tarde naquela noite. Ele estava sentado numa caixa de madeira antiga na garagem, onde ele e o avô haviam passado tanto tempo juntos. Entrei e disse que sentia muito que John tivesse morrido. Ele não levantou os olhos, que estavam secos como pedrinhas pequenas e quentes. "Eu também", ele disse, por fim.

Eu me virei para ir, então o ouvi resmungar. "Nenhuma vez mais. Esse é o ponto-final."

"O quê, Tucker?"

"Nada, Dewey. Só tô pensando alto, só isso."

Dois meses depois ele comprou a fazenda, uma roça no canto sudoeste do que havia sido a plantation de Dewitt Willson, em que a família de Tucker fora escravizada e trabalhara até que meu avô Demetrius dividiu a fazenda em pequenos lotes de terra de plantações compartilhadas, comprou a casa nos Swells e levou os Willson e os Caliban para Sutton. Eu não entendia, ainda não entendo, como ele conseguiu fazer meu pai vender a casa.

Isso também ficou estalando na minha mente depois que os meninos foram embora. Mas não parecia ser um motivo grande o suficiente para Tucker ter feito isso. Morre um velho, que eu também amava muito, e a última coisa que ele enxerga é a placa para pessoas *de cor* num ônibus segregado, mas isso é um pouco mais que irônico. Achei que tinha de ser outra coisa, mas antes de eu conseguir pensar a respeito, ouvi o som de um motor subindo o morro, e então o próprio carro, novo, caro, uma limusine com um negro de pele clara dirigindo, sentado uniformizado e em posição de sentido, como um cadete de West Point; diminuiu a velocidade e saiu da estrada, e eu conseguia ver o negro vestido com elegância no banco traseiro, atrás do vidro verde. O chofer parou, correu para o lado mais próximo, abriu a porta e o negro, que ostentava no colete uma cruz dourada pendurada numa corrente dourada, saiu. Ele estava de óculos escuros azuis.

"Deus abençoe, sr. Willson. Achei que talvez você fosse estar aqui." Ele usava um terno cinza-escuro de três botões. Seus sapatos eram pretos e bem polidos. Ele sorria. "Eu lhe dou as boas-vindas, sr. Willson." Ele soava quase britânico, e havia uma característica na sua voz que eu reconhecia.

Ele alcançou o bolso interno e sacou uma piteira e um maço de cigarros turcos. "Você fuma, sr. Willson? Se não, se importa se eu me permitir o prazer de um dos vícios menos danosos?"

"Não. Vá em frente", gaguejei.

O chofer acendeu o cigarro e o negro tragou fundo. "Por que não volta para o carro, Clement?" Ele estava falando com o chofer. "Tenho certeza de que o sr. Willson será gentil o suficiente para me guiar."

Não consegui dizer nada. Ele riu. "Vamos lá, sr. Willson, recomponha-se."

"Quem é você?" Eu tive dificuldade em dizer. "Só... quem é você?" Minha voz estava alta e esganiçada. "Como me conhece?"

Ele respondeu sem hesitar. "Tenho o hábito muito frequente de me familiarizar com os registros de pessoas jovens que eu sinta ser promissoras. Um velho hábito. E em relação à minha identidade, por que não me chama de Pai Tomás?" Ele riu. "Ao menos, é um nome velho e respeitado em alguns círculos. Mas vejo que não é do seu agrado. Então acho que Bradshaw serve. Reverendo Bennett T. Bradshaw. Mas, vamos lá, sr. Willson, você conhece ou, quer dizer, conhecia Tucker Caliban bastante bem, pelo que entendo. Eu me sentiria muito grato por qualquer percepção que possa ter em relação à sua personalidade levemente heterodoxa."

"O que você sabe a esse respeito?" Aquilo era realmente inquietante.

"Eu não seria ousado a ponto de dar uma resposta com certeza absoluta. Veja, não sou verdadeiramente um especialista na mentalidade do Sul, de brancos ou pretos. Admito, nós tivemos as mesmas tensões raciais no Norte, mas não nos níveis abertos, primitivos, refrescantemente bárbaros que vocês tiveram aqui. É por isso que lhe pergunto. Você pode ser uma espécie de intérprete, por ter tido uma pequena parte da sua educação no Norte, mas também por ser nativo desta área. Talvez minha pergunta seja geral demais. Você não sente que está no lugar em que um evento significativo aconteceu?" Ele gesticulou amplamente. "Não tem alguma coisa aqui que acessa sua veia épica, reminiscente da Bíblia ou da *Ilíada*?"

Assenti com a cabeça. Eu não gostava da sensação de desvantagem que ele me passava; ele sabia tanto sobre mim.

"Já que pareço incapaz de sacar uma resposta articulada de você, talvez devamos passear pela fazenda. Talvez estimule alguma das frases que fizeram sua faculdade ficar famosa." Caminhamos pela fazenda, parando nos vestígios do que havia sido o relógio de Dewitt Willson, e de novo na pilha de cinzas a que a casa se reduzira. Depois disso, voltamos para o carro. "O que você pensa agora, sr. Willson?"

"Eu não sei. O que *você* acha?" Eu estava me sentindo bastante idiota.

"Sr. Willson, você me frustra", ele ralhou. "Você estava no terminal na tarde de hoje. O que viu?"

Eu não conseguia me lembrar de coisa nenhuma do Terminal Ferroviário Municipal, exceto pelos meus pais de mãos dadas; permaneci em silêncio.

Ele franziu a testa; talvez, de fato, desapontado comigo. Para ser honesto, eu estava desapontado comigo. "Negros, sr. Willson, negros. Gente de cor. Pretos. Macacos. Escarumbas. Tições. *Crioulos*. Negros. Mais pretos no Terminal Ferroviário Municipal de New Marsails, ouso dizer, do que jamais houve lá, e mais do que jamais haverá de novo."

Eu não conseguia me lembrar. "Bem, e daí?"

Ele apontou direto para o chão. "Foi aqui que começou, sr. Willson. Seu amigo Tucker Caliban começou tudo. Você deve lhe dar crédito. Quanto a mim, tenho de me corrigir; nunca teria imaginado que um movimento assim pudesse ser iniciado de dentro, pudesse ser iniciado na base, com o povo, numa espécie de combustão espontânea, digamos assim."

Eu estava inacreditavelmente confuso. "Que movimento?"

"Todos os pretos, sr. Willson, estão partindo, indo embora."

Eu não disse nada, mas devia parecer que não acreditava nele.

"Está bem, venha comigo. Vamos entrar e assistir." Ele abriu a porta do carro para mim.

Eu não tinha certeza de que queria ir a qualquer lugar com ele, mas, por outro lado, sabia que iria. "E minha bicicleta?", disse de forma idiota.

"Podemos enfiá-la no porta-malas."

O porta-malas do carro era grande o suficiente para caber minha bicicleta e talvez mais uma do lado. Com a ajuda do chofer, eu a amarrei com corda para não ficar pulando e rasgando o estofamento. Então entrei ao lado do reverendo Bradshaw e partimos para New Marsails.

"Por que não me conta tudo o que sabe a respeito de Tucker fazendo piada com o resto do mundo, com esse nariz levantado." Ele se ajeitou e se voltou para mim.

"Tipo o quê?" Repassei o que sabia por mim mesmo, mas talvez ele pudesse ajudar a trazer algo à luz.

"Tipo qualquer coisa. Coisas estranhas que ele fazia pela casa, quem sabe. Uma careta que fizesse, um passo determinado. Qualquer coisa."

"Ele me escreveu uma carta. Não entendi nada nela." Puxei a carta do bolso e a li para ele, então lhe disse o que me lembrava do meu aniversário de dez anos. E talvez porque eu soubesse que tinha um ouvido e uma mente que ouviria e pensaria a respeito, não parei com as lembranças, mas continuei, especulando. "Sabe, quando ele diz 'Mas você ia ter aprendido de qualquer jeito, porque queria muito aprender', bem, eu não sei se eu teria aprendido. Não sei se poderia ter aprendido sem ele, mas talvez ele estivesse tentando dizer que eu podia fazer qualquer coisa que realmente enfiasse na cabeça. Mas isso não quer dizer muita coisa, né? É isso que todo mundo fala pra você. Acho que é fácil demais."

Ele parecia empolgado.

"Não, eu não acho que seja. Você esquece com quem está lidando, sr. Willson. Não estamos falando de um filósofo se inspirando em Platão; estamos falando de um negro ignorante do Sul. Não estamos falando de ideias novas e complexas: os raios únicos de ideias que atingem os homens geniais. Estamos falando das ideias velhas, as simples, as ideias fundamentais que talvez tenhamos passado por cima, ou nem sequer tenhamos visto. Mas Tucker Caliban não conseguia passar por cima delas; ele as descobriu recentemente. Gosto da sua análise, sr. Willson. Em que mais consegue pensar? Eu já consigo vê-lo, com raiva contra os erros e humilhações incontáveis; essa raiva transbordando na sua alma, o sangue da vingança logo atrás dos olhos."

"Não, isso está errado. Você está errado. Não há raiva em Tucker. Ele aceitava tudo, quase como se soubesse o que ia acontecer e não houvesse jeito de impedir."

"Talvez seja isso. Bem, continue."

Eu estava pensando no verão passado de novo, mas tentando separar as partes importantes. Não disse nada por alguns momentos. Estávamos passando por Sutton agora, passando pelo pórtico do sr. Thomason, que talvez por estar perto da hora do jantar estava vazio, ou talvez fosse por causa desse movimento de que falava o reverendo Bradshaw. "Bem, algo finalmente fez esses vadios se mexerem."

"E por que não? Tucker Caliban nos obrigou a persegui-lo por todo o interior tentando descobrir como ele funciona." Ele balançou a cabeça. "Isso é notável de verdade, um milagre."

Subimos um pouco além do Eastern Ridge, e na luz alaranjada do crepúsculo, lá longe depois do morro, conseguíamos ver a cidade, daquela distância parecendo bem como sempre havia sido, tranquila, despreocupada.

A essa altura, eu tinha entendido o verão passado, e lhe contei, terminando com minha surpresa de que meu pai tivesse vendido a terra e a fazenda para Tucker, para começo de conversa.

O reverendo Bradshaw sorriu para si mesmo. "Os homens fazem coisas estranhas às vezes, sr. Willson, em especial os... da nossa geração, do seu pai e da minha. Não se esqueça, nós viemos num tempo em que as pessoas eram idealistas de verdade, quando o descontentamento com a ordem existente da sociedade nos fez quebrar o padrão da nossa vida, quebrar padrões que nossos ancestrais, nossos pais, haviam criado para nós."

Comecei a rir. "Meu pai? Meu pai. Se você conhecesse o homem, não diria isso."

"Mas eu conheço seu pai", ele declarou categoricamente. Surpreso, eu me virei para ele:

"Você o conhece?"

Ele sorriu para mim desta vez. "Não precisa se alarmar, sr. Willson. Eu o conheço como conheço todos. Todos os garotos, agora homens, todos nós que crescemos na Grande Depressão, pegamos experiência na Guerra Civil Espanhola e flertamos com a Dama Comunismo. Alguns de nós até se casaram com ela. Outros se casaram, aí se divorciaram e de fato nunca mais conseguiram se apaixonar." Seus olhos ficaram opacos, distantes, como se ele não apenas conseguisse se lembrar desses dias, mas vê-los e senti-los.

"Não meu pai!" Eu interrompi suas memórias.

Ele se virou para mim. "Os homens, eu ainda sustento, fazem coisas estranhas quando são desmamados em momentos estranhos."

"Não meu pai", repeti com mais suavidade dessa vez, então ri porque parecia um eco.

O reverendo Bradshaw não riu. "Você descobrirá muitas coisas surpreendentes sobre seu pai conforme for envelhecendo." Ele sorriu de novo, mas era mais uma olhadela.

Nós havíamos avançado para mais perto de New Marsails, passando os campos vazios e escurecidos onde já havia milho e algodão disparando rumo ao céu em fileiras, e agora atravessávamos a ponte escura para o lado do norte. As ruas estavam lotadas de sujeira dos restos e sucatas de vida descartada e abandonada: roupas gastas, colchões, brinquedos quebrados, molduras de retratos, mobília lascada, todas as coisas que os negros não conseguiam carregar em seus sacos ou nas costas. Não havia muita gente, uns poucos vagabundos carregando pacotes de papel pardo amarrados com uma corda ou um varal. Com uma bengala, um velho se aproximou cambaleando, provavelmente rumo ao Terminal Ferroviário Municipal. Ele usava um sombreiro mexicano, e sua barba era branca e cheia de nós. Uma mulher, sozinha, se apressava pela sarjeta numa cadeira de rodas, com uma maletinha no colo. Ela era de uma cor acinzentada pálida, apesar de que poderia ter sido muito escura, e parecia que não entrava em contato com o sol havia muitos anos.

Seguimos dirigindo rumo ao terminal, mas quando estávamos a três quadras de distância, descobrimos que não podíamos prosseguir porque o caminho estava barrado por um policial estadual de chapéu de caubói e caneleiras azul-marinho, e policiais de New Marsails de azul-claro. Além do bloqueio da pista, pressionando na direção do terminal, havia os negros, de todos os tipos, claros, escuros, baixos, gordos, milhares deles. Alguns cantavam hinos e canções gospel, mas a maioria ia em silêncio, conquistando um centímetro por vez, pensativos, triunfais, sabendo que não poderiam ser impedidos. Eles iam se aglomerando, sempre em frente, o olhar perdido e um pouco para cima para o edifício do Terminal Ferroviário Municipal, enxergando apenas a parte superior do domo de pedra branca.

Bradshaw se inclinava para um microfone à sua esquerda. "Clement, estamos saindo. Espere por nós aqui."

"Sim, senhor." A voz de Clement através dos fios era metálica. "Vou dar a volta e estacionar, senhor."

"Venha, sr. Willson, e, com a bênção de Deus, algumas das nossas perguntas serão respondidas."

Assenti com a cabeça. Saímos da limusine, contornamos o bloqueio e acabamos quase no mesmo instante engolfados pela multidão. Nós nos movemos em frente, perto de uma família de sete — dois adultos e cinco crianças, que variavam de dez anos de idade a um bebê nos braços da mulher. O pai já tinha sacado o valor das passagens, um maço de notas fechado no punho. Ele era muito alto, era magro, forte e negro como um poste desgastado pelo tempo. O cabelo era liso. A esposa era tão alta quanto eu, e de um marrom turvo. As crianças seguiam logo atrás, com sono e de olhos arregalados, caminhando como pequenos zumbis. "Elwood, tô cansada. Tô cansada." Uma garotinha, que mal tinha idade para andar, se virou para o irmão. Ele era um pouco mais velho.

"A mamãe falou que a gente já vai chegar. Fica quieta."

"Mas eu tô cansada."

O reverendo Bradshaw se aproximou e pôs a mão no braço do pai. "Deus o abençoe, irmão. Sou o reverendo Bennett Bradshaw, dos Jesuítas Negros. Se importa se eu fizer umas perguntinhas?" Isso me surpreendeu; então era nisso que ele estava interessado.

"Elwood, tô cansada."

"Fica quietinha, Lucille, ou eu vou te dar um tapa na cabeça." Ele baixou os olhos para o reverendo Bradshaw. "Não, pode falar."

"Elwood, tô cansada."

O pai se virou para a esposa. "Mulher, você não pode dar um jeito de fechar a matraca dessa garota? Pode continuar, reverendo... como é seu nome mesmo?"

"Bradshaw. Eu só queria saber aonde estão indo."

"Vamos pra Boston, acho. Tenho uns parentes que moram em Roxbury."

"Eu ainda acho que isso é loucura, fazer as mala e ir pro Norte. O que é que a gente vai fazer quando chegar lá?" A esposa se inclinou e falou tanto para o reverendo Bradshaw quanto para o marido.

"Cala a boca agora, eu falei que tamos indo porque é a coisa certa." O marido olhou para a mulher de forma ameaçadora.

"Claro, bom, é isso aí que eu queria saber. Por que você acha que é a coisa certa? Por que teve essa ideia?" Nós fomos andando enquanto o homem pensava na resposta. Notei de tempos em tempos pequenos grupos de brancos parados pelas beiradas da multidão, as mãos enfiadas nos bolsos. Não parecia ser gente da cidade; deviam ter vindo das cidades pequenas do interior. Pareciam pasmos, dando-se conta, imagino eu, de que não havia nada que pudesse impedir os negros. Poderiam estar com medo de tentar, pois qualquer coisa que pudessem ter feito talvez se voltasse com violência contra eles, movendo-se com ritmo pela multidão de rostos negros.

Por fim, o homem com quem estivéramos falando disse: "Ué, bom, a verdade é que eu num sei de onde tirei a ideia. Ontem, eu tava voltando do trabalho... Eu varro no Marsails Market, sabe? E aí encontro um primo meu. 'Como cê tá, Hilton?', eu digo.

"'Como cê tá, Elton?', ele diz. 'Quando que cê vai?'

"Eu digo: 'Vou pra onde, homem?'.

"'Ora, cê num ouviu?', ele diz.

"'Ouvi o quê?', digo eu.

"'Homem', ele diz, 'homem, cê num sabe o que tá acontecendo? Todos nós pretos tamos nos mudando. Todo mundo tá indo embora, por todo o estado, a gente tá se revoltando e indo embora.'

"Bom, eu achei que ele tava de brincadeira, então só fiquei olhando ele por um tempo, mas aí me dou conta de que ele num tá soltando risada nenhuma; ele tá sério que nem um cara pelado sentado num barril de lâmina de barba, então eu falo: 'Diz aí, Hilton, que história é essa?'.

"'Bom, tudo começou na quinta ou quarta, num tenho certeza, mas parece que todos os pretos ali por Sutton enfiou na cabeça que num vão mais aguentar isso. Não vale a pena lutar porque as coisa num vai melhorar pra nós aqui. Até as pessoas de cor do Mississippi têm uma vida melhor, e olha lá. Até parece que se esse estado tivesse tomado uma tunda na Guerra dos Estado, nós de cor ia estar melhor. Mas esse estado foi o único da Confederação que os ianque num conseguiu bater.' Ao menos foi isso que o Hilton me contou que esse rapaz de cor que tava indo pra Sutton contou. Ele, o Hilton, quer dizer, ele diz que tinha rapaz de cor em Sutton que contava pra todos os outros negro tudinho, tudo da história e essas coisa, e que ele disse além do mais que o único jeito das coisa melhorar era se todos que for de cor fossem embora, desse as costa pra tudo que a gente sabia e começasse do zero."

O reverendo Bradshaw se virou de leve para mim. "Assim começa uma lenda, sr. Willson."

Eu entendi.

"De qualquer forma, depois de eu falar com o Hilton, corro pra casa e falo pra minha mulher aqui pra empacotar tudo porque tamos indo amanhã mesmo, quer dizer, hoje, e eu num quero nenhuma enrolação." Ele virou para a esposa, esquecendo-se de nós por completo. "Num tá vendo, amor? A gente tem que ir. É o único jeito, porque se..."

"Já vimos o bastante, sr. Willson." O reverendo Bradshaw pegou meu braço e cortamos em diagonal pela multidão até chegarmos à calçada. Então começamos a voltar para o carro, passando por um grupo de brancos. Dava para ouvi-los sussurrando sobre mim. "Deve ser misturado, aquele loirinho. Por que mais estaria com um preto? Ele não é branco, aquele dali, ele tem que ser um preto. Mas com certeza consegue enganar." Fiquei todo vermelho, e então, estranhamente, senti um pouco de orgulho.

Quando voltamos até a barricada, que os negros ainda contornavam, o reverendo Bradshaw disse: "Bem, sr. Willson, é inacreditável, mas verdade". Ele não conseguia parar de balançar a cabeça. "Eu nunca teria...", ele deixou a frase morrer. Chegamos ao carro, entramos, e o reverendo Bradshaw se inclinou para o microfone. "Clement, nos leve de volta a Sutton."

O chofer ligou o carro, movendo-se devagar até achar uma ruela, que ele tomou, dirigindo com cuidado por entre lixeiras e sujeira, até o outro lado, onde conseguíamos ver o céu escurecendo. Prosseguimos por vielas e ruas na direção norte até que as aglomerações foram diminuindo, e, àquela altura, estávamos no lado do norte, prestes a entrar na rodovia e na ponte escura.

Com o carro em movimento, passando por aqueles mesmos prédios planos, teto de ripa e duas janelas que tínhamos visto antes, que entravam no campo de visão por um instante sob os faróis do carro, eu me inclinei para trás, me sentindo bem. "Reverendo Bradshaw, você se dá conta de quão incrível tudo isso é? Tucker Caliban! Que me ensinou a andar de bicicleta. Uau! Já consigo ver minha irmã. Quando Bethrah falou que ia casar com Tucker, minha irmã não conseguiu entender, ela achava que Bethrah era boa demais pra ele. Que acerto!" Sorri e balancei a cabeça, espiei o reverendo Bradshaw e, para minha surpresa, me deparei com ele sentado triste, o rosto sombrio, a cabeça apoiada no peito. "Você não acha?"

"Sim, sr. Willson, de fato um acerto. É maravilhoso." Ele não acreditava em nenhuma palavra que dizia. "Você não viveu tempo suficiente, sr. Willson, para dedicar sua vida inteira a uma causa e então ver outra pessoa ser bem-sucedida onde você fracassou."

"Qual diferença pode fazer quem conseguiu? Era a coisa certa a fazer; poderia ter acontecido de qualquer jeito. Eles nem precisavam que Tucker mostrasse a eles. Poderiam apenas ter levantado um dia e seguido em frente. Então que diferença faz?" Nós subíamos por Harmon's Draw.

"Vou lhe dizer a diferença." Ele se inclinou para a frente devagar, parecendo muito cansado; quando falou, a tristeza e o ressentimento em sua voz me pegaram de surpresa. "Você falou dos Tucker não precisarem de você, não precisarem dos seus líderes. Já ocorreu a você que uma pessoa como eu, um, digamos assim, líder religioso, precisa dos Tucker para justificar sua existência? Muito em breve chegará o dia, sr. Willson, em que as pessoas vão se dar conta de que não há necessidade de gente como eu. Talvez, para mim, esse dia já tenha chegado. Seus Tucker vão levantar e dizer: posso fazer o que quiser; não preciso esperar que alguém me *dê* liberdade; posso tomá-la por mim mesmo. Não preciso do sr. Líder, sr. Chefão, sr. Presidente, sr. Padre ou sr. Pastor, ou do reverendo Bradshaw. Não preciso de ninguém. Posso fazer tudo o que quiser sozinho."

Eu ainda estava encantado demais com aquilo para me dar conta de que nunca poderia convencê-lo. "Mas isso é o que vocês sempre quiseram, pelo que os líderes negros sempre trabalharam. Este é seu povo e está se libertando."

"Sim, e eles me tornaram obsoleto. O que você sentiria se acordasse um dia e descobrisse que é obsoleto? Não é muito bonito nem inspirador, sr. Willson. Nada bonito mesmo."

Eu só pude olhar para ele, vendo seus olhos tristes iluminados pelo reflexo dos faróis, o punho cerrado.

Então, não conseguia olhar mais para ele. Voltei-me e descobri que estávamos chegando a Sutton, que os faróis do carro já iluminavam as fachadas das lojas do lado oeste da rua. Conseguia ver o brilho amarelado que a lâmpada da mercearia do sr. Thomason lançava pela estrada.

E quando, depois de alguns segundos, olhei de volta para o reverendo Bradshaw, ele estava ainda mais triste, os olhos vítreos e distantes.

Camille Willson

Ontem à noite foi como se voltássemos a mais ou menos vinte anos atrás. A gente não tinha aquele sentimento maravilhosamente aberto que costumava ter, mas falamos; e a gente não fazia isso havia um tempo. E hoje, descendo a plataforma a pé, indo encontrar o trem de Dewey, senti a mão dele no meu cotovelo, então descendo até estar segurando minha mão. Ele era quase como o David que eu amava tanto, não jovem de novo, é claro — nós nunca vamos recuperar os anos que perdemos —, mas como se aquele David com quem me casei vinte anos atrás tivesse envelhecido da mesma forma que *aquele* David teria envelhecido. E eu senti um pouco das mesmas coisas, como quando éramos recém-casados, e mal conseguia esperar para ir para a cama com ele. Se ele chegava só um pouco perto de mim, eu já jogava os braços para ele, ficava bem pertinho ou me esfregava tão de leve que só os bicos dos meus seios o tocavam. Eu me mexia em volta dele até ter certeza de que ele conseguia senti-los tocando seu peito. E então eu me afastava, fingindo que nada tinha acontecido, como se não soubesse o que estava fazendo, acho que era tudo meio bobo, mas eu amava tanto David que nunca me cansava de estar perto dele.

Às vezes, mesmo que fosse no meio da tarde, eu ficava mais ousada e lhe escrevia um bilhete:

Querido David,
Você tem dez minutos pra terminar o que está fazendo. Porque estou indo te pegar. Te amo,
Camille

Eu entrava onde ele estava lendo o jornal ou escrevendo e dizia: "Chegou esse recado pra você".

"Ah, é?", ele dizia.

"Sim, senhor. E ela era *muito* bonita, aliás." Então eu dava meia-volta e ia embora, aí eu o ouvia dar uma gargalhada e dizer, gritando para mim:

"O que é que eu faço com você?"

E eu respondia: "Você sabe a resposta pra isso. Venha em dez minutos". E então eu deixava tudo esquentando do jeito certo, pra não precisar me preocupar com isso, e punha a mesa. Corria pro quarto e tirava a roupa e passava perfume pelo corpo todo, e à minha volta também. A essa altura, dez minutos teriam passado, e ele entrava, desabotoando a camisa e dizendo: "Onde está a moça que deixou o bilhete?".

Eu estava na cama com as cobertas puxadas até o queixo e dizia numa voz fininha: "Aqui está ela, David".

Ele ia até mim e sentava-se na beirada da cama, olhando-me com tanto afeto que às vezes eu começava a chorar. Começava a chorar como uma menininha. Ele era tão gentil comigo e me fazia sentar na cama e me tomava nos seus braços e me beijava com tanta doçura que eu achava que ia simplesmente dissolver — ele era tão gentil. E ele dizia: "Eu te amo, Camille".

"Ah, meu Deus, David", eu dizia, "eu te amo tanto." E então ele tirava a roupa e nós fazíamos amor por horas.

Mas não era só o sexo que era tão incrível; não quero que você pense isso. E não era só porque tínhamos acabado de nos casar. Às vezes, agíamos como casais que estavam havia cinquenta anos juntos. Imagino que fosse em grande parte porque nos entendíamos tão bem — ao menos, ele me entendia, e eu confiava nele e, por isso, não precisava entendê-lo tanto assim.

De qualquer forma, foi *assim* logo que nos casamos. A gente morava em New Marsails e David estava trabalhando para o *A-T*, o *New Marsails Evening Almanac-Telegraph*.

Conheci David numa festa no lado norte. Meu pai tinha me mandado para uma escola em Atlanta, onde aparentemente eles iam me ensinar a ser uma dama, e onde eu deveria conhecer um bom rapaz do Sul. Mas eu tinha conseguido sobreviver àquilo e voltei pra New Marsails sem marido.

Quando cheguei, descobri que alguns dos meus amigos tinham formado uma espécie de grupo boêmio, que estudava arte no museu ou escrevia ou se sentava no chão falando de Marx. Então eles me levaram para uma das festas. Eu queria muito ir porque seria um alívio imenso do meu exílio no Alabama. E conheci David lá.

Começamos a sair muito juntos, só que não era exatamente o que minha mãe teria chamado de *galanteio*, pois a gente não tinha encontros de verdade; eu só acompanhava David quando ele tinha alguma missão. Mas eu não ligava muito aonde ele me levava, desde que estivesse com ele.

Mas houve vezes em que a gente deveria se ver, e aí ele ligava e dizia: "Camille, não posso ir até você; você não pode me encontrar. Não posso te ver hoje à noite. Tenho que terminar uma coisa". É claro que eu me perguntava o que era tão especial e por que ele estava com a voz tão dura. Eu sabia que ele me amava; sabia que não estava só me enganando com isso. E ele sabia que eu o amava. Mas, ainda assim, havia esses momentos e o tom esquisito da sua voz, que ficava distante, evasiva e curta. Ele nem sequer me deixava visitá-lo só para ficar sentada ao seu lado.

Você já deve adivinhar o que eu pensava: era outra garota, e eu ficava triste e me convencia, mesmo que fosse inteligente o suficiente, sabia que estava só fazendo algum joguinho comigo. Mas de verdade, lá bem no fundo, não era nada disso. Comecei a perceber um pouco quando conheci o pai dele.

Num domingo, ele me buscou de carro e rumamos para o norte, a caminho de Sutton. Ele não disse muito; estava pensando seriamente em alguma coisa. Quando chegamos à praça em Sutton, em vez de seguir reto, ele entrou à esquerda, e antes que eu me desse conta de que deveria estar um pouco nervosa, estava parada na frente do pai dele, Demetrius, que era um homem magro, de ares duros e cabelo branco. David foi pegar bebidas. O sr. Willson me olhou por muito tempo. "Você ama ele, não ama?", ele disse.

"Sim, senhor."

"Ele te ama também. É possível que queira se casar com você logo. Você quer casar com ele?"

"Sim, sr. Willson", respondi.

"Eu não tenho nenhum problema com isso. Mas você tem que saber no que está se metendo. Você nunca vai poder deixá-lo. Ele vai precisar de você um dia desses, mais do que ele imagina que vai. Ele mordeu muito mais do que consegue engolir. Ele não sabe que eu sei disso de verdade. Mas eu sei." Então, David voltou, e o sr. Willson parou, mas não acho que ele teria falado muito mais, de qualquer forma.

Não sei se o que o pai de David disse fez eu me sentir melhor com aquelas noites em que David ficava tão estranho; não sei se qualquer coisa que qualquer pessoa dissesse teria feito muita diferença real, porque eu estava muitíssimo apaixonada por ele, e se alguém tivesse me contado algo ruim sobre ele, eu não teria acreditado, e se alguém tivesse me dito algo bom, eu teria pensado: é claro que ele é maravilhoso.

De qualquer forma, não demorou muito até ele me pedir em casamento. Eu me casei com ele e éramos muito felizes. Morávamos em New Marsails e íamos a festas no lado norte, e eu acompanhava David nas suas saídas de pesquisa. E quando voltávamos pra casa, pro nosso cantinho, fazíamos amor e ríamos e curtíamos muito estar um com o outro. Mas, ainda assim, havia algumas noites em que ele não me queria por perto, quando me mandava ir ao cinema. Essas noites não me preocupavam tanto quanto antes de nos casarmos, e mesmo que eu tivesse me preocupado, não teria dito nada porque confiava nele e não queria incomodá-lo. E às vezes ele me dizia: "Camille, obrigado por não me perguntar sobre o que estou fazendo. Quanto menos você souber, melhor".

Então eu engravidei do Dewey, e David foi demitido e toda a merda foi pro ventilador.

Além de escrever para o *A-T*, David estivera enviando matérias para algumas revistas comunistas de Nova York. Ele usava um pseudônimo, mas o *A-T* descobriu e o demitiu, em especial porque ele vinha assumindo uma posição muito radical a respeito de questões raciais. Eu não entendia muito mais que isso, mas, se ele achava que estava fazendo a coisa certa, não me importava o que estivesse fazendo. Tentei dizer a ele que estava tudo bem e que se ele quisesse ir a Nova York e trabalhar em tempo integral para essas revistas, nós iríamos. Mas quando lhe contei do bebê a caminho — e não havia como exatamente esconder essa informação dele —, ele disse: Não, não podemos ir para Nova York porque o trabalho em jornais é instável demais e a gente pode ficar sem recursos lá. Ele tentou e tentou arranjar um emprego, mas não conseguiu, e começou a ficar com mais medo e não havia nada que eu pudesse fazer a respeito. A cada dia, ele mudava mais e mais.

A forma como ele agia podia ter algo a ver com as cartas que vinha recebendo lá do Norte. Eu nunca as lia; ele nunca me contava o que elas diziam, mas cada vez que chegava uma delas, ele ficava mais distante. Todas vinham em envelopes sem remetente; todas tinham selos de Nova York. Fiquei tão obcecada que conseguia reconhecer a máquina de escrever, uma Elite com um "I" quebrado. Cada vez que surgia a letra "I", a máquina saltava aquele espaço ao lado automaticamente, então Willson ficava datilografado: W-I-espaço-L-L-S-O-N. Eu pegava a correspondência da caixa de correio e passava os olhos pela frente das cartas, e chegava a uma carta endereçada: "Sr. Davi d Wi llson" — e eu sabia que o que quer que houvesse dentro deixaria David mais infeliz, menos amistoso do que já estava se tornando. A coisa cresceu tanto que eu pegava uma carta da caixa e via aquela datilografia e começava a desejar conhecer a pessoa que a usava — para matá-la com minhas próprias mãos. Bem, é claro que isso era só um sonho e nada nunca aconteceu, mas, fosse quem fosse que estivesse escrevendo as cartas, fosse quem fosse que deixava David acordado até tarde tentando responder, o autor nunca apareceu e eu nunca o vi. Até mesmo quando as cartas pararam, mas era tarde demais. Todo o mal já tinha sido feito.

A última carta foi entregue numa manhã depois de David sair para trabalhar. Era maior que qualquer carta antes dela; eu sabia disso porque veio num envelope de papel pardo em vez de um envelope ofício como as outras, e pareceu pesar mais. Mas era a mesma pessoa; reconheci a máquina de escrever. Eu a levei da caixa de correio até o apartamento e pensei por muito tempo em abri-la. Mas não abri. Só fiquei sentada na cama durante metade da manhã, pesando-a nas mãos, sentindo seu peso, e me perguntando se, por ser tão longa, ela seria ainda pior que as outras cartas anteriores. E então decidi que, se David quisesse me contar a respeito, ele contaria, e se eu pudesse ajudar, ajudaria; mas, se não pudesse ajudá-lo, eu o amaria do mesmo jeito. Então deixei a carta em cima da cômoda e saí do quarto.

David chegou em casa muito tarde. Eu já estava de pijamas, lendo na cama, quando ele entrou e fechou a porta atrás de si.

Ele sorriu para mim, mas aí viu a carta na cômoda; ele sabia de quem era tão bem quanto eu. Baixou os olhos por muito tempo. Então andou até a cômoda, abriu-a, com jeito, num canto só, em vez de rasgar toda a parte superior, sentou-se na beirada da cama e leu. Pareceu que demorou horas. Fiquei sentada na beirada da cama e o observei enquanto lia uma página depois da outra, abandonando cada folha virada com o verso para cima. Quando ele terminou, ficou parado e encarando o chão, segurando-a entre os joelhos. Então dobrou as folhas e devolveu-as ao envelope, dizendo: "Bem, esta é a última. Ele prometeu. Talvez eu tenha um pouco de paz agora".

Por um instante, senti um calor e bem-estar dentro de mim porque eu ouvia suas palavras, e não a forma como ele as dissera.

Eu o observei: estava mudo enquanto trocava de roupa. Apaguei a luz e ficamos deitados na cama sem nos tocarmos, por muito tempo. Sabia que ele estava acordado porque ele estava de barriga para cima; David não pega no sono de barriga para cima. Enfim, ele suspirou e apesar de saber que ele poderia achar que eu estava me metendo, eu disse: "David, não tem nada que eu possa fazer? Nada mesmo?".

Ele ficou em silêncio por muito tempo, então suspirou de novo. "Você confia muito em mim, não confia?"

"Confio, David."

"Como é que isso aconteceu? De você confiar tanto em mim." Ele não perguntou como se achasse que eu não devesse confiar nele; foi mais como se quisesse uma resposta factual. Ele sempre queria que eu pusesse algum sentimento que tinha em palavras, e eu sempre achei difícil fazer isso, mas eu tentava.

"Eu não sei. Só foi assim. Você nunca me fez nada que me fizesse não confiar. Gostei de você, depois amei você, e sempre confiei que você não me machucaria de propósito."

"Mas e se eu fizesse alguma coisa para machucar você? E se saísse por aí um dia, digamos que para procurar emprego, e naquela noite você lesse no jornal que David Willson e alguma mulher casada, os dois pelados na cama, tinham sido mortos pelo marido a tiros? E se o artigo dissesse que eu vinha vendo essa mulher havia dois ou três anos? Você ainda confiaria em mim; você ainda me amaria então?"

Enquanto ele ia falando, um aperto começou a subir da minha lombar até a nuca, mas então me dei conta de que ele estava só dando um exemplo, que nada disso estava acontecendo, que ele estava tentando descobrir alguma outra coisa, algo diferente por completo. "David, não diga coisas assim."

"Por quê?" Ele se sentou de súbito. "Você não confiaria em mim então, não é?"

"Não é isso, David." Estendi minha mão e a descansei no seu braço; ele não se afastou. "Não é isso. Eu iria querer você vivo, acima de tudo. Mas não é que eu não fosse ter fé em você. Você até pode estar fazendo essas coisas, mas o motivo pelo qual eu confiaria em você é que não *acho* que esteja fazendo. E se o que você diz acontecesse de verdade, acho que, depois de me magoar, eu pensaria que você tem um bom motivo. Talvez até te odiasse. Mas então eu me diria que talvez você tenha precisado fazer isso por causa de alguma coisa que eu não sabia ou não pude ajudar, ou talvez até porque você encontrou algo nela que não conseguiu achar em mim. Acho que eu ainda confiaria que você fez o melhor que podia."

Ele não respondeu nada a isso.

"Ora, então, e se eu fizesse algo desse tipo e então descobrisse que estava errado e me sentisse culpado a respeito e sentisse que tinha traído você e, mais importante ainda, me traído? Quem me faria confiar *em mim mesmo* de novo?" Ele parou. "Você conseguiria? Você poderia dizer qualquer coisa pra mim que fizesse alguma diferença em como me sinto a respeito de mim?"

"Não sei, David. Eu tentaria. Aceitaria o que você fez e procuraria fazer com que você também aceitasse." Eu conseguia vê-lo melhor agora, sentada na cama, o corpo dele inclinado de leve, os punhos cerrados.

"E se eu não tivesse feito algo que talvez devesse ter feito? Imagine que eu fui covarde quando deveria ter sido, quando *poderia* ter sido, corajoso? Porque, Camille, é isso que sou. Sou um covarde quando não tenho que ser. E isso é ainda pior que ser um covarde quando se tem que ser, quando você não pode ser nada mais."

Eu queria tanto que ele me contasse. "Covarde com quê?"

"Isso nem importa agora."

"Mas importa!"

"Não a coisa em particular. Só que eu deveria ter acreditado com muita força em algo e quando chegou a hora de defender isso, não defendi. Eu recuei."

Eu deveria ter pensado com mais cuidado no que disse em seguida. "Bem, talvez você não devesse ter acreditado desde o início. Talvez nem fosse bom, pra começo de conversa."

Ele se voltou para mim; eu o havia magoado. "Mas era bom! Ainda é!"

"Mas talvez não pra você. Talvez não seja nada da coisa certa pra você." Eu não deveria tê-lo pressionado.

"Ah, pelo amor de Deus, você não entende nada." Ele despencou de volta no travesseiro, encarando o teto.

"Eu tento, David. Eu quero. Desculpe-me se não entendo." Oh... E eu não queria, tentei parar e me senti muito envergonhada de mim mesma, mas conseguia me ver começar a chorar. Não muito, só umas poucas gotas escorrendo pelas laterais das bochechas.

"Camille? Camille, não chore. Não é sua culpa; não é, nada disso, sua culpa." Ele estendeu a mão para mim sob os cobertores e segurou meu braço. E eu me virei para ele e ele passou os braços ao redor do meu corpo e beijou minhas pálpebras.

"David, eu queria poder te ajudar. Queria poder fazer algo, mas eu não sou... Eu sou tão... idiota." Ele me beijou de novo e eu conseguia sentir seu corpo e o meu começando a desejar um ao outro, e eu o segurei contra mim com o máximo de força e ele pegou e começou a subir minha camisola. Então parou de me beijar e eu tentei puxá-lo para perto de mim porque fazer amor era a única coisa que eu sabia fazer bem, e tudo ao mesmo tempo, senti na minha bochecha o que eu achei de início que eram minhas próprias lágrimas, mas eram as dele. Ele rolou para longe de mim. "Não adianta. Eu nem me sinto mais humano."

Essa foi a última vez que tivemos algum tipo de romantismo; depois disso, as coisas nunca melhoraram entre nós; depois disso, nos mudamos para Sutton e David começou a trabalhar com o pai nos negócios da família. A família dele era muito gentil conosco, mas eu sabia que David odiava estar ali; sabia que era a última coisa que ele queria fazer, porque odiava a ideia de pessoas ganhando dinheiro só porque acidentalmente calhavam de ter uma terra em que outras pessoas, pessoas mais pobres, precisavam morar. Ele odiava a ideia de cobrar aluguéis e todas as outras coisas que os proprietários fazem. Por estarmos tão infelizes, nós tínhamos cada vez menos para dizer um ao outro e nunca mais fomos para New Marsails visitar o pessoal que morava no lado norte. Às vezes, eu lhe perguntava a respeito e ele dizia que a gente tinha que crescer; nós não podíamos fazer mais aquelas coisas infantis. Nós fazíamos amor, de tempos em tempos, e eu engravidei de novo, de Dymphna, e David pareceu bastante feliz com isso, mas acho que em grande parte ele estava feliz porque não tinha mais que fazer amor comigo.

Na época em que nos mudamos para Sutton, foi quando vi Tucker pela primeira vez. Ele era um bebezinho naquela época, uns dois anos de idade, magro e muito escuro, com uma barriga inchada e uma cabeçona. Ele se sentava no seu cercadinho, ladeado de bloquinhos de brinquedo. Ele os empilhava um por um, formando criações gigantes. Eu me lembro de que, certa vez, ele montou algo maior que seu próprio tamanho e só sobrou um bloquinho. Ele o colocou no topo e se apoiou nas barras do cercadinho, olhando para sua obra, por muito tempo, com muita atenção. Então engatinhou de volta para a construção, fechou os punhos e a socou uma vez só, destruindo-a por completo. Ele fez um corte na mão ao socar, mas nem chorou. Da forma como ele fazia, dava a impressão de que não estava brincando.

A guerra começou e David foi enviado para a Costa Oeste. Ele nunca sequer deixou os Estados Unidos. Sei que isso deve soar estranho, mas senti muito por isso. Eu queria que ele tivesse sido enviado para algum lugar, para a guerra de verdade, porque poderia ter sido melhor se ele pudesse disparar uma arma e fazer alguma coisa que julgasse útil. Ele trabalhou num escritório em San Diego; era como ir trabalhar, cobrar aluguéis, todos os dias.

Eu esperava que talvez ficar longe de casa, de mim e das crianças fizesse bem a ele, mas, quando ele voltou pra nós, estava ainda pior. Quando estava em casa, ele geralmente ficava no escritório.

Foi então que a solidão começou a me afetar. Não era só que eu começava a me dar conta de que meu casamento esfriava. Imagino que eu já soubesse e tivesse aceitado isso. Era o fato de estar em Sutton e me sentir de fora. Não havia ninguém com quem eu pudesse falar. Sentia que todo mundo que eu buscava era um estranho, um Willson, e eu era a única não Willson. Meus filhos eram Willson, e, além disso, eu queria manter a situação afastada deles o máximo de tempo possível. Do jeito que estava, eles aprenderiam logo. Até mesmo os Caliban eram Willson porque estiveram com a família por tanto tempo. E eu era uma estranha numa casa que deveria ser meu lar.

Então, fiz algo de que tive bastante vergonha até muito pouco tempo atrás.

Quando Dewey era novo, amava tanto Tucker que insistia que ele dormisse no seu quarto. Nós colocamos uma cama portátil no quarto e Tucker dormia ali todas as noites. Eu sempre lhes contava uma história antes de dormir.

Certa vez, eu tinha atravessado um dia muito deprimente e, depois de botá-los para dormir, comecei minha história: "Era uma vez uma princesa que...".

"Ela era bonita, mamãe?", Dewey disse. Ele estava deitado de barriga para cima.

"Claro que era bonita. Todas as princesas são lindas." Tucker olhou para ele e soltou uma risadinha. Ele estava sentado na cama.

"Bem, eu não sei. Isso não importa muito, na verdade. Ela conheceu um príncipe encantado um dia num baile... para pintores. Essas pessoas eram pintores que faziam retratos." Eu lembrava de pensar que estava só me dando uma licença poética, usando uma base biográfica.

"Que tipo de retratos eles pintam, mamãe?"

"Ah, de pessoas e de paisagens e coisas assim."

Estava escuro, exceto pela lua, e eu conseguia ver a silhueta de Tucker sentado na cama. As cobertas de Dewey estavam puxadas até o queixo.

"Bem, a princesa se apaixonou pelo príncipe encantado e, logo em seguida, eles se casaram."

"Mamãe, a gente *já* chegou no final, agora?" Dewey estava frustrado.

"Não, querido, tem mais ainda. Essa é uma história que continua depois do final." Foi então que me dei conta do que estava fazendo. Mas parecia que eu não conseguia me conter.

"Como assim?" Dewey não entendeu.

Tucker se mexeu um pouco, e a luz da lua se refletiu nos seus óculos pequenos. "Dewey, só escuta a história, que ela vai explicar como assim."

"Mas como uma história continua depois do final?"

"É a história da sua mãe. Deixa ela contar como quiser."

"Ah", Dewey disse.

Eu prossegui. "Logo depois, eles se casaram, e o príncipe a levou para o castelo mais bonito que já se viu, no topo de uma montanha. Eles foram muito felizes por um tempo, até que um dia o príncipe foi pra uma guerra e voltou muito machucado."

Dewey começou a respirar muito pesado então, e eu soube que ele estava pegando no sono. Mas Tucker ainda estava interessado. E, mesmo se tivesse dormido, acho que eu teria continuado, só para dizer essas coisas em voz alta, mesmo que fosse daquele jeito.

"O príncipe estava muito triste, porque ele tinha perdido a batalha, e assim, a princesa ficou triste também. Mas ela descobriu que não podia fazer nada pelo príncipe. Ele até mesmo parou de falar com ela depois de algum tempo, e eles sempre tinham se falado muito. Então ficou muito solitário no castelo." Quando penso nisso, sinto bastante vergonha de mim mesma. Lá estava eu, uma mulher adulta, mascarando minha própria história como um conto de fadas e contando-a pra uma criancinha, confessando, confidenciando a ele. Mas isso nem era o pior. "Ela não tinha ninguém com quem falar, ou com quem ser feliz, e então ela ficou muito sozinha. De vez em quando ela pensava em fugir, em voltar pro castelo do seu pai, mas ela de fato não queria fazer isso porque amava muito o príncipe encantado e não queria deixá-lo. Mas ela começou a pensar mais e mais em fugir. Uma vez, até mesmo contou pro príncipe no que estava pensando, mas ele não pareceu se importar. Ele disse a ela: 'Cam...'". Eu quase disse meu próprio nome. Corei e senti calor, no escuro. Parei então porque sabia que o que estava fazendo era errado. Eu tinha pensado que estava falando comigo mesma, mas, quando ergui a cabeça, conseguia ver os pequenos óculos de Tucker brilhando. Ele ainda estava sentado, bem ereto na cama. Eu conseguia sentir que eu mesma estava começando a chorar nas profundezas de algum lugar. "Bem, Tucker, é hora de ir dormir agora, querido."

"Cê num vai terminar, sra. Willson?"

"Essa história não é muito boa. Não tem aventura ou explosões. Você não quer ouvir o final."

"Quero, sim, senhora. Gosto dessa história."

"Gosta? Por quê?"

"Porque tem gente de verdade, real. Que nem as que eu conheço."

"Uma história sobre dragões e guerra não seria melhor?"

"Não, senhora. Eu nunca acredito nesse tipo."

"Bem, querido, a história não tem um final. Você termina. Como você faria?"

"Eu?"

"Sim, pode continuar. O que você acha que a princesa deveria fazer?" Eu achava que estava brincando. Não podia seriamente estar perguntando a ele. Ele só tinha nove anos de idade.

Eu olhei para ele. Conseguia vê-lo pensar, sob a luz da lua, as cobertas ao redor da cintura como se estivesse em pé, mergulhado em água branca até a cintura. Ele estava olhando para a janela, e depois para mim. "Acho que a princesa devia esperar. Ela num devia fugir."

"Por quê?" Eu não estava brincando.

Ele me encarou, como um velho amigo que sabia de David e de mim e que estava me dizendo o que fazer. "Porque o príncipe, ele vai acordar um dia desses e vai consertar tudo."

Aquilo fez com que eu me sentisse agitada, idiota e um pouco doida. Ele não tinha como saber; ele só tinha nove anos de idade. Mas fiquei nervosa de qualquer forma.

Eu esperei de fato, vivendo um dia após o outro, prometendo a mim mesma que, se nada acontecesse naquele dia, eu iria ver meu irmão, um advogado, e falar para ele abrir os procedimentos de divórcio. Mas, a cada noite, me convencia de que esperaria só mais um dia.

Então esperei o passar dos anos, até este último março, e então decidi que não poderia continuar mais, não daquela forma, até resolver que me devia um pouco mais do que estava recebendo, que vinte anos desse tipo de casamento já bastavam para qualquer um.

Então, uma noite de segunda-feira, eu disse a Tucker que queria que ele me levasse de carro para New Marsails e, por favor, que estivesse com o carro pronto às dez da manhã. Eu me levantei e me vesti com algo escuro — eu me sentia dessa forma, como se estivesse indo a um funeral —, e bebi uma xícara de café, peguei minha bolsa e saí da casa e entrei no carro. Comecei a chorar naquele momento, e continuei chorando por toda a rota descendo o morro até Sutton, passando pelo Eastern Ridge e atravessando o Harmon's Draw. De onde estávamos, do topo do Eastern Ridge, eu conseguia ver New Marsails à distância, borrada e em movimento. Nós cruzamos a cidade e Tucker estacionou na frente do escritório do meu irmão. Eu lhe falei que, se qualquer coisa acontecesse, era para me contatar na firma de advocacia de R. W. DeVillet.

Foi então que ele falou. Foi quando saiu do carro e abriu a porta de trás para mim, quando deslizei pelo assento e ele olhou para mim de frente com aqueles óculos de aro grosso e disse, com tanta suavidade, em voz tão baixa, que eu mal consegui ouvir de primeira com a barulheira dos carros passando e a conversa abafada de pessoas, e eu pedi que repetisse.

Ou talvez eu tivesse ouvido, mas não quis acreditar nos meus ouvidos, porque era impossível que ele pudesse se lembrar, ou que já soubesse tanto tempo atrás, soubesse na época em que contei o conto de fadas. Levantei a cabeça, surpresa, e disse: "Como é, Tucker?".

E ele disse, de novo: "Acho que a princesa deve esperar, sra. Willson. Ainda mais agora, quando a espera quase acabou".

Mandei que ele me levasse para o cinema mais próximo. Foi ali que passei o dia.

Todos os dias daqueles últimos meses, eu me levantei e tentei me convencer de que este será o dia em que a espera terminará, que à noite a espera terminará. Mas nada aconteceu até ontem. E mesmo assim, não tenho certeza de que qualquer coisa aconteceu. Na noite passada, David chegou, parou no pé da minha cama, olhando para mim por um bom tempo, olhando para mim do jeito mais esquisito possível, e disse: "Camille, eu cometi um milhão de erros. Por que você demorou tanto?". Eu não consegui dizer nada. "Camille...?" Mas ele não continuou. Foi só isso que disse. Não que ele me amava, ou que esperava que eu ainda pudesse amá-lo. Foi só isso que ele disse. Mas foi algo.

David Willson

Sexta-feira, 31 de maio de 1957:

Hoje começou como um dia qualquer, mas acabou se transformando num triunfo para mim. É quase como se eu tivesse um novo começo! Como se todos esses anos de desperdício (de súbito me dou conta de como os desperdicei completamente) houvessem sido devolvidos a mim para que os revivesse. Sempre senti que o que mais precisei e mais me faltou na maior parte dos últimos vinte anos era coragem e fé, e que eu não tinha nenhuma das duas. Não tinha uma mínima partícula delas. É claro, eu tenho desculpas; sempre posso dizer que fiz a coisa responsável, mas esse raciocínio não me convenceu por um segundo sequer.

Às vezes desejei, em vão (ou assim eu pensei), que alguém pudesse ter me ajudado, me dado confiança em mim e coragem de fazer o que eu tanto queria fazer. Mas, também, eu sempre acreditei que uma pessoa de fora pode dar coragem a alguém; os líderes revolucionários de fato ajudaram seus seguidores a encontrar a coragem que já existia dentro deles. Se esses seguidores já não tivessem aquela coragem, os esforços dos líderes seriam em vão. A coragem não pode ser dada como um presente de Natal. Mas parece que estou errado — e muito grato de estar errado! —, pois hoje conquistei a coragem que, tenho certeza, nunca tive antes. Ou talvez eu tivesse *sim* a coragem, mas em que abismo profundo da minha alma ela havia se escondido por tantos anos? Eu me desesperei de nunca encontrá-la. Bem, agora ela foi achada, ou dada, ou seja lá o que for.

Hoje, como de costume, saí de casa para andar até a Companhia Merceeira Thomason e comprar minha cópia do *A-T*. (Não sei por que tenho de ler este jornal em particular todos os dias, exceto pelo fato de me trazer memórias de tempos melhores. Gosto de lê-lo, de procurar erros, erros de composição; gosto de ver, de vez em quando, os nomes dos homens que começaram ali mais ou menos na mesma época que eu; gosto disso, imagino, porque é o melhor jornal que New Marsails oferece e sempre tem essas histórias, esses tapa-buracos, que começam pequenos e crescem devagar rumo à primeira página até serem notícias importantes.)

Fui descendo a ladeira até chegar à praça e atravessar para a mercearia. (Havia dois ou três homens e um garoto ali naquela manhã, o que era incomum para o horário: umas sete e meia. Não falei com eles, é claro; não conhecia nenhum dos homens. Nenhum deles tinha trabalhado na minha terra.)

Quando voltei para casa com o jornal, como *de costume*, fui para o escritório e comecei a ler, e então, de uma vez só, lá estava, algo que agora me dou conta de que tenho esperado para ver (corro para acrescentar que nunca pensei que de fato veria ou saberia como seria, mas, ao ver, soube), enfiado no alto da vigésima página, acima dos anúncios de roupas e cintos femininos; para o editor-chefe, apenas a importância de estar a um passo de um tapa-buraco, mas para mim, se eu tivesse montado a edição do dia, teria a importância da primeira página, coluna oito, com a manchete em fonte grande como quando anunciaram o ataque a Pearl Harbor. Eu recortei e colei a seguinte notícia:

FOGO DESTRÓI FAZENDA

Fogo ateado pelo proprietário?
Sutton, 30 de maio — Um incêndio arrasou a casa do fazendeiro Tucker Caliban, a três quilômetros de Sutton — e

nenhuma das cerca de trinta pessoas que assistiam à cena fez qualquer esforço para apagar as chamas. Testemunhas afirmam que o fogo foi iniciado deliberadamente pelo próprio Caliban, um negro.

Os entrevistados afirmam que observaram Caliban durante boa parte do dia, ao longo do qual ele jogou sal na terra, atirou nos animais, destruiu diversos artigos de mobília e então, às oito da noite, saiu e ateou fogo na casa. Depois, afirmam, ele saiu caminhando sem explicação.

Caliban não estava disponível para comentar.

Tenho certeza de que esse artigo significava muito pouco para qualquer outra pessoa. Mas, sob a luz do que Tucker havia me dito, os sentimentos que expressara, isso é muito significativo, ao menos para ele, e para mim mesmo. Ele *conseguiu* se libertar; isso se tornara muito importante para ele. Mas, de alguma forma, ele me libertou também. Ele é um único homem, e isso, é claro, não transforma em realidade todas as coisas que sonhei em fazer vinte anos atrás. Mas é alguma coisa. E contribuí com ela. Eu lhe vendi a terra e a casa. Duvido que ele soubesse o que ia fazer quando as comprou no verão passado, mas isso não importa. Ontem, seu ato de renúncia foi o primeiro golpe contra meus vinte anos mal gastos, vinte anos que desperdicei com pena de mim mesmo. Quem teria pensado que um ato tão humilde, tão primitivo, poderia ensinar algo a um suposto homem educado, como eu?

Qualquer um, qualquer pessoa pode se soltar dos seus grilhões. Essa coragem, não importa quão fundo se enterre, sempre está à espera para ser convocada. Tudo que ela precisa é do convite certo, a voz certa para convidar, convencer, e ela saltará rugindo como um tigre.

Terça-feira, 22 de setembro de 1931:

Esta é a primeira vez que escrevo aqui, apesar de meu pai ter me dado este diário de presente no meu aniversário passado (17 de julho). Na época, ele disse algo sobre ter chegado a hora, filho, de você começar a manter um registro diário das coisas que for ver e aprender, em especial porque vai se mudar para Massachusetts em setembro. Eu não pensei muito nisso. Pensava que uma pessoa se lembraria das coisas realmente importantes de qualquer forma e se esqueceria do resto. Mas tenho pensado a respeito e talvez ele esteja certo. É possível que algo aconteça com você, aí você acha que não foi nada na época, e um ano depois aquilo explode como uma bomba-relógio, porque era importante, afinal de contas.

Então pode ser uma coisa boa manter um diário.

Decidi começar a escrever aqui hoje (neste dia em particular) porque amanhã vou embora para Massachusetts para começar meus quatro (se eu não rodar em nada) anos na faculdade. Essa é a época de começar coisas. Não tenho muita certeza de por quê, quer dizer, não consigo expressar exatamente em palavras e talvez pôr tudo para fora me ajude, mas ir para essa cidade, ir para Cambridge, é muito importante para mim. Não pelo nome ou o prestígio, mas porque, de tudo que meu pai me contou sobre o lugar (ele também foi) e de tudo que ouvi de lá, esse parece ser o lugar onde posso começar algumas das coisas que quero começar.

Olho ao redor, para toda a região Sul, e tudo que consigo ver é pobreza, miséria, desigualdade e infelicidade. Amo tanto o Sul e, mesmo que soe sentimental como o diabo, sinto vontade de chorar sempre que vejo como está e comparo com minha ideia do que poderia ser. Mesmo em momentos difíceis como esses, com a quebra da bolsa de Wall Street e a Depressão, o Sul, que já estava numa condição pior que o resto do país, está ainda pior agora. Mas o que *poderia ser* pode apenas se realizar se as pessoas aqui encontrarem e provarem algum conceito novo para poder tocar a vida. Nós temos que fugir dos padrões antigos, temos que parar de glorificar o passado e nos voltar para o futuro. (Meu Deus, isso está parecendo um discurso horrível!) E espero descobrir em Cambridge algumas ideias, alguns princípios que, em quatro anos, eu possa trazer de volta para cá e ajudar a reerguer essa região, levantar a bunda do Sul da cadeira e ir para o século XX. Nem sei o que estou procurando; só espero que reconheça *quando* eu o vir.

Bem, é só isso. Tenho que fazer mais umas malas.

Sexta-feira, 23 de outubro de 1931:

Conheci um sujeito incrível na noite passada. Um negro, Bennett Bradshaw. Foi a primeira vez na minha vida que mantive uma conversa inteligente com um negro, e a primeira vez que me senti intelectualmente inferior a um negro. Eu poderia até me ressentir disso, só que aprendi coisas demais.

Fui a um encontro socialista, esperando que fosse ouvir algo de importante; até estava considerando me juntar a eles — antes de ir! Mas, quando cheguei, não havia nada além de um monte de caras, cada um mostrando para o outro o quanto sabiam de Marx.

Logo depois de eu chegar lá e achar um lugar para me sentar, um negro entrou e se sentou ao meu lado. Isso é algo sobre o qual terei de falar muito em alguma ocasião: a falta de segregação. De início, eu me senti perturbado por ela, não que eu me importe com sua falta, é só que normalmente quando você se senta, não nota muito quem se senta do seu lado. Se você está no bonde e alguém se senta do seu lado, em geral você dá uma espiada, aí ignora a pessoa, quer dizer, se ela não se sentar no seu casaco. Mas quando um negro se senta ao meu lado, eu noto que me distraio do que estava lendo, ou de olhar pela janela, porque não estou acostumado a estar tão perto assim de um negro em público. Então quando esse negro se sentou ao meu lado, eu notei e continuei a notar. Ele era corpulento, quase aparentando ser de meia-idade, e usava um terno escuro.

Quando o encontro começou, tentei não encarar o homem. (Estou tentando parar de arregalar os olhos cada vez que um negro se aproxima de mim.) Mas, conforme o encontro foi seguindo, e esses sujeitos ficavam tentando um impressionar o outro, comecei a me remexer e quis ir embora; não tenho esse tipo de coragem. Ele deve ter notado, devia estar olhando para mim porque se inclinou e disse, numa voz que parecia bastante britânica (mais tarde, ele me contou que sua família era das Índias Ocidentais): "Esse povo aí não tem nada pra falar. Você gostaria de me acompanhar numa xícara de chá?".

Eu me voltei para ele, e ele sorria de leve, os olhos brilhando.

Ainda não sei por que fui embora com ele, por que peitei o silêncio levemente ofendido que acompanhou nossa saída; suponho que tenha sido uma combinação do seguinte: (1) que ele parecia se sentir exatamente como eu em relação à inutilidade do encontro; (2) que ele, um negro, se inclinasse e falasse comigo de forma tão ousada, tão aberta, tão amistosa; (3) ou que ele era tamanha (essa palavra talvez não esteja exatamente correta) figura exótica com seu sotaque inglês. Mas eu fui com ele.

Seguimos pelo pátio da universidade até a praça, sem falar, caminhando lado a lado. Notei que ele puxou um cigarro, colocou-o numa piteira e o acendeu, protegendo-o do vento com suas mãos rechonchudas. Ele caminhava como se houvesse alguma música de fundo, uma marcha, seus braços balançando. Encontramos um lugar; ele pediu chá; eu, café. Quando nos sentamos, ele estendeu a mão: "Bennett Bradshaw". Apertei sua mão e lhe disse meu nome, as primeiras palavras que eu havia dito.

Ele começou a rir. "Deus do céu! Do Sul. Uma alma irmã, ainda que do Sul."

De início fiquei com um pouco de vergonha, mas então fiquei aliviado de que ele comentara quão estranha era a situação, as circunstâncias, e eu mesmo comecei a rir. Ele me perguntou de que parte do Sul eu era; contei, e a mente que me impressionaria cada vez mais conforme falávamos tirou uma conclusão rápida. "Você é parente do general Dewey Willson, não é?"

Por um instante, eu estava prestes a "confessar" que sim, mas então decidi que o testaria. "Por que você acha isso?"

"Bem, para começar, você é do estado dele e seu sobrenome é Willson."

"Mas muita gente assumiu esse nome depois da guerra. Muita gente que não era parente dele."

"Sim, mas eles não poderiam pagar para frequentar esse lugar, poderiam? Eles não teriam herdado sua inteligência, teriam? Além disso..."

"Você venceu; agora me encurralou. Ele foi meu bisavô." Dei uma risadinha, balançando a cabeça.

"E, devo acrescentar, apesar de não poder concordar *totalmente* com a causa da sua luta, ele lutou e liderou admiravelmente. Mas me diga, David... posso chamar você de David, não é?" Ele não esperou uma resposta; eu teria consentido. "Por que você, de todas as pessoas, estava num encontro desses?"

Contei a ele como me sentia em relação ao meu pobre Sul perdido e o que esperava poder fazer por ele e algumas das coisas que já tinha buscado. Ele pareceu bastante satisfeito e, quando terminei, começou a explicar seus próprios motivos. Ele estava basicamente acendendo um cigarro após o outro.

"Meu povo também precisa de algo novo, algo vital. Na minha opinião, a liderança deles seguiu os passos dos negros supervisores do tempo das plantations. Cada um cuida de si e o dinheiro é o que importa. Fiz muitas leituras desde que me formei no ensino médio." (Parece que ele tem vinte e um anos e trabalhou por quatro para economizar e ir à escola, e agora está trabalhando numa lavanderia e tinturaria em Boston.) "Mas não encontrei nada. Eu esperava que pudesse achar aqui. Talvez o socialismo ou o comunismo tenham a resposta, mas com certeza não aquele tipo vazio que vimos agora há pouco… Um novo tipo… Isso, sindicalização e outras coisas."

Continuamos a falar, ao longo de sete xícaras de café, continuamos a trocar ideias. Ele sugeriu uma quantidade enorme de livros que eu poderia ler; meus bolsos estão lotados de bilhetinhos para mim mesmo.

Ele é de Nova York, vem de uma família gigante, é o mais velho.

Amanhã vou encontrá-lo no Sindicato para almoçar.

Segunda-feira, 26 de outubro de 1931:

Encontrei Bennett para jantar. Caminhamos até as três da manhã. Deus, ele sabe de tanta coisa. Estou aprendendo muito com ele. Até mesmo coisas que eu não sabia do meu Sul.

Quarta-feira, 28 de outubro de 1931:

Bennett apareceu aqui hoje, umas nove da noite. Falamos até chegar a madrugada.

Sábado, 31 de outubro de 1931:

Fui a uma festa de Halloween no Pudding; tinha sido convidado. Conheci uma garota muito simpática, chamada Elaine Howe. Ela é de Roanoke, Virgínia. Tem perto de um metro e sessenta e uns cinquenta e cinco quilos. Eu a achei muito atraente e muito gentil. Ela tem um jeito de caminhar maravilhoso, como se andasse em todas as direções — poderia ser descrito como sem rumo, vagando. Mas acho que é a voz dela que faz com que eu me sinta tão bem — é como se fosse "de casa", um sotaque como um pardal tossindo —, não exatamente agudo, mas parecendo rachar um pouco, e suave, e aristocrático. Ela tem cabelo castanho-claro, meio longo, e olhos amáveis. Não consigo evitar; tenho que dizer; garotas do Sul são as melhores do mundo!

Segunda-feira, 2 de novembro de 1931:

Bennett e eu almoçamos juntos; falamos a tarde toda. Ele disse — e esse foi o máximo que já falou de si — que quer se juntar à equipe da Sociedade Nacional para Assuntos de Cor quando se formar. Ele não sente que estão fazendo tudo o que podem para o povo negro lá, mas acha que é um bom começo. O que diabos eu vou ser? Fazer? Como e onde vou me situar para fazer o pouco que posso? Ao menos *sei* de uma coisa: não quero ir para casa e cobrar aluguéis para meu pai.

Terça-feira, 3 de novembro de 1931:

Ainda estou pensando numa profissão. O *Crimson* vai abrir uma seleção logo. Posso me candidatar. Vi Bennett na noite de hoje por um tempinho. Nós dois precisávamos estudar.

Sábado, 14 de novembro de 1931:

Levei Elaine a uma festa; na verdade, ela me levou. Todo mundo era do Sul. Foi ótimo poder ouvir o sotaque sulista todo de uma vez, e de novo. Conheci muita gente boa, em especial garotas.

Segunda-feira, 16 de novembro de 1931:

Às vezes, acho que Bennett e eu não somos amigos de verdade; quer dizer, nós raramente falamos de coisas pessoais: roupas, mulheres, matérias (exceto quando entramos em planos futuros) ou qualquer coisa que amigos geralmente falam. Nós sempre falamos de política, teorias de governo, comunismo vs. capitalismo, o problema racial. Mas, por outro lado, essas *são* as coisas que nos interessam de verdade e... por que não?

O motivo pelo qual expresso essa dúvida é porque nunca conseguíamos sair em casais ou ir às mesmas festas. Devo confessar que, mesmo com meus sentimentos liberais, sou um esnobe e, ainda mais, um sulista. Precisei enfrentar o frio e a escuridão da Nova Inglaterra para descobrir isso. Ando pela praça e me deparo comigo mesmo comparando as coisas, sempre comparando as coisas. "As pessoas parecem mais tristes aqui do que em casa", eu diria. Ou: "As casas daqui não são tão bonitas" ou "As pessoas são menos amistosas", ou, e enfim e aonde quero chegar, "As garotas não são tão simpáticas". Sempre digo isso, e meus sentimentos a esse respeito, mais que qualquer coisa, fazem com que Bennett e eu fiquemos separados socialmente. Pois, apesar de conhecermos garotas aqui, garotas que estão em grupos liberais, ainda tenho que achar entre elas uma que eu iria querer levar para sair.

O motivo pelo qual isso vem à tona é que perguntei a Bennett se ele gostaria de me acompanhar ao Grande Jogo da temporada. Ele olhou para mim, chocado: "Meu bom amigo, você enlouqueceu totalmente?".

"Por quê?"

"Por quê, de fato. Pense nas garotas com quem tem saído aqui. Ora, é como se você nunca tivesse deixado o Sul. E como você acha que reagiriam a mim? Que nem gatos à beira-mar. Com certeza, eu não poderia ir a nenhuma das festas dos seus amigos."

Continuei a defender a ideia, apesar de conseguir ver agora que era ruim. "Bem, nós não precisaríamos ir; poderíamos sair nós quatro. Poderia ser melhor. Festas grandes são sempre bagunçadas e barulhentas demais, de qualquer forma."

Ele pôs a mão no meu ombro e sorriu com tristeza. "David, é melhor do jeito que está. Não podemos forçar nossa amizade para dentro de lugares em que ela não é desejada. Nossa amizade não precisa abranger todas as partes; não precisa incluir todas as coisas triviais que compõem a vida. No nosso coração, acreditamos nas mesmas coisas, e o que estamos fazendo é nos esforçarmos pelo dia em que *possamos*, de fato, ir a um encontro em Pudding juntos. Você não concorda? Agora, não se preocupe comigo. Tenho festas para ir e amigos para ver em Boston. Se nós forçarmos muito isso, cedo demais, não teremos nada."

Sei que ele tem razão, mas... diabo!

Terça-feira, 9 de fevereiro de 1932:

Bennett e eu decidimos dividir um quarto no ano que vem. Estamos querendo conseguir um lugar na Adams House, pela segunda entrada, que é a antiga casa Gold Coast, construída para milionários, espalhafatosa e vitoriana como o diabo.

Quinta-feira, 10 de março de 1932:

Hoje (no último minuto) entregamos nossa candidatura para dividir quarto nas residências universitárias de Adams, Winthrop e Lowell Houses, nessa ordem de escolha. Eu já superei bastante minha surpresa com o fato de que ele é negro, mas ainda não contei para a minha família. É claro, contei-lhes tudo a respeito dele (como poderia evitar?), até mesmo da sua aparência corpulenta, mas sempre omitindo a cor da sua pele. Sei que devo lhes contar porque vão descobrir mais cedo ou mais tarde, e eu não quero que pensem que escondi isso porque tenho vergonha dele. Não quero, no entanto, escrever para eles. Talvez eu conte quando for para casa nas minhas férias de primavera. Espero que não façam um escândalo por causa disso porque precisarei me posicionar, e, para ser honesto (sei que ninguém verá este registro), eu preciso deles, ao menos para pagar a faculdade. Não sou diligente e trabalhador como Bennett, que trabalha trinta horas por semana na lavanderia e ainda se sai bem a ponto de estar entre os cinco melhores da classe.

Segunda-feira, 25 de abril de 1932:

Eu me esqueci de levar este diário para casa e não tive tempo para escrever aqui desde que voltei, mas agora vou tentar atualizar tudo.

A coisa mais importante que aconteceu em casa foi que contei aos meus pais sobre Bennett.

Eu havia esperado justo antes de eles irem dormir, quando estavam no quarto e os Caliban não me ouviriam ou entrariam. (Planejei isso só para o caso de que meus pais ficassem de cabeça um pouco quente e dissessem coisas aviltantes sobre negros que talvez não diriam num momento normal.)

Mamãe estava sentada na cama, com uma aparência muito bonita e feminina de camisola. A luz quente batia no seu cabelo grisalho e o fazia brilhar. Meu pai estava sentado na poltrona, passando os olhos pelo jornal.

Decidi não enrolar.

“Bennett Bradshaw é um negro”, eu disse, com toda a simplicidade. “Ele é o garoto com quem...”

"Ele é um *o quê*?" Eu tinha bastante certeza de que meu pai teria dito isso, mas ele estava apenas de olhos erguidos de forma muito calma, por cima do aro dos seus óculos e do seu jornal. Mamãe havia falado, as mãos plantadas com firmeza nas laterais, sustentando seu corpo de forma dura e reta na cintura. Sob as cobertas, eu conseguia ver suas pernas se agitando com energia.

"Ele é um negro, mamãe. O garoto com quem vou..."

"E você vai mesmo *morar* com ele por três anos? Ora... Ora... você deve estar brincando, David."

"Não, não estou, mamãe." Fazia muito tempo que eu não a chamava daquela forma. "Ele é meu amigo na universidade..."

"Eu não ligo para o que ele é! Você não vai *morar* com ele. Não vai nem falar com ele, nunca mais. Você está me ouvindo, David?" Havia um ar engraçado na sua voz; ela deveria estar gritando, mas em vez disso parecia quase sussurrar.

Assenti com a cabeça, mas apenas para dizer que havia escutado, e me virei para meu pai, quc ainda espiava o jornal, seu rosto tão sem vida quanto lama; eu não conseguia decifrar de forma alguma o que ele poderia estar pensando.

"David!" Minha mãe estava falando de novo. "Você se dá conta do que está fazendo? Você se dá conta de verdade? Ora, eu não me surpreenderia se você nunca mais fosse chamado para outra festa respeitável na sua vida. Circulando com um negro — ora, é a coisa mais insana que já ouvi."

"E você é inacreditavelmente intolerante." Eu quis permanecer calmo, mas de súbito tinha deixado *aquilo* sair e vi o rosto de minha mãe ficar cor-de-rosa, e então sua boca se abriu. E aí ela começou a falar atabalhoadamente.

"Você não devia ter esse tipo de desrespeito com sua mãe, filho, mesmo que esteja pensando nessas coisas." Meu pai *enfim* falou, e dobrou o jornal no colo e se inclinou para a frente.

Mas certamente eu não conseguia engolir as palavras garganta abaixo de volta, e apesar das ideias na minha cabeça não estarem muito definidas no momento — minhas orelhas estavam lotadas com um zunido; imagens e palavras saltavam como se saídas de canhões —, não tenho muita certeza de que as queria segurar de qualquer forma. Eu só me voltei contra ele também.

"Não é justo que me mandem para um lugar daqueles e esperem que eu continue sendo um bom garoto branco aristocrata do Sul!" Exceto que a frase não estava clara o suficiente. "Há algumas pessoas lá que nem acreditam em Deus! E vocês esperam que..."

"Eu não espero nada." Mamãe se recuperara. Ela se voltou para o meu pai, que lhe devolveu o olhar. "Demetrius? Eu *falei* para você que ele ficaria melhor na Universidade Estadual. Falei isso para você há uma eternidade. *Agora* foi longe demais. No próximo semestre, David irá para a Universidade Estadual em Willson City."

Meu pai não disse nada; eu não conseguia ver seu rosto bem o suficiente e achei que o vi assentir com a cabeça, como se concordando, e isso foi demais. O zunido nos meus ouvidos ficou mais alto e comecei a chorar. Fazia tanto tempo que eu não chorava que tinha esquecido a sensação; é como vomitar. Você começa a gaguejar e não consegue enxergar, e seu estômago fica um inferno. Deus, foi ruim. Os dois estavam olhando para mim, e eu não conseguia encará-los. "Ah, merda!", disse eu, e me virei e tentei pegar o trinco da porta, errando algumas vezes. Enfim consegui abri-la, disparei corredor abaixo e me tranquei no banheiro. Eu me senti como uma menininha de sete anos!

Estava deixando a água da pia correr, umedecendo o rosto e tentando parar de chorar, o que consegui fazer bastante rápido, apesar de ainda estar soluçando, sentado na beira da banheira, quando ouvi alguém bater à porta, e a voz de meu pai falando: "David. Abra a porta, filho".

Eu o mandei embora, não tanto porque estava bravo com ele, mas porque não queria que ninguém me visse, em especial meu pai. Ele é um homenzinho duro; quero dizer, nunca vi nada perturbá-lo dessa forma. Mas ele seguiu falando pela porta e enfim eu o deixei entrar.

Ele é pequeno, mede cerca de meia cabeça menos que eu, e tem cabelo cinzento como ferro e olhos cinza-claros, e ali estava eu, olhando para baixo, para ele, e soluçando. Eu me senti tolo. Ele não disse nada, apenas entrou, sem olhar para mim, foi até o vaso sanitário, baixou a tampa e se sentou.

Eu me sentei na beirada da banheira e fiquei esfregando o rosto com água fria, além de beber uns goles. Então desliguei tanto minha torrente (os soluços) quanto a água.

Ficamos sentados em silêncio por alguns minutos mais, então ele olhou para mim. "Você tem razão, rapaz. Não posso esperar que volte e seja o mesmo que sempre foi. Você vai ter que mudar um pouco. No meu tempo, isso não aconteceria porque todo mundo tinha que se virar, encontrar seu quarto e, quanto mais dinheiro você tivesse, melhor seria seu lugar para morar, e você viveria com garotos do seu próprio tipo e nível. E esses seriam seus amigos. Mas agora, com esse sistema, eles arrancam o dinheiro de você e misturam todo mundo. Não é isso?"

Assenti com a cabeça.

Ele sorriu, olhando para o azulejo: "Aquele lugar está com você na palma da mão, e não vai te soltar logo, não é?"

"Não vai, não, senhor."

"Bem, não se preocupe. Você não vai sair de lá até chegar ao fim, de um jeito ou de outro: rodando ou se formando. Vou garantir isso." Ele olhou para mim com dureza; eu poderia ter corrido mil quilômetros e nunca teria saído do alcance daquele olhar. "Agora me diga uma coisa. Por que é que você quer ficar com o garoto de cor?"

Pensei, mas não soube o que dizer, e enfim murmurei: "Porque gosto dele e aprendo um bocado com ele. Mas acho que, acima de tudo, é porque gosto dele".

Ele se inclinou para trás e enfiou as mãos nos bolsos do roupão. "É isso que eu queria ouvi-lo dizer. Se você tivesse me dito alguma bobagem sobre a igualdade dos homens, ou que estava tentando dar um golpe por um mundo melhor, eu teria dito que está cometendo um erro. Não se faz amizade com as pessoas porque é a coisa certa a fazer, você faz amizade com as pessoas porque gosta delas e não consegue controlar como gosta delas." Ele fez uma pausa. "Não se preocupe. Vou ajeitar as coisas com sua mãe de alguma forma." Ele se levantou, antes mesmo de eu poder lhe agradecer, e saiu pela porta.

Então foi assim que foi. Deus, que exibição!

Antes de ir embora, eu me desculpei com mamãe, mas ela não olhou para mim.

Domingo, 1º de maio de 1932:

Elaine Howe noivou com, de todas as pessoas possíveis, um sujeito de Bangor, Maine.

Sábado, 28 de maio de 1932:

Bennett fez sua última prova ontem e foi embora hoje pela manhã. Ele tem que começar a trabalhar em Nova York na segunda-feira. Com certeza, ele tem força no seu propósito; não vai ter férias por muito tempo. E eu, eu tenho enfiado conhecimento na mente em desespero e estou quase completamente exaurido. Sentirei falta de falar com ele, mas vamos nos escrever neste verão e, é claro, morar juntos ano que vem na Adams House.

Sexta-feira, 23 de novembro de 1934:

Quando cheguei em casa das minhas aulas (perto do meio-dia), havia dois telegramas para Bennett sob a porta. Eu deveria almoçar com ele à uma, eu o encontraria no refeitório, então levei os papéis comigo.

Eu estava sentado no fundo, perto das janelas, olhando para fora, para os velhos edifícios cinzentos pela Bow Street, abrindo o apetite com uma xícara de café, quando ele entrou, tirou o sobretudo, baixou os livros. Acenei para chamar sua atenção e, depois de pegar sua comida, ele se aproximou e se sentou. "Isto chegou para você." Eu lhe passei os envelopes amarelos. "Odeio essas coisas malditas. Sempre trazem algum tipo de notícia perturbadora e são um diabo de impessoais a respeito." Eu ri.

"Concordo." Ele sorriu, pegou a faca e rasgou o primeiro.

Eu o observei, esperando que a notícia fosse boa, mas não conseguia decifrar seu rosto. Ele me passou o telegrama.

MÃE FALECEU 10-20

AMELIA

Eu não sabia o que dizer. Ele estava lendo o outro telegrama, mas murmurando para mim, sabendo que eu o olhava. "Amelia é minha irmã." Então ele me passou o outro telegrama:

MÃE DOENTE DE SÚBITO VENHA RÁPIDO

AMELIA

Ele estava me olhando quando ergui os olhos do segundo telegrama.

"Deus, Bennett, eu realmente não..."

"Ela era uma mulher bastante jovem... Trinta e oito. Foi todo o trabalho difícil." Ele olhou para o prato.

Eu quase perguntei a ele *o que* era trabalho difícil, mas então me dei conta de que, se ele tivesse terminado a frase, teria dito: que a matou. Não falei nada. Estava olhando para ele com atenção, sem me dar conta por nenhum momento de que estava buscando de forma quase sádica que ele mostrasse alguma emoção. Não esperava que ele se debulhasse em lágrimas na minha frente; mas eu queria ver o que exatamente ele faria. Eu me peguei pensando: *Tudo bem, Bennett Bradshaw. Você consegue lidar com qualquer coisa; nada o chateia. Ora, vamos ver como você lida com essa agora. Vamos ver se você consegue ser tão presunçoso assim com isso.* Senti vergonha quando me dei conta do que estava atravessando minha mente.

Mas ele não deu sinal algum de que estava rachando e fiquei contente. Acho que apenas queria ver se ele era humano (ele é, muito; quero dizer nessa situação) e esperava que ele se provasse ser. Por tantas vezes que escrevi aqui sobre ele, deve ser óbvio que o idealizo um bocado.

Ele estava olhando para mim. Espero que ele não tenha conseguido ler meus pensamentos. "Tenho que ir a Nova York hoje." Ele se levantou. "Vou para lá e tentarei contatá-los. Você tem a tabela dos horários?"

Neguei com a cabeça.

"Não importa. Vou ligar para a estação." E então ele foi embora, dando passadas para o outro lado do refeitório onde tinha deixado suas coisas.

Eu o vi de novo por alguns minutos no quarto, mas ele estava com pressa e não tive oportunidade de falar com ele.

Terça-feira, 27 de novembro de 1934:

Bennett voltou de Nova York na manhã de hoje — com notícias muito ruins. Seu pai não está mais vivo, então ele tem três irmãs e dois irmãos, todos com menos de dezoito anos, para cuidar sozinho. Ele poderia espalhá-los entre vários parentes, mas quer manter a família unida e isso quer dizer que precisará deixar a faculdade quase imediatamente e arrumar um emprego de tempo integral. Ele vai dar o seu melhor para terminar o semestre, mas não tem certeza se consegue. Eu queria muito dizer a ele que mandaria uma mensagem para meu pai e arrumaria dinheiro para que ele ficasse até fevereiro, mas acho que talvez ele tivesse declinado minha oferta e até mesmo pudesse se sentir magoado e insultado. Deus, com menos de meio ano para terminar, isso tinha que acontecer com ele. E Bennett merece se formar, faria tanta coisa com um diploma.

Quinta-feira, 20 de dezembro de 1934:

Escrevo isso no trem agora, voltando para casa para a folga de Natal. Bennett e eu saímos de Cambridge juntos numa caminhonete que ele pegou emprestada do tio, algum tipo de revendedor de quinquilharias, para trazer suas coisas, em especial os livros (ele não teve coragem de vendê-los), para Nova York. Ele (Bennett) me deu carona até a Penn Station.

No caminho, tentamos tirar a mente do entendimento de que não nos veríamos por muito tempo, e falamos, em vez disso, das coisas que vão nos manter juntos em espírito e pensamento, já que não em corpo: nossas aspirações comuns para uma melhora social, nosso ódio comum da ignorância, da pobreza, doença e miséria, o que esperamos fazer a respeito. Bennett falou a maior parte do tempo, sua voz ressoante e eloquente, como se estivesse se dirigindo a mil pessoas, usando apenas a voz, que sempre havia sido o suficiente para me cativar, quando estávamos atravessando um vilarejo ou cidade, ou quando a estrada serpenteava perigosamente por entre as árvores, e usando as mãos quando precisava contornar os bancos de neve da estrada. "Depois de se formar, volte para o Sul e arranje aquele emprego para escrever. Vamos precisar dos seus artigos; você vai ser nosso 'agente'. Você pode nos informar sobre o que está acontecendo. Pode escrever artigos sobre a situação e eu faço com que sejam publicados em Nova York. Vamos envergonhar todos eles, persuadir, bombardear, até que comecem a fazer as coisas de um jeito melhor. E todo mundo vai se beneficiar. Pense no que conseguiremos conquistar se nos esforçarmos!"

Nós nos movemos para a frente, para a cidade, na cabine da caminhonete, sem aquecimento, sem notar que tínhamos frio, sem ter tempo ou querer pensar nisso.

Chegamos à cidade no início da noite e fomos até o centro, rumo à Pennsylvania Station.

Bennett estacionou numa rua lateral e eu desci da cabine e dei a volta por trás para levantar uma dura lona acinzentada e baixar minha mala da caçamba.

"Carregador, sir?" Bennett surgiu ao meu lado e sorriu. Um táxi passou disparado ao nosso lado, atravessando a lama de neve preta, abrindo uma rota.

"Não, obrigado. Eu carrego." Eu a levantei na mão direita. Meus livros a deixavam pesada. (Eu espero que *desta vez* consiga estudar em casa.)

Ele olhou diretamente para mim. "Não, deixe que eu faço isso. O propósito dos amigos é fazer certas coisas."

Então eu lhe entreguei a mala e descemos por um banco baixo de neve suja e nos dirigimos para a avenida, na qual brilhavam luzes rosadas e verdes e conseguíamos ver as altas colunas de pedra da estação.

"Você acha que vai conseguir terminar? O curso, quero dizer." Eu não virei a cabeça para olhar para ele.

"Acho que sim. Amelia vai se formar no ensino médio em junho e não quer continuar a estudar; talvez ela não esteja preparada para isso. Vai arrumar um emprego e cuidar dos outros até eu conseguir terminar."

Nós paramos na esquina e ficamos observando por um instante, mesmo depois de a cor do semáforo mudar, os táxis cruzando, e caminhões de entregas em cores brilhantes, e as pessoas, muitas delas carregando malas e marchando rumo à estação. Atravessamos a rua.

"Você acha que vai conseguir arrumar um emprego decente?" Essa era a única forma pela qual eu conseguia expressar minha preocupação. Queria dizer tanto mais, mas tinha receio de soar embaraçoso ou sentimental. Ainda assim, de alguma forma velada, queria que Bennett soubesse que eu sentia muito que ele não tivesse os meios financeiros para terminar a faculdade de imediato. Eu me dou conta de que esse tipo de coisa é quase uma parte normal, esperada, da vida de um negro, a que negros são condicionados, quase resignados: a de cortar, ou ao menos atrasar, seus sonhos; queria que ele soubesse que eu sentia muito pelo atraso, não só por pena dos necessitados, mas porque eu mesmo estaria privado da sua companhia.

"Acho. Escrevi para a sociedade e eles me disseram que poderiam, provavelmente, encontrar *alguma coisa* que eu pudesse fazer com eles." Nós estávamos nos degraus que levavam ao saguão de mármore, supervisionado por uma central de informações que parecia um forte.

"Você não vai fazer isso por muito tempo. Vão te dar algo importante para fazer num instante."

"Com certeza, espero que sim. Quarenta anos é um tempo mais ou menos curto para fazer milagres." Nós dois rimos do nosso idealismo. Eu me dou conta agora de que queríamos desesperadamente rir.

Carregadores de malas, a maioria deles sem uniforme ou distintivos, levavam a bagagem ou empurravam carrinhos de ferro pela plataforma sombria. Aqui e ali havia grupos de mecânicos usando jeans; condutores em ternos azuis, com estrelas douradas nas mangas, conferiam horários ou esperavam, como recepcionistas de festa, nas portas do trem. Além deles, havia pessoas. Uma família chorava ao se despedir de uma senhora que os espiava pela janela. Bennett e eu caminhamos até chegar, mais abaixo da plataforma, a uma porta vazia. Bennett me passou a mala. "Bem, agora escreva, ok?" Ele fez uma pausa, então acrescentou: "Vou ficar esperando os relatórios".

"Não vão começar a sair até eu estar em casa em definitivo, mas vou avisar se qualquer coisa interessante acontecer em Cambridge." Baixei a mala e, com o pé, a empurrei contra a parede da entrada. Eu estava parado no vestíbulo.

"Bem…" Bennett estendeu a mão.

Mas apenas olhei para ela; não a apertei, não queria dizer adeus tão rápido, e me agarrei em algo para dizer. "Depois me conte o que achou da ideia que comentei sobre auxílio federal."

"Certo, farei isso. Mas o que posso dizer agora é que não acho que vai funcionar. Em primeiro lugar… Sim, bem…" Ele estendeu a mão de novo; dessa vez, eu tinha que apertá-la.

"Cuide-se, Bennett."

"Com certeza, farei isso." Demos um aperto de mão. "Adeus, David."

A fumaça começava a subir de debaixo do vagão para nosso rosto. Avançando pela plataforma, seguindo na nossa direção, um condutor ia fechando portas de vagões e mexendo em interruptores.

"Adeus, Bennett." Apertamos as mãos de novo e ele se virou justo quando o condutor chegou e fechou a metade inferior da porta. Eu me voltei para dentro do vagão, então tornei a me virar, mas Bennett havia desaparecido atrás de uma massa de pessoas. Eu o vi uma vez mais indo embora, os passos curtos, firmes e determinados, os braços balançando como se marchassem ao seu lado. Então ele desapareceu de vez conforme o trem começava a entrar vagarosamente em movimento.

Quarta-feira, 2 de janeiro de 1935:

Cheguei a Cambridge cerca de nove e meia da noite. Uma carta de Bennett estava me esperando. Ele começara a trabalhar na

Sociedade Nacional para Assuntos de Cor na segunda-feira. Ele parece gostar do lugar e diz que não são só atividades de escritório. Não consegui estudar nada em casa (quem é que consegue?), então tenho que me pôr em ação.

Terça-feira, 8 de janeiro de 1935:

Recebi uma carta de Bennett hoje. Ele diz que vai fazer o máximo de esforço para conseguir escrever toda semana. Noto que estou quase sem amigo algum, agora que ele não está mais aqui. Ao menos, vou conseguir estudar um pouco.

Quinta-feira, 20 de junho de 1935:

Bem, consegui passar. Eu me formei hoje. Esta semana foi bastante caótica e não tive nenhuma oportunidade de escrever aqui. Meus pais vieram, pareceram gostar muitíssimo de tudo. Bennett não conseguiu vir. Ele achava que conseguiria. Eu estava empolgado em vê-lo; não o vejo desde antes do Natal. As cartas semanais ajudaram a facilitar a separação. Talvez eu vá para Nova York em agosto.

Amanhã vamos para casa e na segunda-feira começo a trabalhar no *Almanac-Telegraph* como foca. Espero gostar; acho que vou. Os quatro anos trabalhando no *Crimson* me divertiram e me empolgaram muito, e aprendi algumas coisas também.

Segunda-feira, 26 de agosto de 1935:

Não fui a Nova York na semana passada como eu tinha planejado. Em vez disso, recebi uma matéria grande a respeito do governador e tive que ir a Willson.

Mandei para Bennett uma matéria, "Sindicalismo e o negro do Sul, hoje". Ele vai tentar publicá-la por lá. Como ele recomendou, usei um pseudônimo: Warren Dennis. Tenho ideias para muitas outras, mas vamos esperar e ver como essa se sai.

Segunda-feira, 2 de setembro de 1935:

Recebi uma carta de Bennett. Ele gostou "muitíssimo" do artigo. Ele disse: "Mostra um entendimento imenso. Mais disso, caro amigo". Ele me conseguiu quarenta dólares em pagamento. Fiquei feliz só por alguém ter se interessado. Pedi que aceitasse o dinheiro como uma doação para a Sociedade. Bem, vou começar com as outras agora. Acho que artigos não são nada de especial, mas ao menos estou fazendo o que posso para ajudar — e é muito melhor que cobrar os aluguéis do meu pai.

Sexta-feira, 10 de julho de 1936:

Eu conheci — quer dizer, não a conheci de fato; não sei seu nome, mas vou descobrir de alguma forma — a garota mais simpática e bonita na noite de hoje, numa festa do lado norte. Uma garota linda com olhos castanho-escuros e cabelos castanhos; ela usava um vestido azul, que lhe dava um ar de leve superioridade no meio daquele grupo maluco. Ela não parecia pertencer ao lugar, de jeito nenhum, mas lá estava ela, bebendo em grandes goles — a primeira vez que a notei, ela estava no balcão preparando um drinque — com todo mundo. Ela não era como os outros ali, de forma alguma, não era barulhenta nem boêmia. Mal abria a boca. Ela me fez algumas bebidas e se sentou ao meu lado quando a convidei, mas, quando a festa começou a se dispersar, ela já tinha ido embora. Não vi o garoto com quem ela veio. Espero que não seja casada com alguém. De qualquer forma, vou descobrir.

Quinta-feira, 20 de agosto de 1936:

Descobri o nome: Camille DeVillet. Mas, quando Howard me contou, já estava tarde demais para ligar; vou tentar amanhã depois do trabalho.

Domingo, 7 de fevereiro de 1937:

Eu me casei hoje; o que mais posso dizer?

Segunda-feira, 7 de fevereiro de 1938:

Hoje é meu primeiro aniversário de casamento: um bom ano, feliz e doce. Se alguém tivesse me dito, quase dois anos atrás, "Willson, vai haver um ano na sua vida em que só haverá felicidade. Você não vai ficar tão nervoso; não vai fumar tanto; vai comer direito e dormir aquecido e profundamente, e não vai, nenhuma vez durante esse ano, se sentir sozinho", eu não teria acreditado; teria pensado que a pessoa era incuravelmente doida. Mas, que surpresa, é tudo verdade. Este último ano vem sendo o melhor da minha vida. E o que ocorre, miraculosa e gloriosamente, é que os próximos cinquenta anos vão ser tão felizes, tão doces, tão bons quanto este.

Esse não é um casamento de livro de histórias, conto de fadas, felizes-para-sempre, para-todo-o-sempre. Temos nossas diferenças. Ela organiza minha escrivaninha e eu não consigo encontrar nada e a repreendo por isso. Fico rabugento e irascível com ela quando tenho dificuldade de pôr uma história no papel. Ela fica com dor nas costas uma vez a cada vinte e oito dias e me culpa, como se eu tivesse qualquer coisa a ver com *isso*. Mas é tudo coisa pequena, nada comparado aos dias, às semanas seguidas em que só desfrutamos um da companhia do outro. Eu a amo mais a cada dia; todos os dias aprendo mais dela para amar, e além do mais, gosto dela. Se ela não fosse uma moça, uma mulher (e que mulher), se ela fosse um homem, com toda certeza seria minha melhor amiga.

A única coisa que nos falta são filhos, um filho, e isso é porque agora nós temos de pagar as contas. Devo receber um aumento logo, e então podemos começar a pôr uns pãezinhos no forno.

Recebemos um cartão de Bennett hoje. Ele também acrescentou um bilhete dizendo que havia vendido o artigo que escrevi: "Os efeitos corrosivos da segregação na sociedade sulista". A revista, ele disse, é muito, muito de esquerda, mas se são as pessoas que querem ouvir o que eu tenho a dizer, imagino que não haja problema.

Sábado, 5 de março de 1938:

Camille me contou que sua menstruação está atrasada em duas semanas. Ela não comentou antes porque achava que poderia ser por causa de todo o tênis que havíamos jogado no domingo passado.

Na verdade, ela não me contou de forma aberta; tive que arrancar a informação dela. Há uma estante alta no armário, onde guardamos umas bobagens, umas caixas de roupas para o verão. As caixas são bastante pesadas; no outono passado, quando as guardei ali, eu mesmo tive dificuldade com elas. Quando cheguei em casa, na noite passada, ela estava justamente subindo numa cadeira para baixá-las dali. Perguntei o que ela estava fazendo.

"Estou procurando uma coisa."

Tirei meu casaco. "Aqui, deixe que eu ajudo. São pesadas."

Ela baixou os olhos para mim. "Não tem problema. Consigo resolver. Eu faço. Sente-se e descanse."

"Como assim, você consegue resolver? Eu mesmo mal consegui carregar essas caixas. Vamos lá, desça da cadeira."

Aqueles olhos castanhos dela perderam o brilho: quando ela fica brava, eles ficam retos e duros, como pedaços de tronco de árvore. "Você *não* tem que me ajudar. Eu *consigo*."

Por um instante, quase brinquei com ela, mas então decidi deixá-la em paz, e me esqueci completamente (nem mencionei essa história aqui ontem). Mas hoje acordei tarde e ouvi a chaleira na cozinha assobiando e fui dar bom-dia, e ela estava deitada no chão, as pernas levantadas para o ar cerca de dez centímetros, o rosto rubro de esforço, seu corpo inteiro tremendo, falando sozinha: "Vamos, vamos, vamos, vamos!". Ela deixou as pernas caírem, esperou alguns segundos, levantou-as aqueles mesmos dez centímetros: segurou-as, afastou, apertou-as fechadas, abriu, separou, juntou.

Eu estava parado atrás dela; ela não conseguia me ver. A água fazia barulho e eu não estava usando sapatos; ela não me ouvia, mas enfim eu disse: "Ei, Camille, as Olimpíadas são só em 1940, se é que vão acontecer, com a situação na Europa. O que você está fazendo?".

Ela se sentou, surpresa, olhando para mim, com um pouco de medo.

"O que está fazendo?"

E então ela me contou que estava duas semanas atrasada. "E isso é estranho porque, se nunca tivessem inventado relógios, eu teria conseguido medir a passagem do tempo desde meus treze anos de idade. Primeiro a dor nas costas, então dor na cabeça, então as cólicas, então o resto. Bem assim, como o horário de trem ou as fases da lua."

Falei que não se preocupasse; logo viria. E se não viesse... e daí? Talvez seja um erro nosso ter essa expectativa, porque poderíamos esperar demais. Não é uma questão de que não queremos filhos; nós queremos um número imenso deles; queremos encher uma casa com eles. Mas nós *de fato* queríamos esperar até ter algum dinheiro guardado. Mas, de qualquer forma, logo vou conseguir aquele aumento. Então não há com que se preocupar. É claro, não sabemos com certeza se ela está grávida, mas ser pai não parece uma ideia ruim para mim, de forma alguma. Se vou ser papai, acho que vou quebrar a tradição dos Willson, não vou dar um nome começando com "D" à criança. E se for menino, eu gostaria de chamá-lo de Bennett Bradshaw Willson.

Sábado, 12 de março de 1938:

Nenhum sinal de nada ainda, e Camille não está mais fazendo aqueles exercícios bobos. Parece que vou ser pai. Meu Deus! Como posso estar tão calmo. Eu de fato vou ser pai!

Segunda-feira, 14 de março de 1938:

Cheguei ao escritório, hoje, esperando a notícia do meu aumento e em vez disso recebi a notícia da minha demissão. Alguém, não sei quem, leu o artigo sobre os efeitos corrosivos da segregação, descobriu que eu os escrevi, não sei como, e fui demitido por causa dele. Ora, que inferno! Fico contente de que isso tenha sido revelado. Agora posso escrevê-los em meu próprio nome. Não há motivo para me envergonhar da verdade. Vou procurar outros jornais, começo amanhã. Tenho feito um bom trabalho e as pessoas sabem disso. Não acho que vai ser muito difícil conseguir outro emprego.

Segunda-feira, 21 de março de 1938:

Camille foi ao médico. Ele diz que está um pouco cedo demais para saber, mas está bastante seguro de que ela está grávida. Ele vai saber mais em duas ou três semanas.

Eu estive em três dos sete jornais da região. Nada. Muito pelo contrário: são mais conservadores que o *A-T.*

Quinta-feira, 14 de abril de 1938:

Camille está, definitivamente, grávida.

Terça-feira, 26 de abril de 1938:

Nenhum jornal em New Marsails quer encostar em mim. Fui posto numa lista negra. O que diabo vou fazer?

Recebi uma carta de Bennett. Eu havia lhe dito que estava parecendo que eu não conseguiria trabalho. Ele disse que eu fosse para Nova York. Mas não posso arrumar as malas com Camille dentro e fazer uma mudança total. Imagine se não consigo nada em Nova York? Estaríamos ainda pior. Tenho que encontrar algo aqui. Talvez tudo isso vá morrer, e alguém se arrisque comigo. Deus do céu! Eu sou um jornalista capacitado.

Quinta-feira, 5 de maio de 1938:

Nada! Nada!

Recebi uma carta de Bennett: "Tenha coragem, meu amigo. Venha para Nova York. Sua escrita causou uma impressão aqui. Você vai, definitivamente, encontrar trabalho, eu juro. Mas se não encontrar, estou trabalhando e, portanto, você também está".

Perguntei a Camille a respeito. Ela não hesitou nem por um segundo. "Eu posso fazer todas as malas em... deixe-me ver... quatro dias."

Mas suspeito que esse seja apenas seu entendimento do que é ser uma mulher, simples e estoica, do Sul. Não acho que ela queira ir de fato. Acho que ela tem mais medo que eu, se for possível.

Por mais que eu odeie a ideia, talvez precisemos nos mudar para Sutton, de volta para os Swells e minha família, para a cobrança de aluguéis.

Mas não estou derrotado ainda; talvez algo abra por aqui.

Quarta-feira, 1º de junho de 1938:

Tive outra conversa com Camille. Ela ainda diz que iria para Nova York. "Eu amo você, David. Nós vamos. O bebê tem que ir porque eu vou." Ela riu. "E quero ir porque você quer. Se você voltar para Sutton, não vai superar isso. Nunca mais será a mesma coisa. Então, vamos lá agora, vamos para Nova York. Eu sigo você para qualquer lugar."

Eu não acredito nela. Ela tenta tanto fazer a coisa certa, mas não quer ir. Eu consigo ver com clareza.

Escrevi uma carta a Bennett dizendo a ele que eu definitivamente iria voltar a morar perto da minha família.

Terça-feira, 7 de junho de 1938:

Recebi a resposta de Bennett: "Agora que você tomou sua decisão, tentarei de todas as formas, lícitas ou ilícitas, fazê-lo mudar de ideia e vir para Nova York".

Temo que não sirva de nada, Bennet. Minhas respostas a você não serão adequadas para convencê-lo, ou mesmo me convencer. Estou observando uma parada passar e sei que deveria estar marchando com orgulho, mas estou amarrado ao meio-fio. Tenho de fazer o que sinto que é minha primeira responsabilidade. Não há nada mais que eu possa fazer.

Quarta-feira, 29 de junho de 1938:

Recebi uma última longa carta de Bennett ontem, sua última tentativa de me fazer mudar de ideia. Ela terminava com:

Juntos, você e eu planejamos muito, chegamos a algumas conclusões notáveis sobre as coisas — eu lhe agradeço por seu papel em tudo isso —, e eu esperava que pudéssemos usá-las juntos para liderar nossos povos às coisas que sentíamos que eram as certas para eles, mas agora você não vai estar comigo. O entusiasmo que compartilhávamos por nosso futuro não pode mais ser compartilhado. Uma das bases importantes de nossa amizade desapareceu! Digo tudo isso para concluir que não consigo ver nenhum motivo para nos comunicarmos de agora em diante. Isso certamente será uma perda minha.

É claro, nunca o esquecerei completamente. Você pode não ser uma parte de meu futuro, mas permanecerá uma parte de meu passado.

Adeus, David, e sorte para você.

Bennett

Segunda-feira, 15 de agosto de 1938:

Nós nos mudamos para os Swells. Minha família é compreensiva. Mas sei que agem com condescendência. Todos eles! Camille também.

Quinta-feira, 1º de setembro de 1938:

Cobrei aluguéis para meu pai.

Quarta-feira, 20 de outubro de 1954:

Recortei este artigo de uma revista de circulação nacional hoje:

RELIGIÃO

"Jesus é negro!"

Com a luz das velas refletindo de seu crucifixo de quinze centímetros pendurado ao redor do pescoço, gritos de "Jesus é negro!" ecoando pelo salão lotado, o reverendo Bennett T. Bradshaw, fundador da Igreja Ressurrecta do Jesus Cristo Negro da América, Inc., reuniu seu rebanho com suas falas num sotaque inglês não exatamente legítimo: "Nós declaramos guerra ao homem branco! Ao mundo branco e a tudo que ele representa; nós juramos morte!".

O grupo, conhecido como os Jesuítas Negros, foi fundado em 1951 por Bradshaw — nascido em Nova York, educado em universidades de elite e com inclinações de esquerda — e afirma ter 20 mil membros ("E crescendo sem parar.")

O homem…

Mordido pelo bichinho vermelho ainda em seus bons e velhos tempos de faculdade incompleta (ele saiu depois de três anos e meio), Bradshaw se juntou à equipe da Sociedade Nacional para Assuntos de Cor em 1935, mas foi expulso da organização em 1950, quando suas afiliações comunistas criaram agitações perante diversos comitês do congresso.

Depois de a Snac fechar as portas para ele, e vendo todas as outras oportunidades se esvaírem, Bradshaw decidiu entrar pela porta dos fundos das relações raciais: religião. Ele afirma: "É verdade que recebi meu chamado logo depois da minha partida forçada da Sociedade, mas, eu posso lhe garantir, uma coisa não tem nada a ver com a outra".

Bradshaw, solteiro, mora sozinho no último andar de um edifício no Harlem que é a sede de sua igreja, e circula pela área numa reluzente limusine preta com chofer, doada por um seguidor devoto, um pedreiro. ("Eu não podia exatamente recusá-la; o homem economizou por três anos para me dar o presente.")

... E o movimento

Organizado na estrutura dos Fuzileiros Navais, os Jesuítas Negros têm uma doutrina que é uma mistura de Mein Kampf, Das Kapital *e a Bíblia. O grupo é antissemita. ("Os judeus são responsáveis pela maior parte da exploração do homem branco; olhe só as pessoas que são proprietárias dos aluguéis no Harlem.") Os Jesuítas Negros acreditam apenas nas partes da Bíblia que apoiam a supremacia negra, acreditam que Jesus foi um negro. ("O resto foi acrescentado ou modificado para manter as pessoas de pele mais escura em seu lugar; os romanos também tinham problemas de raça.") Mas até mesmo essa linha não é rígida. Os Jesuítas Negros acreditam no que Bradshaw prega. E apesar de suas ladainhas não serem sempre consistentes, Bradshaw afirma que vêm diretamente do céu na forma de revelações revisadas.*

Conforme cresce a preocupação em relação ao efeito adverso dos Jesuítas Negros nas relações raciais em Nova York, diz Bradshaw em seu melhor estilo de quem martela a Bíblia: "Nós os vemos correndo assustados agora. Eles sabem que vamos tomar nossos direitos, se não nos forem dados".

Bennett, Bennett, agora nós dois estamos perdidos.

Sábado, 23 de junho de 1956:

John Caliban, que trabalhou para nossa família por mais de cinquenta anos, morreu hoje no ônibus a caminho de New Marsails.

Sábado, 18 de agosto de 1956, 7h30
(a respeito das últimas sete horas)

Não consegui dormir, depois de voltar de um passeio com Tucker. Nós saímos para olhar algumas das minhas propriedades no norte da cidade, onde, anos atrás, antes mesmo do meu tempo, os Willson haviam mantido suas plantations. Vendi para Tucker sete acres daquela terra no canto sudoeste.

Foi uma noite estranha. Não entendo de forma alguma por quê, mas tenho uma sensação de que algo especial aconteceu; imagino que esse sentimento, no entanto, seja apenas uma dramatização exagerada da minha própria experiência que não foi particularmente importante para ninguém. (Acho que eu queria que tivesse sido.) Ok, posso muito bem pôr no papel da melhor forma que conseguir:

Eu estava sozinho no escritório, lendo. Era uma noite abafada e silenciosa — na verdade, a noite passada —, e eu tinha acabado de me levantar para abrir um pouco mais a janela, quando escutei uma batida na porta — uma batida silenciosa, quase tímida, como se a pessoa do lado de fora estivesse com medo de cerrar o punho, sem vontade de ser minimamente agressiva, e em vez disso tivesse batido com a parte de trás de uma mão aberta, um som de arranhar. Eu chamei:

"Sim, quem é?"

"Tucker, sr. Willson." Aquela vozinha aguda e nasal dele! Eu voltei para a escrivaninha.

"O que é, Tucker?"

"Queria falar com o senhor por um instante."

"Pode entrar."

Observei a porta se abrir e o vi, pequeno, escuro, no seu terno de chofer, camisa branca e gravata preta. Ele parecia uma criança fingindo ser um mortuário. Estava segurando o quepe preto à sua frente com ambas as mãos. O abajur da mesa refletia em seus óculos, então seus olhos pareciam círculos dourados gigantes e achatados.

Eu já estava com a mão no bolso, sacando a carteira, imaginando que ele queria dinheiro para comprar gasolina, algum fluido ou sei lá o que achasse que carros precisam — geralmente não perco tempo com perguntas; ele apenas me fala de quanto precisa. "Sim, Tucker, o que foi?" Eu tinha sacado a carteira, chegado ao compartimento das notas, e estava pronto para começar a contar o dinheiro com o dedão.

"Quero sete acres da sua terra." Tucker havia sido quase grosseiro, mas esse é o seu jeito. Ele havia dado apenas uns poucos passos para dentro do cômodo, o suficiente para fechar a porta atrás de si, e parou, olhando por trás daqueles discos brilhantes, que escondiam de mim seus olhos e a expressão neles. "Sete acres lá na plantation."

Ergui os olhos, surpreso. "Mas por que motivo, em todo o bom terreno de Deus?" Devolvi a carteira ao bolso e me inclinei na cadeira, atento aos dois pequenos sóis presos ao seu rosto, tentando atravessá-los até seus olhos.

Tucker não se moveu; ele parecia uma pequena estátua preta, uma reprodução de sete oitavos do tamanho de um humano. "Eu quero plantar umas coisa." Eu sei, soube então, que era apenas uma resposta qualquer, mas de alguma forma não parecia importar. Não parecia correto apenas apontar o dedo e desafiá-lo pela mentira, mas eu *de fato* queria saber o que ele estava pretendendo. Decidi ridicularizá-lo; talvez ele dissesse a verdade.

"Você, plantando? Você nunca fez nada numa fazenda. Você não entende de nada disso."

Ele assentiu com a cabeça apenas uma vez, reconhecendo a verdade da minha fala. "Estou planejando tentar." Ele não havia se movido; mal parecia estar vivo, de tão imóvel e ereto.

Minha ridicularização não havia funcionado, então decidi ser um pouco mais paternalista. "Sente-se, Tucker."

Ele não hesitou; caminhou — marchou, na realidade — até a escrivaninha, sentou-se na cadeira ao lado dela, sua postura ainda ereta.

"Onde você arrumou o dinheiro?" Eu me apoiei nos cotovelos, entrelacei os dedos e descansei meu queixo.

"Economizei. Meu vô me deixou um pouco." Ele estava irritado com a pergunta, não queria estar com um pai. "Cê me vende a terra?"

"Eu não sei." Talvez eu pudesse ter respondido naquele exato momento — Sim ou Não —, mas de súbito tive a sensação de que estava numa peça de teatro; eu tinha certas falas para dizer, e ele também, e nós tínhamos de dizê-las para que a peça procedesse numa ordem predestinada. "Foi naquela terra que Dewitt Willson montou guarda. Ninguém mais teve posse de um centímetro sequer dela. E não tenho certeza de que você é a pessoa certa para ser a primeira."

Ele assentiu com a cabeça e começou a se levantar; esse também era um tipo de ato dramático. "Muito bem, sir."

Era meu "objetivo" agora, o de pará-lo. Fiz isso. "Espere um minuto, Tucker. Talvez eu esteja sendo apressado demais. O que você planeja fazer?" De novo, eu me inclinei na cadeira, ainda o observando. Conseguia ver seus olhos agora, eles estavam com tão pouca emoção quanto os discos de luz haviam estado.

"Planejar? Num entendo, senhor."

"Planejar. O que exatamente você planeja fazer com a terra? Por que você quer *nossa* terra? Por que não pode comprar a terra de outra pessoa?"

"Eu só quero plantar umas coisa, só isso."

"Que tipo de coisas?"

"Só coisas. Milho, algodão, só plantar."

"Mas *por que* vir a mim?" Eu me inclinei para a frente e fechei os punhos. E isso é estranho. Notei que estava muitíssimo envolvido com esse falso drama, notei que estava me importando muito. "Você deve saber que nunca vendemos aquela terra a ninguém. Por que iríamos começar isso agora?" Ele só ficou me encarando. "E por que tem de ser na plantation? Temos terrenos ao sul da cidade. É uma terra melhor, de qualquer forma."

Seus lábios mal se moveram. "Num quero aquela terra. Agora, cê vai me vender a terra da plantation?" O tom de sua voz era quase irritado, quase raivoso.

Talvez eu seja um sulista afinal de contas, porque sua postura quase grosseira me incomodou e estourei com ele. "Você não deveria falar dessa forma, Tucker. Você pode se meter num problema sério."

E ele me devolveu no mesmo tom, fez com que eu sentisse vergonha de mim mesmo. "A gente num somos branco e preto agora, sr. Willson. Num tamos aqui pra isso."

Senti muito cansaço então, e baixei todas as defesas. "Mas você não está vendo, Tucker, para eu vender nossa terra, tem de haver um motivo concreto. Você sabe que não posso apenas dá-la a você. Suspeito que você nem aceitaria se eu desse. Você quer pagar por ela." Apelei para o lado financeiro e acrescentei: "Preciso saber que você vai poder pagar as parcelas na compra".

"Num tô pagando parcela nenhuma. Tenho dinheiro agora mesmo."

"Como você sabe? Eu não falei o preço ainda."

"Tenho dinheiro suficiente pra comprar vinte acres e, além disso, cê sabe que seja lá o que eu oferecer é suficiente." Nós nos encaramos por um tempo que pareceu muito longo.

"Eu sei, mas fale para que eu possa ouvir, Tucker. Para mim, é importante ouvir." Eu me deparei quase implorando para ele. Ele assentiu com a cabeça.

"Quero aquela terra na plantation porque é onde o primeiro Caliban trabalhou, e agora é hora da gente mesmos sermos dono dela."

"O que mais?" Eu estava me inclinando para a frente agora, ansioso.

Mas ele me frustrou. "Num sei. Quando eu chegar lá, vou saber. Agora tudo que posso dizer é que meu filho, quando nascer, não vai trabalhar pra vocês todos. Ele vai ser o próprio chefe dele. A gente trabalhou pra você por tempo suficiente, sr. Willson. Cê tentou nos libertar uma vez, mas nós num foi e agora a gente tem que se libertar nós mesmo."

Eu me ajeitei na cadeira e olhei de cima a baixo para meus papéis. "Quanto você quer pagar, Tucker?"

E então falamos de preço. Tucker me falou o quanto tinha e, como ele havia dito, era o suficiente para ao menos vinte acres. Eu lhe mostrei um mapa da área e ele apontou onde ficavam os sete acres.

Tucker assentiu com a cabeça. "É aqui que eu queria."

"Por quê?" Nós estávamos mais perto agora do que jamais havíamos estado. Havíamos chegado a um tipo muito estranho de acordo que eu não entendo exatamente, exceto que eu estava fazendo algo que, e entendo isso agora, sempre quis fazer, e também porque era quase como as coisas que eu gostaria que tivessem sido feitas vinte anos atrás. E Tucker, ele havia se dado conta do que estava errado com sua vida e estava tentando ajeitá-la. O que cada um de nós queria tanto, individualmente, estávamos um ajudando o outro a executar.

"Algo especial aqui", ele respondeu, "algo que meu avô me disse que tava por aqui." Ele não continuou.

"Bem, é sua agora. Vou mandar fazer o rascunho da escritura amanhã."

Ele continuou a me surpreender. "Cê faz e fica com ele. Num quero escritura nenhuma. É minha terra e, além disso, cê não quer essa fazenda o suficiente pra me enganar." Ele disse isso com um sorriso na voz, mas não no rosto.

Foi um momento bom, um desses momentos de comunicação que eu tive em tão raras ocasiões que quis prolongá-lo. Perguntei-lhe se ele queria ir até lá ver a propriedade. "Agora, quero dizer. Gostaria de levar você de carro até lá."

Ele não respondeu; só ficou em pé ali e começou a andar rumo à porta. Eu o segui, e então me lembrei de algo que meu pai me dera logo que voltei a morar ali. Ele havia caminhado até sua escrivaninha e sacado aquilo e o passou para mim. "Isso não é seu", ele dissera. "Pertence aos Caliban. Mas eles não estão prontos para ficar com isso ainda. Dê isso a eles quando achar que eles devem ter." Ele não me disse o que era, mas eu soube assim que vi porque conhecia a velha lenda tão bem quanto qualquer um; todo mundo a conhecia e gostava dela, mas duvido que qualquer um tivesse pensado que era mais que uma lenda. Quando meu pai deu aquilo para mim, eu não tinha mais certeza. Então voltei para a escrivaninha, abri a gaveta e a encontrei sob uma pilha de papéis, um pouco empoeirada. Caminhei até Tucker, puxei meu lenço de bolso e ela começou a brilhar sob a única fonte de luz, do abajur. Passei-a para ele.

Ele a pegou de mim; observei seus olhos com atenção e os vi embaçar um pouco, era o mais perto de chorar que eu já o tinha visto, ou, na verdade, de qualquer outra emoção. Ele pôs a pedra branca no bolso, virou-se abruptamente e saiu pela porta.

No caminho da fazenda, com Tucker ao meu lado no assento da frente, me dei conta de que isso era o mais fisicamente próximo que eu tinha estado, e a sós, com um negro em quase vinte anos, desde o começo das férias de Natal do meu último ano de faculdade. Naquela época, Bennett estava dirigindo e falando, falando, enquanto eu estava ao seu lado, preocupado que ele não prestasse atenção no caminho, não conseguisse nem ver um elefante a tempo, através dos óculos escuros que ele havia começado a usar do nada sem um motivo aparente, e nós bateríamos e nem teríamos tempo de começar todas as coisas que planejávamos. Nós dois tremendo como gatos molhados na cabine daquela caminhonete. O mais perto que eu havia estado de um negro, sim! Em mais de um sentido.

Talvez tudo fosse muito melhor se eu não tivesse sobrevivido àquela viagem. No fim das contas, nunca conquistei nada, de qualquer forma. Não quero dizer, é claro, que agora desejo, neste exato instante, estar morto. Isso é um pouco melodramático demais. Apenas quero dizer que fui responsável pela infelicidade de tantas pessoas que amei porque não tive coragem de seguir em frente com meus planos. Porque fui um covarde, eu os fiz todos covardes, eu os fiz pior que covardes, porque eles esperaram que um covarde tomasse a atitude.

Em especial Camille, a Camille à espera, paciente e fiel. Ela se posicionou muito melhor que eu, me disse que iria a Nova York contanto que eu estivesse feliz. E agora vejo que ela falava sério. Mas não acreditei nela. Ela tinha a fé em mim de que eu precisava, e porque eu não aceitava aquela fé, ela deixou de confiar na sua própria fé; eu a desvalorizei. Era tarde demais quando me dei conta de que, afinal de contas, ela era de fato um ser humano capaz de pensar, não apenas uma pessoa escravizada, ou um bichinho de estimação ou uma mulher do Sul. Eu traí a nós dois.

Essa foi uma das coisas que perguntei a Tucker na noite de hoje. Eu me voltei para ele e o encontrei parado, sentado ali, encarando longe na estrada, pensando, tão perdido nos seus pensamentos como eu estivera nos meus, e perguntei a ele o que Bethrah pensava disso tudo, sobre comprar o terreno.

"Ela tá se preocupando, sr. Willson. Acho que ela pensa que endoidei." Ele nem sequer tem as facilidades que eu tinha. Bethrah é muito mais independente do que Camille jamais foi.

"Isso não te incomoda, de jeito nenhum? Não faz com que queira parar?"

"Num faz, não, senhor. É uma coisa que eu tenho que fazer."

"Ela não quer que você pense a respeito? Comprar uma fazenda é um passo grande, em especial se você nunca plantou nada antes. Ela quer que você faça isso?"

"Num quer, não, senhor."

"E como você consegue, então? Você não acha que ela tem alguma coisa a dizer sobre a questão? Quero dizer, sei que ela é uma moça muito inteligente. E ela pode ter razão."

"Num importa se ela tem razão. Nem importa se eu tô errado. Eu tenho que fazer isso, mesmo se estiver tudo errado. Se eu num fizer isso, nenhuma dessas coisas vai parar. A gente vamos continuar trabalhando pra você pra sempre. E isso tem que parar."

"É, tem mesmo, não tem?"

"Tem, sim, senhor."

Nós seguimos dirigindo. À nossa direita, acima do Eastern Ridge, o céu começou a ficar cinzento, a escuridão se dissipando, e o interior ganhou o tom azul de um vitral, parecendo ter luz, mas sem refleti-la. Quase tínhamos chegado à fazenda. Eu me voltei para ele mais uma vez:

"Existe qualquer coisa que poderia fazê-lo desistir disso?"

Ele não hesitou. "Não, senhor."

"Não imagino que exista, já que ter essa fazenda é tão importante para você."

Ele olhou para mim. "Só se consegue uma oportunidade. É quando cê pode e quando cê tem vontade. Quando um dos dois está faltando, num vale a pena tentar. Se cê pode fazer, mas não tem vontade, por que fazer? E quando cê tem vontade, mas não surge oportunidade, você só tá enfiando a cabeça na frente dum carro a cem quilômetros por hora. Num faz sentido nem pensar nisso se cê num tem os dois. E se cê *tivesse* os dois e perdesse a chance, era melhor esquecer; cê perdeu a oportunidade pra sempre."

Assenti com a cabeça; entendo muito bem disso.

Os homens no pórtico

Eles não tinham ido para casa.

Estavam agora sentados às nove da noite de um sábado, conforme as últimas carradas de negros passavam pelo pórtico do sr. Thomason, atravessando Sutton na direção norte. A tarde toda, os carros foram passando, em caravana, com a frequência de uma procissão funerária. Agora o fluxo estava diminuindo, eles não apareciam mais em bandos acima do Eastern Ridge, e sim individualmente, como famílias solitárias voltando de férias. Ainda havia muito mais automóveis que de costume, mas não tantos quanto antes. Consigo mesmo, cada homem sentado no pórtico se perguntava se os números de veículos lotados com crianças, velhos, adultos e bebês, colchões, cobertores e malas que diminuíam significava que New Marsails estava vazia de negros.

Eles sabiam com certeza que nenhum negro restava em Sutton, pois depois das duas da tarde apenas uns grupos dispersos haviam se enfileirado na frente da mercearia de Thomason esperando pelos ônibus, e de onde os homens sentados no pórtico, olhando rumo à praça, não conseguiam mais ver carro algum vindo de onde os negros moravam, no lado norte da cidade. Depois de o sr. Harper partir às seis, alguns dos homens foram para casa jantar, apesar de a maioria ter comprado algo de Thomason e continuar sentada, beliscando bolachas de água e sal, amendoins, doce ou maçãs. Depois de terem feito bolinhas com as embalagens e as lançado na rua, alguns deles se levantaram e foram até o lado negro para dar uma olhada.

Não haviam encontrado nada, nenhuma luz acesa; os negros não sentiram nem a necessidade de acender as luzes nas entradas, como muita gente faz para assustar os ladrões, pois haviam levado qualquer coisa que de fato valorizassem, tinham deixado o resto para os ladrões, facilitando para eles ao deixar as portas escancaradas. Alguns haviam inclusive deixado as chaves nos trincos, um convite a qualquer um que pudesse querer ocupar a casa para sempre. Os homens do pórtico não podiam se fazer entrar naquelas casas, mantinham aquele respeito por casas e propriedades, que é do Sul, que os manteve afastados de pôr o pé na terra de Tucker Caliban na quinta-feira, mas realmente espiaram por cima dos umbrais, para a escuridão, e encontraram um grande número de coisas dentro: cadeiras, mesas, sofás, tapetes, vassouras, camas e lixo. A maioria das paredes estava vazia dos rígidos retratos de avós, filhos de uniforme ou filhas casadas, e crucifixos, essas coisas sem as quais as pessoas não se sentem capazes de começar uma casa nova. Se eles tivessem entrado e olhado sob as camas, teriam encontrado os retângulos sem poeira onde, apenas alguns dias antes, houvera malas. Não havia negro algum.

Então voltaram ao pórtico. Não discutiram o que tinham visto, pois cada um deles tinha visto por si mesmo. Eles ficaram sentados em silêncio, pensando, tentando desvendar o que aquilo tudo tinha a ver com cada um deles, como amanhã, a semana que vem, ou o mês que vem, seriam diferentes em relação a ontem, à semana passada, ao mês passado, ou em relação a todas as maneiras que suas vidas haviam sido até aquele momento. Nenhum deles conseguiu imaginar tudo. Era como tentar visualizar Nada, algo que ninguém nunca havia considerado. Nenhum deles tinha um ponto de referência no qual fixar o conceito de um mundo sem negros.

Então Stewart chegou, dirigindo sua caminhonete, um jarro de bebida tão corpulento quanto ele no assento ao seu lado; eles iam passando o frasco, cada homem limpando o bocal com a manga, no velho ritual inútil de purificação e limpeza.

Foi então que começaram a ficar bravos, brigando em silêncio, doidos, como uma noiva abandonada no altar, querendo vingança, mas sem ter em quem descontar ou se vingar além de si mesma, enraivecidos por sua própria frustração mais que qualquer outra coisa. Eles escondiam a perda afirmando que não era perda alguma, assim como o governador havia dito naquela manhã.

Stewart deu outro gole considerável. "Claro! Pra que a gente precisa deles, de qualquer forma? Olha o que que tá acontecendo no Mississippi ou no Alabama. A gente num tem que se preocupar mais com *aquilo*. A gente temos um novo começo, como costumam dizer. Agora a gente pode viver como sempre viveu e num tem que se preocupar com crioulo nenhum vindo bater na porta, querendo sentar na nossa mesa de jantar." Ele estava sentado nos degraus do pórtico do lado de Bobby-Joe, que estivera muito quieto desde a partida do sr. Harper.

"Olha, vai ter um monte de trabalho, um monte de terra... Todo o trabalho e a terra que os crioulo tavam ocupando. A gente vamos começar a se dar bem assim que se ajeitar." Stewart estava suando agora, como sempre acontecia com ele, bebendo ou não, clima quente ou frio, e sacou seu lenço de bolso.

"Mas pode ser que tenha trabalho e terra demais." Loomis empurrou o chapéu para a frente e inclinou a cadeira para trás, contra a parede. "Pode ser que a gente num tenha pessoal suficiente pra fazer tudo. Isso é economia que aprendi, lá pra cima no estado. Quer dizer que num vamos ter comida suficiente. Vai ter uma parte da terra que ninguém pode usar. Sempre teve terra suficiente pra todo mundo, pelo menos o suficiente pra trabalhar até quebrar as costa. Aqui num é o Japão; cê num vê ninguém plantando nas beira das montanha do Eastern Ridge, usando uma corda pra evitar cair."

"A gente ainda vai ficar melhor." Stewart se virou, apertando os olhos para definir Loomis nas sombras do pórtico. "Olha o Thomason aqui. Ele tem a única mercearia em Sutton agora. Antes, tinha duas; aquele crioulo lá em cima, ele tinha uma mercearia. Agora o Thomason tá com o negócio só pra ele."

Loomis balançou a cabeça. "Sim, mas tem *menos* da metade dos cliente."

Ele não podia impedir Stewart. "E olha só a funerária do Hagaman. Ele é o único agente na cidade agora. Todo mundo tem que ser enterrado um dia. Eu ouvi falar que até mesmo uns branco em Sutton usaram aquele agente crioulo lá."

"Só num tenho certeza se é só coisa boa. Cê nunca viu gente *branca* varrendo em lojas, só o pessoal de cor. Cê vai arrumar um emprego varrendo agora, Stewart? É o único trabalho que cê sabe fazer mesmo."

Alguns dos homens riram.

Bobby-Joe estalou os dedos; o som seguiu, ecoou. "É isso!"

Todos se viraram para ele. O garoto não tinha falado muito, apesar de ter dado alguns goles. Estava sentado com os pés plantados na beira da estrada, descansando um cotovelo no joelho nu que aparecia por um buraco no macacão. "Eu falei procês que tinha mais na história do que parecia."

"Olha aqui, Loomis. O Bobby-Joe já tá falando sozinho e nem bebeu direito." Thomason estava sentado numa cadeira que trouxera de dentro da mercearia. "Filho, cê num devia beber se num consegue aguentar o tranco muito mais que isso."

"Cala a boca!" Bobby-Joe estava selvagem. "Cês são bêbado ou idiota demais pra ver o que tá acontecendo de verdade aqui." Ele fez uma pausa. "Agora, o que que cês acham que ele tá fazendo por aqui se não é pra criar todo esse furdunço? É isso! Eu já sabia que tinha mais coisa nessa história."

Eles o encararam, piscando, apertando os olhos, tentando enxergá-lo melhor, como se enxergar melhor fosse ajudá-los a entender melhor do que ele estava falando. "Quem tá fazendo o quê?" Thomason se inclinou sobre a barriga para ver o garoto. Stewart limpou o rosto com nervosismo, como fazia quando achava que era burro demais para entender algo que era supostamente fácil de entender.

Bobby-Joe deu a volta. "Aquele crioulo padre vem aqui de carro e a gente fica só olhando ele como se fosse o presidente. A gente devia ter sabido; a gente podia ter feito alguma coisa com isso." Com mais energia, ele saltou em pé e se virou para encarar e dar uma aula para eles. "A gente podia ter parado ele; foi como ter uma garota pelada ao alcance do braço e num fazer nada, só ficar vermelho."

"Agora pera aí, Bobby-Joe." Thomason se virou para Stewart por um instante. "Chega de bebida pra ele." Então de volta para o garoto. "A gente vamos te ouvir, filho, mas cê tem que se fazer entender. Agora, por que cê num se acalma um pouco e começa tudo de novo."

Mas Bobby-Joe só seguiu em frente: "Mas que diacho! A gente somos um bando de imbecis burro! A gente podia de ter feito alguma coisa quando tava olhando aquele carro, e aquele motorista, e todo aquele dinheiro que ele tava dando. A gente podia de ter feito alguma coisa, *ontem*, em vez de só se sentar aqui e olhar, e aí a gente não taria chorando agora, porque todo mundo foi embora. A gente podia ter *feito* alguma coisa!"

De repente, Thomason entendeu. "Cê tá falando do preto da Igreja Ressurrecta, num tá." Não era uma pergunta, era mais um entendimento, como se a ideia de súbito tivesse surgido em sua mente sem a ajuda de Bobby-Joe: a respeito de sexta-feira e o negro na limusine.

"Tô. É dele que eu tô falando. Aquele crioulo padre do Norte, que veio aqui e começou toda a bagunça. Que inferno! E a gente tinha ele bem aqui e num fez nada a respeito, só ficou parado olhando enquanto ele mostrava o dinheiro todo."

"Agora peraí, garoto. Aquele homem só apareceu aqui *depois* do Tucker Caliban ter feito todas as suas coisa. Ele perguntou pro sr. Leland o que ele sabia. Ele num podia ter sabido nada disso antes."

"Cê acreditou nisso? Cê acreditou nisso de verdade? Cê acha *mesmo* que o Tucker Caliban era bem esperto pra começar tudo isso que a gente tem agora? Aposto que acreditou." Ele falava como se pensasse que Thomason tinha cometido um crime. "Ora, eu num acreditei por um segundo sequer. Eu sabia o que que aquele crioulo do Norte tava querendo todo o tempo." Bobby-Joe estava balançando os braços agora, marchando de um lado para outro na frente deles como se fossem um júri, e ele o advogado. "Aquele Africano e o sangue dele baixando no Tucker Caliban. Essa é a maior bobagem que eu já ouvi!"

Stewart, torcendo um pouco a cintura, apontou um dedo para o rapaz. "Ah, claro que cê sabia disso o tempo todo." Ele sorriu. "É por isso que cê falou *tanta coisa* ontem! Garoto, num mente pra mim; cê num sabia nada mais que a gente. Então num mente pra mim porque é possível que eu vou achar que é pessoal."

Bobby-Joe deu um passo para trás. "Ora, tá bem, então eu num sabia ontem, mas cês me ouviram quando eu falei que num acreditava naquela conversa de sangue que o sr. Harper tava tentando enfiar goela abaixo da gente. Eu num acreditava naquela merda toda, é isso que era também: merda! Como diabos uma coisa que aconteceu cento e cinquenta anos atrás... Se é que aconteceu... Como é que isso vai ter alguma coisa a ver com o que aconteceu essa semana? Isso só pode ser um golpe. Não, senhor, foi aquele crioulo do Norte, aquele agi... agi... Como é que chama aqueles sujeito que aparecem e criam problema?"

"Agitador." Loomis conseguiu dar sua resposta, apesar de Bobby-Joe mal ter parado de falar.

"Isso mesmo, sr. Loomis, esses agi-TA-dor. Ele veio aqui, ele naquele carrão preto, e fez todos os crioulo ir embora, ir pralgum outro lugar, em vez de ficar aqui onde eles têm que ficar."

"Mas ele num sabia nada disso, Bobby-Joe." Thomason não sabia por que continuava resistindo a uma ideia que parecia tão fácil de aceitar. Talvez fosse sua mentalidade de dono de loja, os números e valores que tinha de somar e manter, que evitavam que ele acreditasse em algo em que ele provavelmente queria acreditar. "Ou, se não, por que é que ele ia vir aqui? Num tem homem burro o suficiente pra vir falar com você depois de estuprar tua esposa ou engravidar tua filha. Ele vai te deixar em paz, ou fugir, ou se esconder, mas ele num vai vir bater na tua porta."

Bobby-Joe apoiou um pé no pórtico e se inclinou para a frente. "Eu sempre tive pra mim que cê é bem esperto, sr. Thomason. Cê foi bem esperto pra enganar as pessoa, fazer pensar que teus preço é justo, mas cê num é esperto o suficiente pra ver que ele ia voltar só pela maldade comum, de todo o dia, pra espiar a gente e ver como nossos plano ficou. É por isso que ele voltou."

"Olha só, talvez o menino teje falando coisa com coisa." Stewart virou a cabeça para olhar para Thomason, concordando.

Thomason estava falando com todos eles, tentando imprimir algum tipo de juízo na conversa. Ele estava começando a sentir, quase farejar no ar, que eles estavam ouvindo e acreditando em Bobby-Joe. "Mas a gente num viu ele hoje, rapaz. Ele num passou aqui de jeito nenhum desde ontem; ele num ficou lá pelas banda das pessoa de cor pra ajudar a empacotar as coisa. E não teve nenhum outro sujeito por aqui cuidando pra ver se todo mundo conseguia viajar." Ele estava perdendo a audiência, como areia escorrendo entre os dedos, e desejou que o sr. Harper estivesse ali para ajudar a manter o juízo, ou Harry para desacelerar.

"Ele num tinha que ver isso", Bobby-Joe continuou. "Por que ia fazer isso? Os crioulo do Norte num se importa de verdade com os crioulo daqui. Eles só quer incomodar nós, gente branca, criar confusão e deixar todo mundo, branco ou preto, infeliz. O trabalho dele acabou quando assustou todos eles. Então tudo que ele tinha que fazer era sentar no banco de trás do carro e rir até o cu fazer bico, tudo que ele precisava fazer era assistir e se divertir. O que é que ele se importa de como os crioulo fugiu? Todo mundo viajou sem ajuda nenhuma de ninguém, de qualquer jeito."

Thomason suspirou. "Bom, tudo bem, então. E daí? Então ele criou isso. Num dá pra fazer nada agora."

Isso os calou por um instante. Bobby-Joe se sentou de novo e acendeu um cigarro. O resto olhou para algum canto acima dos telhados, para algumas estrelas brilhantes. Alguém pediu um fósforo. Alguém lhe deu um.

"Tá tudo acabado agora." Thomason prosseguiu. "Num tem motivo pra ficar incomodado com isso. Se ele que fez, reconheço que ele fez um bom trabalho. Num tem nada mais pra dizer." Dê um pouco pra receber um pouco, Thomason estava pensando.

Os homens assentiram, murmuraram, concordando.

"Deus, se eu pudesse pegar ele, com certeza eu ia ter alguma coisa pra fazer." Bobby-Joe fechou o punho na mão. "Eu ia socar aquele sorriso da cara dele até cair os dentes."

Se estivessem sentados do outro lado da rodovia, eles talvez pudessem ter visto o carro vindo do Eastern Ridge, suas luzes inclinadas para o alto conforme ele subia pelo Harmon's Draw, iluminando um pequeno trecho do horizonte como uma minúscula lua subindo com uma camada de frio. Então o veículo chegava ao topo e começava a descer, como uma balança artesanal delicadamente equilibrada, banhando a estrada à frente numa única longa corrente. A luz estava visível e o carro atrás dela, escuro, então, caso estivessem procurando, eles teriam visto apenas o vulto se dirigindo à cidade, até que eles não mais vissem nem mesmo o vulto do carro, só uma bola de luz feita de faróis e o para-choque. Então, conforme se aproximava, eles teriam visto, não uma bola só, mas duas lâmpadas distintas e, enfim, os faróis e, acima deles, uma faixa esverdeada com o rosto do negro de pele clara no canto direito. Estava perto assim quando notaram a corrente de luz na rua na frente deles, acendendo os edifícios pelo caminho, e eles se voltaram para a fonte daquilo a fim de contar, enquanto o carro acelerava passando, o número de negros que esperavam encontrar dentro, não que estivessem contando um total, só contando carros individuais para esquecer do número quase de imediato. Mas apenas o negro de pele clara estava no banco da frente da limusine e, no banco de trás, duas figuras: a mais próxima, um negro com longos cabelos grisalhos e círculos escuros que eram seus olhos, óculos de sol, reclinado como se numa cadeira de praia. Então Bobby-Joe deu um pulo, correu para o meio da rodovia a tempo suficiente para ficar escondido sob a poeira e a fumaça e as sombras, e os homens no pórtico puderam ouvi-lo saindo do véu de poeira: "Ei, você, seu maldito padre filho duma puta preta, para esse carro! Tá me ouvindo, crioulo? *Para esse carro! Quero falar com você! Para esse carro!*".

Quando passaram pela mercearia de Thomason, Dewey não viu o garoto, perto da idade dele, o cabelo caindo desgrenhado e reto em cima das orelhas, se lançar na rua atrás deles, acenando o punho para o carro, mas o chofer, sim, e ouviu o garoto gritando atrás deles, e pressionou os freios, parou numa derrapagem estridente logo abaixo da mirada do General. Bradshaw se inclinou para o microfone: "O que houve, Clement?".

"Alguém lá atrás estava gritando com a gente. Eu não vi ninguém, reverendo. Não acho que bati em nada." Antes de ele terminar, os homens parados no pórtico avançaram pela rua atrás deles, cercaram o carro, agarraram as maçanetas, abriram as portas e um rosto jovem, que Dewey reconhecia, mas não sabia nomear, estava olhando para eles pela porta traseira aberta, a mais próxima de Bradshaw. Mesmo do outro lado do carro, Dewey conseguia sentir o fedor de álcool azedo.

"Ora, olha só aqui. Pegamos ele. É ele. Olha aqui, sr. Stewart."

Outro rosto se juntou ao do garoto, um mais velho, com papada vermelha, caída, que quase obscurecia uma boca de lábios grossos. "Ora, mas que cacete! É ele, Bobby-Joe? Então é esse o crioulo que criou todos esses problema?" Ele sorriu. O garoto assentiu com a cabeça.

"Com certeza é. O que é que eu falei? Cê lembra? Eu queria botar as mão nesse daqui, não queria? E algum anjo devia estar passando e ouviu, porque aqui tá ele."

Dewey se dobrou por cima de Bradshaw, chegando no rosto do garoto. "Espere só um minuto. Qual é o problema aqui?"

O garoto exibia um sorriso para ele; seus dentes eram irregulares, diversos dentes da frente estavam rachados ou haviam quebrado de fato. "Ora se não é um dos Willson fã de crioulo, que deixou o Tucker Caliban trabalhar pra eles até ter dinheiro suficiente pra começar essa encrenca toda. Cê ajudou seu amigo crioulo a planejar isso, *Sr. Willson, sir*?"

"Planejar o quê?" Dewey conseguia sentir o corpo começar a tremer; ele tentou estabilizar a voz.

"Planejar *o quê*?" O garoto cutucou o gordo com o cotovelo. "Planejar o quê, sr. Stewart? Do que ele tá falando? Cê acha que ele tá falando de todos os crioulo fugindo? Sim, aposto que é disso que ele tá falando."

O gordo abriu um sorriso. "Deve ser disso que ele tá falando, Bobby-Joe."

Atrás desses dois, Dewey viu dois ou três outros, então quatro, e então cinco se materializaram das sombras, parados em silêncio, ouvindo, os rostos parecidos, nada amistosos, sob a luz restante dos faróis.

"Ele não teve nada a ver com isso." Dewey tentou permanecer calmo, esperando que sua própria calma os acalmasse, como ele tentaria permanecer em paz ao se aproximar de um animal encurralado. "Não foi nada planejado."

"Como cê sabe? Cê andou falando com alguém? Cê andou falando com seus amigos crioulos, *sr. Willson*?"

"Este homem não teve nada a ver com isso. Foi totalmente espontâneo."

"Ah, foi espon-TÂ-neo, foi?" O garoto se virou para o gordo. "Ouviu essa, sr. Stewart. Eles mandaram o menino pro Norte pra aprender umas palavra grande e acho que ele voltou com a carruagem cheia delas. O que é que espon-TÂ-neo quer dizer... planejado?"

"Não, não planejado. Quer dizer que só aconteceu tudo sozinho." Dewey se estendeu e tentou fechar a porta. Bobby-Joe socou sua mão para afastá-la do puxador estofado.

"É melhor cê se cuidar, sr. Willson, a não ser que cê queira tomar o que esse crioulo vai levar."

"Ora, não seja ridículo. Ele não teve nada a ver com isso."

"Ele contou isso pra *você*?" O garoto se inclinou para dentro do carro; o cheiro de álcool ficou mais forte, intoxicante.

"Ora, é claro. Ele nem conhece Tucker Caliban. Ele me contou que não teve nada a ver com isso." Ele olhou no fundo dos olhos do garoto. Durante os oito meses em que estivera fora, ele quase tinha se esquecido da mirada que encontrava ali, a encarada que surgia em momentos assim, pois não era o tipo de olhar que as pessoas da Nova Inglaterra usavam ou já usaram para expressar uma mudança de opinião ou julgamento; era uma encarada mais fria, mais cruel, mais malvada, mais até do que o olhar que um fazendeiro de Vermont lança a um estranho pedindo informações; mais frio, mais cruel, mais malvado porque era vazio por completo, aquele próprio vazio era um sinal da renúncia das alternativas, de gentileza ou brutalidade, de prazer ou dor, de entendimento ou ignorância, de crença ou descrença, de compaixão ou intolerância, de razão ou fanatismo inflexível; era um olhar que apontava o apagar do interruptor que controla o mecanismo que transforma um homem em ser humano; ele dizia: Agora devemos lutar. Não há mais tempo ou necessidade de falar; a violência já está conosco, parte de nós.

"Ele não teve nada com isso." Dewey tentou uma última vez, com suavidade. "Reverendo Bradshaw, diga a eles." Ele pegou o braço do negro, olhou para seu rosto e notou que não havia medo mantendo-o em silêncio, mas desilusão. Ele não estava pensando no perigo presente, de forma alguma, apenas nos negros, em sua Causa, que se distanciavam dele. Muito pelo contrário, Dewey se deu conta. O reverendo Bradshaw queria poder dizer que havia sido o instigador, queria poder dizer que planejou tudo sozinho, fez Tucker comprar a fazenda e destruí-la, falar aos negros que esse era seu exemplo, estimulá-los para que o seguissem. Mas ele não conseguia. E esse não era o momento para desilusão e autopiedade. "Mas que inferno, diga a eles!"

O gordo também estava se inclinando sobre o carro. "Por que é que ele não diz nada?"

O mais novo soltou uma risadinha. "Pode ser que ele é honesto demais pra contar qualquer mentira." Ele pegou Bradshaw pela gola da camisa. "Diz a verdade, crioulo! Cê teve algo a ver com isso?" Ele o ergueu parcialmente do assento.

"Não tive! Sinto muito em dizer que não tive."

Era como se o segundo tivesse inchado e estivesse prestes a explodir. Tudo pareceu se solidificar num instante de violência como uma estátua retratando o momento em que a lâmina entra no corpo do adversário, e o homem atingido está prestes a cair, mas ainda não aconteceu, está deitado, reto no próprio ar, desafiando o equilíbrio. E então o momento explodiu, e o garoto segurou a camisa com mais firmeza: "Cê é um mentiroso!". Ele puxou Bradshaw para si, arrastou-o para fora do carro, para longe do alcance dos braços de Dewey, que tentavam alcançá-lo em vão, e para a calçada. Cinco homens o cercaram rápido, todos se agitando, socando, chutando.

Dewey deslizou pelo assento, baixou os olhos e viu Bradshaw deitado de rosto para cima, um sorriso estranho, retorcido, com medo, em seu rosto; ele não parecia estar indo contra ou resistindo, como se estivesse se dando conta de que não serviria de nada. Seus olhos estavam abertos, assistindo, ativos, olhando para cima quase com desinteresse, para os rostos escuros e grotescos de seus atacantes, seguindo os socos conforme vinham do alto, acima dele, e se quebravam em seu rosto e corpo, parecendo não ter mais preocupação com eles, e com qualquer dor que causassem, do que um homem sentado num quarto quente observando pela janela a neve cair. Mas Dewey estava gritando, tentando afastar os homens: "Foi o Tucker Caliban! Foi o Tucker Caliban!". Ele foi silenciado por um cotovelo que se lançou nele, atingiu sua boca e fez o sangue vazar de um corte do lado interno da bochecha.

"Tira ele do carro!" Alguém gritou. "Me dá espaço pra bater também! Traz ele pra cá!" O homem que gritou estendeu a mão entre os punhos voadores, agarrou Bradshaw pelas pernas e o puxou para a calçada. O resto, que não queria perder nada, seguiu o alvo.

Dewey seguiu a multidão, ainda puxado pelos braços e pelas pernas, então viu o garoto se voltar para ele, a boca escancarada num sorriso, viu mas não conseguiu desviar do soco que acertou sua têmpora em cheio, viu então a escuridão partida em gotas de branco e vermelho. Um instante depois, ele deu por si na calçada, as mãos na mesma posição defensiva que ele havia erguido contra o soco que vinha. O garoto pairou por cima dele por um instante, então se virou para onde os homens tinham se reunido ao redor de Bradshaw, levando seus punhos em seu rosto e o chutando como uma pessoa chuta uma latinha de alumínio por uma rua escura, com selvageria distraída.

"Ei, esperem aí! Esperem por um instante, parceiros!" O garoto estava correndo rumo aos homens, acenando os braços. "Esperem aí!"

Dewey, ainda sentado no chão, viu alguns dos homens se virando. "Por quê? O quê?"

Ele se levantou, de joelhos, ainda tonto; talvez o garoto, que parecia ser o líder, de fato acreditasse neles afinal de contas. Talvez ele os convencesse a parar então.

"Esperem aí, parceiros. Acabei de pensar numa coisa." Todos os homens haviam parado então, estavam parados, com a postura ereta, ouvindo. Bradshaw estava caído, gemendo suavemente aos seus pés. "Cês já pararam pra pensar que esse é nosso último crioulo? Pensa nisso. Nosso último crioulo, na história. Num vai ter nenhum outro depois disso, e nenhum outro cantando e dançando e rindo. Os únicos crioulo que a gente vai ver, a num ser que a gente vá pro Mississippi ou pro Alabama, vai ser na televisão, e eles num cantam nenhuma das música velha, nem fazem aquelas dança mais. São uns crioulo de classe, com mulher branca e carro grande. Andei pensando que, já que a gente ainda tem um, a gente devia pegar e fazer ele cantar uma das música deles aqui."

Os homens estavam parados, sem expressão, sem entender exatamente do que o garoto falava, tentando decidir se ele falava sério ou não. Uns poucos, que queriam prosseguir com o que haviam começado, baixaram os olhos para Bradshaw.

Então o gordo levantou a voz: "Entendi o que cê quer dizer, Bobby-Joe. Entendi". Ele começou a rir com selvageria. "Nosso último crioulo! Essa é boa. Ele num era nosso de verdade quando veio descendo naquele carro grande, mas ele é agora, e a gente pode mandar ele fazer o que a gente quiser que ele faça."

"Tá certo, sr. Stewart." Ele se juntou ao gordo em risadas. Um por um, os outros homens se juntaram: "Entendi o que é que ele quer dizer".

O garoto abriu caminho aos empurrões no meio dos reunidos ali e, com a ajuda do gordo, puxou Bradshaw até cair.

Dewey estava caído também, dando-se conta de que não iam parar, mas sim estender o ritual. "Vocês não podem fazer isso com ele!" Ele correu em direção à multidão, a cabeça baixa, os punhos atacando, mas dois ou três homens o seguraram com força logo antes do garoto.

O garoto ergueu os olhos. "Alguém pega uma corda ali no Thomason e amarra esse amante de crioulo. Se a gente machucar ele, a gente *vai* se encrencar. O pai dele tira a gente das terra aqui." Diversos homens seguraram Dewey enquanto alguém correu atrás da corda e voltou; eles amarraram as mãos e os pés dele e o empurraram para a calçada.

"Agora vamos seguir com o show. O que cê sabe fazer, crioulo? Todos os crioulo sabe fazer alguma coisa."

Bradshaw ficou parado, tonto e sangrando, entre o garoto e o gordo, suas roupas rasgadas e bagunçadas, seus óculos miraculosamente ainda no nariz, um pouco tortos. Ele não respondeu.

"Fala, agora! O que que cê sabe?"

O gordo fechou o punho. "Deixa que eu faço ele falar."

"Não, sr. Stewart, vai ter um momento certo pra isso. Agorinha, ele tá sendo gentil o suficiente, tá nos divertindo se apresentando aqui. O que cê sabe? Cê sabe aquela música, a 'Curly-Headed Pickaninny Boy'?"

Dewey viu Bradshaw assentir com a cabeça; é claro que ele sabia, todo mundo conhecia a música; era uma música que professores de música com pensamentos progressistas de Nova York, Chicago, Des Moines, San Francisco e todas as cidades no meio do caminho faziam os pupilos cantar para que se familiarizassem com a cultura Negra; em Cambridge, era cantada sempre que alguém com um violão que se considerava um cantor folk se juntava com um grupo de pessoas que se consideravam folcloristas; era conhecida por todo o país, fora cantada por muito tempo. E Dewey se dava conta de que o aceno de Bradshaw havia significado um conhecimento de outra coisa; ele sabia agora e conseguia entender por que os negros haviam partido sem avisar ou precisar de organização ou liderança.

"Muito bem, então", Bobby-Joe começou, e seus olhos se estreitaram. "Cante."

Bradshaw cantou com suavidade, num tom monótono, quase desafinado:

Come, come, come to your mammy,
My curly-headed pickaninny boy.
Come, come tell me your troubles
And mammy will give you joy.
I know what you need is a kiss on the cheek,
To sooth all the bad dreams that on you sneak...
So,
Come, come, come to your mammy,
*My curly-headed pickaninny boy.**

Era uma música rápida, com uma batida como de um desfile, e soava estranha saindo de Bradshaw porque, com seu sotaque britânico, ele pronunciava todas as palavras corretamente sem um resquício de sotaque negro. Os homens não gostaram daquilo e começaram a resmungar. "Ele num é muito bom."

* "Venha, venha pra mamãe, venha loguinho,/ meu pretinho de cachinho./ Venha, venha me contar o que te dói,/ E mamãe vai te alegrar no caminho./ Sei que precisa de, na bochecha, um beijinho,/ para acalmar os sonhos ruins que chegam de fininho.../ Então/ Venha, venha pra mamãe, venha loguinho,/ meu pretinho de cachinho." [N.T.]

O garoto o pegou pelo pescoço. “Dessa vez, vai cantar que nem um crioulo, crioulo.”

O gordo queria outra coisa. “É, e vai dançar também!”

“E canta alto pra eu poder ouvir”, gritou alguém no fundo da multidão.

Dewey estava parado, fazendo força contra as cordas, mas não conseguiu se libertar. Ele estivera gritando para que parassem, mas ninguém prestou atenção nenhuma.

Bradshaw começou de novo, dessa vez saltando comicamente de um pé para o outro, a barriga chacoalhando. Ele havia terminado em parte quando o garoto deu um passo à sua frente e o socou no rosto em cheio. “Cê é um bosta! Bota ele no carro. Afinal, a gente pode pelo menos usar o carro *dele* pra levar ele. É maior. Mais gente pode ir.” O garoto e o gordo agarraram Bradshaw pelos ombros, em parte carregando, em parte arrastando-o, quase por cima de Dewey, de volta para o carro, atirando-o para dentro.

“Ele não teve nada a ver com isso!” Dewey se virou na direção do carro; o chofer havia fugido, ninguém o viu partir. Alguém subiu no assento do motorista, encontrou as chaves, ligou o motor, fazendo mais barulho ao acelerar do que era necessário. O motorista estava chamando os outros para dentro, e Dewey ouviu as portas batendo, uma — duas — três — quatro. Ele tentou ficar em pé, ainda gritando atrás deles, mas não conseguiu nem ficar de joelhos quando o carro acelerou, passando pela rodovia na direção da fazenda de Tucker Caliban. Mesmo quando já estava fora de vista, ele ainda ouvia o motor.

“Mas ele não teve nada a ver com isso.” Ele se dobrou, como um bebê tentando se sentar, e começou a chorar.

A rua estava vazia; pacífica como um ponto onde uma pedra acabou de ser virada, depois de os insetos fugirem e não haver sinal de qualquer bichinho jamais ter estado ali. Dewey estava caído quase no meio da estrada, chorando em sua imobilidade.

Então ele ouviu as rodas rangendo, o grito constante e perfurante de encaixes sem óleo; viu a cadeira e a mulher de cabelo ralo, postura ereta, e o velho saindo das sombras. Então eles estavam perto o suficiente para ouvir seu choramingar silencioso e foram na direção dele. "Quem eles pegaram, sr. Willson?" Antes de Dewey poder responder, o velho se voltou para a filha: "Desamarre o rapaz, querida".

Ela soltou a cadeira e deu a volta até ele. Ele sentiu suas mãos suaves nas cordas ásperas; a dor parou conforme o nó afrouxava. "O reverendo Bradshaw. Eles acham que ele fez isso... Assustou os negros. Tenho que correr. Talvez ainda possa salvá-lo." Ele ficou em pé assim que ela o desamarrou.

"É melhor nem tentar, filho. Não vai chegar lá a tempo. E eles vão ser piores depois de terem feito isso. Nenhum deles vai vir para a cidade amanhã... Não vão conseguir se encarar por um tempo." O velho parecia triste.

"Você sente pena por esses filhos da puta! Bem, talvez não sirva de nada, mas tenho que fazer o que posso." Dewey deu um passo para longe deles.

"Você não pode fazer nada, garoto", o velho aumentou a voz. Ela ecoou, descendo a rua vazia.

As luzes de um carro que vinha vindo se refletiram nas construções. A filha do velho se apressou em direção à cadeira e a guiou para mais perto da calçada.

"Garoto! Olhe este carro!" O velho girou a cadeira e gritou para ele. "Analise!"

Dewey se voltou e observou o carro. Havia um negro gordo dirigindo. A esposa estava sentada ao lado dele em paz, com os olhos abertos e brilhantes. Em seus braços, havia uma criança pequena, uma garotinha com o cabelo dividido em muitas tranças finas; ela estava dormindo. O assento de trás estava lotado de malas.

"Sim, eu sinto muito pelos meus homens. Eles não têm o que essas pessoas de cor têm."

Dewey ainda observava o carro, que havia chegado às margens da cidade e então sumiu. Ele se aproximou do velho.

"Se isso faz você se sentir melhor, sr. Willson, é a última vez. E vou lhe dizer outra coisa." O velho levantou a cabeça para ele e sorriu. "O General não teria aprovado." Ele se voltou para a filha. "Ainda temos café no bule, querida?"

"Temos, papai."

"Sr. Willson, você quer tomar uma xícara de café? É melhor não ir pra casa logo agora. É melhor se ajeitar antes."

Dewey assentiu com a cabeça e eles subiram pela rua juntos.

O sr. Leland não soube o que o acordou. De início, achou que havia sido Walter se mexendo, acossado por um monstro de muitas cabeças em seus sonhos, mas, quando olhou para o irmão, viu que estava na mesma posição em que ele se aninhara depois de a mãe dar-lhe um beijo de boa-noite. E então ele ouviu de novo: um grito.

Veio da rodovia, talvez dos lados de Tucker, vinha atravessando as árvores abafadas que separavam as duas fazendas. Talvez Tucker estivesse de volta e dando uma festa. Mas onde? Tucker não tinha uma casa. Mas ele poderia estar festejando numa área aberta, estava quente o suficiente e, além disso, ninguém mais devia estar na fazenda de Tucker.

Ele começou a chacoalhar Walter para avisar que Tucker estava de volta e dando uma festa. Agora ele começava a ouvir outras vozes, outros homens rindo, e soube que todos deveriam ser amigos de Tucker, dando tapinhas nas costas dele, felizes de vê-lo de novo, sobretudo porque achavam que ele tinha se ido de vez. Ele parou de chacoalhar Walter, pois os chacoalhões e cutucões não tinham servido de nada, e mesmo se Walter acordasse, ele estaria zonzo demais para entender qualquer coisa.

O sr. Leland ficou deitado de costas, ouvindo os risos fracos e alguém que havia começado a cantar e pensou na festa.

Quem sabe houvesse pipoca ali, além de doce e refrigerante. Seria uma festa boa, com gente feliz de se ver, como os encontros que a família dele tinha na casa de seu avô em Willson City. O próprio sr. Leland estivera apenas numa dessas reuniões e, mesmo que fosse muito pequeno, ele conseguia se lembrar muito bem. Estava deitado na cama e conseguia ouvir os adultos rindo e cantando e, quando se levantou pela manhã, todos estavam dormindo, até mesmo seu avô, que era um fazendeiro, como seu próprio pai, e em geral começava a trabalhar quando ainda estava escuro. Ele se levantou, a única pessoa acordada na casa, foi até a despensa e viu que haviam deixado uns doces e pipoca da noite anterior. Quando todo mundo acordou enfim, de olhos vermelhos e apertados, seus tios e tias, ele já tinha comido tanto dos restos da comida da festa que não estava mais com fome.

Ele ficou deitado de barriga para cima e pensou a respeito de tudo aquilo, e então soube o que faria logo quando chegou a manhã. Seria domingo e, primeiro, eles comeriam e iriam à igreja, onde sua mãe dava aulas na escola dominical, e então eles iriam para casa. Ele pegaria Walter pela mão e os dois voltariam pela floresta e sairiam pelo campo de Tucker. Tucker os veria e acenaria e, em direção a ele, os dois atravessariam a terra suave e cinzenta do campo arado e curado. Ele os cumprimentaria e ficaria contente de vê-los. O sr. Leland lhe mostraria Walter.

Então, o sr. Leland perguntaria a Tucker por que ele voltou. Tucker diria que ele encontrou o que perdera, então sorriria e diria que tinha algo para eles. Ele sacaria duas tigelas grandes de doces e pipoca restantes, e salgadinhos e gotas de chocolate. E eles comeriam até ficar saciados. E, durante todo esse tempo, os três estariam rindo.

Uma biografia de William Melvin Kelley

Jessica Kelley

William Melvin Kelley, um escritor afrodescendente considerado parte do Black Arts Movement, o Movimento Negro pelas Artes, conhecido por sua prosa experimental e pela exploração das relações raciais nos Estados Unidos, nasceu em 1º de novembro de 1937 no Seaview Hospital, em Staten Island, filho de Narcissa Agatha Kelley (sobrenome de solteira: Garcia) e William Melvin Kelley Sr. Uma católica fiel, a sra. Kelley sofria de tuberculose e foi aconselhada a não prosseguir com a gestação. Ela escolheu a data da cesárea porque era Dia de Todos os Santos. Tanto a gravidez quanto o parto lhe custaram muito a saúde, e a nova família precisou de quatro meses até que ela fosse liberada do hospital.

William Melvin Kelley Sr., um ex-editor do semanário *Amsterdam News*, do Harlem, tentou lançar diversos jornais próprios antes de se estabilizar numa carreira como servidor público da cidade de Nova York. Os Kelley estabeleceram sua residência no segundo andar da avenida Carpenter, número 4060, uma casa com duas famílias que pertencia ao irmão de Narcissa, Joe, e era habitada por outros membros da família Garcia, incluindo sua mãe Jessie.

A vizinhança era predominantemente italiana e a família do sr. Kelley era a única negra no quarteirão. Apesar de ter dificuldades com leitura, o filho único dos Kelley era visto como muito inteligente e foi matriculado numa escola de elite, a Fieldston School, em Riverdale. Apesar de Fieldston ser uma instituição racialmente integrada desde cerca de 1920, "Billy" era um dos pouquíssimos afrodescendentes matriculados. O contraste entre seus amigos ricos e majoritariamente judeus em Fieldston e seus amigos italianos da classe operária perto de casa se tornou o poço de que sua escrita bebeu por muitos anos vindouros. "Conheço gente branca rica. Conheço gente branca pobre", ele disse numa entrevista em 2012 para a *Mosaic Magazine*. "Conheço gente branca."

Kelley foi aceito na Universidade Harvard em 1956, decidido a se tornar um advogado de direitos civis. No entanto, sua luta de uma vida inteira com a capacidade de leitura impediu seu sucesso. Sempre um bom contador de histórias, uma habilidade que ele atribuía à sua avó materna, Jessie Marin Garcia, transferiu-se para uma graduação em inglês. Teve aulas com John Hawkes e Archibald MacLeish, o que resultou num conto chamado "The Poker Party", que ganhou o prêmio Dana Reed de escrita criativa em Harvard, além do interesse de agentes literários. Finalmente, Kelley decidiu que gostava mais de escrever do que qualquer outra coisa e abandonou Harvard quando faltavam seis meses para se formar. Seu primeiro romance, *Um tambor diferente*, foi publicado dois anos mais tarde, em 1962.

Em abril do mesmo ano, na Penn Relays (uma competição de atletismo patrocinada pela Universidade da Pensilvânia), Kelley conheceu Karen Gibson, uma jovem de Chicago que estudava artes no Sarah Lawrence College. Apesar de a srta. Gibson ter se apaixonado por Kelley assim que o viu ("ele estava descalço e, quando sorriu, tinha dentes grandes e brancos"), Kelley não se convenceu de que ela era a mulher certa até levá-la para conhecer sua avó, Jessie. "Elas sentaram-se e conversaram por horas, me ignorando totalmente", ele diria, "e foi aí que eu soube que ela era a mulher da minha vida." Eles se casaram em 15 de dezembro, meros oito meses depois.

Kelley publicou um livro de contos, *Dancers on the Shore*, em 1964, estreando diversos personagens — os Bedlow, os Dunford e os Pierce — que fariam aparições recorrentes em outros romances.

Seu segundo romance, *A Drop of Patience*, surgiu em 1965, um ano crucial para Kelley. Sua primeira filha, Jessica, nasceu em fevereiro desse ano, poucos dias antes do assassinato de Malcom X diante da esposa e dos filhos no Audubon Ballroom, no Harlem. Alguns dias depois, o templo número 7 da Nação do Islã, localizado na rua 116 Oeste, em Nova York, foi bombardeado.

"A coisa toda parecia clara o suficiente", Kelley escreveria mais tarde. "O que os jamaicanos chamam de guerra de tribos. Mas eu ainda tinha que olhar na cara dos homens acusados de matar o Irmão Malcolm, queria ouvir o que tinham a dizer sobre o que fizeram. Fiz meu agente me arranjar um trabalho de cobertura do julgamento para o *Saturday Evening Post*, que garantiria entrada no tribunal. Então, quando o julgamento começou, no início de 1966, eu tinha um lugar na primeira fila da mesa da imprensa."

Ao cobrir o julgamento, Kelley se convenceu de que dois dos três homens acusados do assassinato, Norman Butler e Thomas Johnson, estavam sendo coagidos pelo Estado.

"Depois do veredito, dirigi por toda a rodovia do West Side com lágrimas nos olhos e medo no coração. Os eventos dos três anos anteriores tinham rompido os últimos fios da minha fé na promessa americana. Talvez, em geral, os ricos roubassem os pobres, os políticos fizessem a maioria das vontades dos industrialistas, mas ao menos eu ainda acreditava na independência das cortes. Agora eu tinha que abrir mão dessa ideia também. A coisa toda com Kennedy [*sic*] e agora isso, tudo isso mostrava que o Estado poderia manipular facilmente as cortes para servir a um propósito político. E se o Estado quisesse tanto condenar Butler e Johnson, eu sabia que não teria coragem de declarar o contrário nas páginas da revista de ninguém, mesmo se eles fossem publicar o que eu tinha para contar. Não me daria ao trabalho de anunciar que nossa pequena rebelião havia falhado, que o racismo tinha vencido de novo por um tempo. Não com uma esposa jovem e uma criancinha que dependiam de mim, e todas essas mortes acontecendo. Quando cheguei ao Bronx, eu tinha decidido deixar a plantation, talvez permanentemente."

Kelley demorou quase dois anos para se mudar com sua família de Nova York para Paris. Eles moraram na Rue Regis, 4, o mesmo edifício em que o autor Richard Wright (*Filho nativo*, *Black Boy*) havia morado poucos anos antes. O terceiro romance de Kelley, *dem*, foi publicado naquele ano. A revista *Kirkus Reviews* o avaliou como "mais raivoso" que seu trabalho anterior, apesar de reconhecer "um tratamento poderoso e delicado de um tema pesado e um enredo obstinado". A segunda filha de Kelley, Cira, nasceu em maio de 1968, enquanto as rebeliões estudantis em Paris aconteciam. A intenção de Kelley era que sua moradia em Paris permitisse que aprendessem francês para que depois se mudassem para o Senegal, mas — sem vontade de morar longe demais da família que permanecia nos Estados Unidos —, eles decidiram ir à Jamaica, em vez disso. Moraram lá até 1977.

Em 1970, o último romance publicado por Kelley, *Dunfords Travels Everywheres*, explorava um país estrangeiro mítico que praticava a segregação apenas baseada em se uma pessoa escolhia roupas azuis ou amarelas num dia em particular. Inspirado no *Finnegans Wake* de James Joyce, Kelley escreveu partes do romance numa linguagem onírica, reproduzindo a cadência e os tons do *patois* africano-americano combinado ao inglês-padrão.

Ao voltar para os Estados Unidos em 1977, Kelley e sua família se estabeleceram no Harlem. Por indicação de seu mentor, o acadêmico e romancista estadunidense Joseph Papaleo (*Italian Stories*), Kelley começou a dar aulas no Sarah Lawrence College.

Apesar de Kelley não ter publicado outro romance inteiro depois de *Dunfords*, ele escreveu muitos ensaios e contos, aparecendo em revistas como a *New Yorker*, a *Playboy* e a *Harper's*. Seus contos também figuraram em inúmeros livros acadêmicos e antologias. Kelley recebeu diversos prêmios durante o curso de sua carreira, como o Rosenthal Foundation Award e o John Hay Whitney Foundation Award (1963) por *Um tambor diferente*. Sua coletânea de contos, *Dancers on the Shore*, ganhou o Transatlantic Review Award (1964) e o seu último romance, *Dunfords Travels Everywheres*, recebeu honras da Black Academy of Arts and Letters. O ápice das premiações foi quando o agraciaram com o Anisfield-Wolf Book Award for Lifetime Achievement em 2008, pelo conjunto da obra.

Além da escrita, Kelley era um fotógrafo e cinegrafista ávido. Ele tirou vários milhares de fotos relatando sua vida em Paris e na Jamaica e, em 1988, colaborou num vídeo com o artista de tecnologia mista Stephen Bull, chamado *Excavating Harlem* [Escavando o Harlem]. O curta de 28 minutos ganhou um pequeno prêmio, que Kelley usou para comprar uma câmera de vídeo. De 1989 até cerca de 1992, ele manteve um diário em vídeo como forma de capturar a beleza do Harlem que ele via ao redor de si e sentia que não conseguia descrever em palavras. O vídeo resultante, parte dele danificado por anos de armazenamento, foi reunido e editado por Benjamin Oren Abrams ao longo de dois anos, em outro curta, chamado *The Beauty That I Saw* [A beleza que eu vi]. O filme estreou no Harlem International Film Festival de 2015, ganhando um Harlem Spotlight Award.

Kelley era um homem de espiritualidade profunda e silenciosa. Ele seguia — o máximo que conseguia sem uma conversão de fato — a fé judaica, chamando-se de um Filho de Israel.

Com frequência, dizia que, por ler mal, havia apenas dois livros que ele tinha lido de cabo a rabo ao longo da vida: *Ulysses* de James Joyce e a Bíblia. Kelley também tinha uma reverência pelo uso da cannabis que vale a pena mencionar, visto que habitualmente informava isso a qualquer um que perguntasse se ele fumava.

Kelley morou nos Dunbar Apartments no Harlem, um complexo que havia sido construído em 1926 como um experimento em reformas habitacionais para aliviar a falta de moradia no bairro e prover residências para afrodescendentes. Pessoas notáveis que haviam morado em Dunbar antes de Kelley incluem W. E. B. DuBois, Paul Robeson, Bill "Bojangles" Robinson, Countee Cullen e o explorador Mathew Henson.

Kelley foi paciente de diálise no Mount Sinai Kidney Center em East River Plaza durante dezoito anos, depois que um câncer de bexiga fez seus rins falharem. Em 2009, sua perna direita foi amputada devido a problemas circulatórios. Apesar desses problemas sérios de saúde, Kelley continuou a lecionar escrita criativa no Sarah Lawrence College em Bronxville, Nova York, duas vezes por semana, onde dava aulas desde 1989.

No inverno de 2016, Kelley — ou "Duke", como era conhecido no Harlem — havia acabado o semestre de inverno no Sarah Lawrence College e andava muito empolgado com sua turma mais recente de novos escritores. Morreu numa quarta-feira, dia 1º de fevereiro de 2017, no Lenox Hill Hospital, na cidade de Nova York. Ele tinha 79 anos.

Grafia atualizada segundo o Acordo Ortográfico da Língua Portuguesa de 1990, que entrou em vigor no Brasil em 2009.

capa
Julia Custodio
composição
Manu Vasconcelos
preparação
Silvia Massimini Felix
revisão
Ana Alvares
Jane Pessoa

Dados Internacionais de Catalogação na Publicação (CIP)

Kelley, William Melvin (1937-2017)
Um tambor diferente / William Melvin Kelley ; tradução Heloísa Mourão e Luisa Geisler ; prefácio Kathryn Schulz. — 1. ed. — São Paulo : Todavia, 2022.

Título original: A Different Drummer
ISBN 978-65-5692-250-8

1. Literatura americana. 2. Romance. 3. Racismo. 4. Anos 1950. I. Mourão, Heloísa. II. Geisler, Luisa. III. Schulz, Kathryn. IV. Título.

CDD 813

Índice para catálogo sistemático:
1. Literatura americana : Romance 813

Bruna Heller — Bibliotecária — CRB 10/2348

todavia
Rua Luís Anhaia, 44
05433.020 São Paulo SP
T. 55 11. 3094 0500
www.todavialivros.com.br

fonte
Register*
papel
Pólen soft 80 g/m²
impressão
Geográfica